光文社文庫

光文社文庫プレミアム

スナーク狩り

宮部みゆき

JN282816

光　文　社

光文社文庫で長く愛読されている名作を、読みやすい文字に組み直し、新たなカバーデザインで、「光文社文庫プレミアム」として刊行いたします。

目次

「おれはスナークと闘うんだ——毎日、日が暮れて夜になると——
　半狂乱の夢のなかで
暗闇のなかでそいつに野菜を与え
　火を起こすのに使うんだ

だが、もしもその日、ブージャムに会ってしまったら
あっというまに（これは確かだ）
おれはおとなしく、しかも不意に消え去って——
　こんな思いには耐えられない！」

——ルイス・キャロル
『スナーク狩り』　八章からなる死闘

第一章　真っ白な地図

1

その夜の始まりには、地図はまだ空白で、約束された流血沙汰は、ひとつだけしかなかった。そこで死にゆく者の名も決まっており、すべては予定の行動、予定の運命にのっとって、変更の余地はないように見えた。

螺旋状《らせんじょう》の通路を降りて、関沼慶子《せきぬまけいこ》は慎重に車を走らせていた。「東邦《とうほう》グランドホテル」の専用駐車場は、建物の地下一階と二階に位置している。六月二日大安の日曜日の宵《よい》、空《あ》いているスペースを探すのは、かなり骨が折れた。

なんとか車をおさめたとき、右手に見える宴会ロビーに直通のエレベーターから、数人の若い男女が降りてきて、慶子の方へ歩いてきた。盛装して、「寿」の文字の入った大きな紙袋をさげている。女性の一人は、華やかな振り袖姿だが、見るからに歩きにくそうで、頭にさした豪華な髪飾りが、危なっかしく揺れている。今にも落ちてしまいそうだ。

運転席のドアを開け、慶子が降りると、傍《かたわ》らを通りすぎようとしていた若者が、意外そうに眉を吊り上げて言った。

「あ、ベンツ」

すかさず、仲間たちが冷やかした。

「田舎もんだなあ、おまえ」

「ベンツがめずらしいのかよ？」

笑い声がはじける。慶子は彼らに向かって軽い笑《え》みを投げ、車の後部へと向かった。細かい襞《ひだ》を寄せたジョーゼットのワンピースの裾《すそ》がひるがえり、足首にまつわりつく。ハイヒールの踵《かかと》が、コンクリートの地面を打って、高い音をたてた。

車のトランクを開けると、火薬の匂いがした。

おかしなものだと、慶子は思った。ここ二週間ほど、射撃場には行っていない。毎夜のように銃を取り出しては、決心が鈍っていないことを確かめてはいたけれど、撃ってはいなかった。この火薬の匂いは、どこから来るのだろう。

さっきの若者たちは、慶子のいる場所から車を四台隔《へだ》てた区画にいた。大型のヴァンの後部座席に荷物を積み込んでいる。にぎやかな声が聞こえる。慶子がそちらを見やると、さきほど「あ、ベンツ」と声をあげた若者が、またこちらを見ていた。視線が合うと、はにかんだような顔で笑った。

「カッコいいっスね」

貸衣装屋からそのまま直行してきたような身形《みなり》だが、黙っていればそれなりに様《さま》になっている。が、しゃべると台無しだった。人の良さそうな下がり眉毛の笑顔に、蝶ネクタイがまったく釣り合っていない。

「ベンツ、めずらしい？」

慶子が尋ねると、若者は、少し気を悪くしたような表情を浮かべた。仲間にからかわれる分にはかまわないが、赤の他人の女に冷やかされるのは我慢ならないというわけか。通りすがりの女は、自分が声をかけたなら、みんな優しい笑顔だけを返してくれるべきだというわけか。馴《な》れ馴《な》れしさと傲慢《ごうまん》さのいり交じった、おかしな習癖。

「メルツェデス・ベンツはめずらしくないけど、女の人が190E23のオーナードライバーになってるのはめずらしいですよ」

若者が、「メルツェデス・ベンツ」と発音するのを聞いて、慶子はちょっと微笑《ほほえ》んだ。

「主人の車なの」

そう言ってやると、蝶ネクタイの若者はやっと離れていった。慶子はトランクから荷物を出した。

黒い革製のケースだった。縦九十センチ、横三十センチ弱、厚みが十五センチ程度だ。

角々《かどかど》が金属で補強してあり、留め金には鍵がついている。一見したところ、楽器ケースのように見える。事実、今まで、これをさげているとき、「それは何ですか？」と尋ねられたことはないが、「その楽器は何ですか？」と尋ねられたことは何度もある。

そのたびに、慶子はいつも、おかしくなる。質問をした相手を笑うのではなく、こういう趣味を持っている自分を笑うのだ。不釣り合いな、らしくないことばかりしたがる慶子。子供のころからそうだった。

ケースの中身は、銃身長28インチ、口径が12番の上下二連銃だった。競技専用の散弾銃《ショットガン》だが、運搬するときは、銃身、先台、元台の三つの部分に分解してケースに納めてあるので、何も知らない人の目には、そんな物騒なものだとはわからない。かなり注意力のある人間が、（楽器にしては、大きさのわりに、ずいぶんと重そうだな）と感じる程度だろう。

取り出したケースを足元に置き、トランクの蓋を閉める。装弾の方は、マンションの部屋を出るときに、ショルダーバッグの底に、ハンカチに包んでおさめてきた。そのバッグの細い革のストラップを右肩にかけなおし、ケースを持ちあげて、エレベーターの方へと歩きだした。

もちろん、日ごろ射撃場に通うときには、弾《たま》をバッグに入れて歩くような危ない真似はしなかった。今夜は、たった一発しか必要ではないから——そして、その一発を撃ってしまえば、もう全《すべ》てが失《な》くなってしまうから、だからそうしてきたのだ。

エレベーターホールには、人気《ひとけ》がなかった。がらんとして、妙にまぶしい。慶子は顔をしかめ、エレベーターのボタンを押すと、壁にもたれて、待った。迷いはもうなかったが、兄のことだけは、ふと考えた。

（ごめんね）と、初めて思った。

今から二年前、慶子が射撃を始めたいと言い出したとき、狩猟を趣味にしている故郷の兄は、条件を三つ出してきた。ひとつ。ちゃんとした射撃場のクラブ会員になること。ふたつ。車をベンツかボルボに買い替えること。三つ。その車に、弾を紙ケースごとすっぽり納めることのできる、緩衝材《かんしょうざい》のきいた専用の小物入れをつけること。

「もともとおまえは、気紛れなくせに、言い出したらきかない方だ。だから、射撃を習うことには反対しないよ。ちゃんと許可をとって銃を持つんだし、クラブにいけば指導員もいる。ただ、射撃場への往復には、どうしても車を使わなきゃならない。それが心配なんだ。箱いっぱいの弾を積んで走ってるとき、右折車が横っぱらに突っ込んできたりしたら、どうなると思う？」

ただ死ぬだけじゃない。死に化粧もしてもらえないくらいひどい有様《ありさま》になって死ぬんだぞ――仁丹粒くらいの大きさの散弾が詰まった、プラスチックと真鍮《しんちゅう》でできた筒を見せながら、兄はそう言ったものだ。テレビの刑事ものや、外国のアクション映画のなかに出てくる実弾――あの流線型の、見るからに飛びそうな形の弾とはイメージが違い、それはちっとも危険なもののように見えなかった。

「兄さんは、そういう事故を見たことがあるの？　猟場でも、射撃場でも、弾を積んでいるときの交通事故でも――それで死んだ人を見たことがあるの？」

兄は頷《うなず》いて、こう答えた。

「一度だけな」と、ひとさし指を立てた。「一度だけ。だが、それだけでたくさんだ」

慶子がライセンスをとると、わざわざ上京してきて、つきあいのある鉄砲店を紹介してくれた。結局は、車も――格好は問題じゃないんだ。とにかく丈夫な車にしろ――兄が選んだ。最初の一、二回は、射撃場にもついてきた。

慶子が、筋がいいと誉《ほ》められると、本人よりも喜んでいた。

「猟をやるつもりはないのか？」

「兄さんたら、このあたしが、こんな重いものを持って野山を駆けまわるタイプだと思う？」

「じゃあ、オリンピック代表をめざせ。夢は大きい方がいいし、おまえには、ひとつところに腰を落ち着けて熱中するものが必要なんだよ」

あのころ、兄は喜んでいたのだ。一度だって自分の言うことを聞いたためしのなかった妹が、自分が楽しんでいるのと同じ趣味を持とうとしていることに。たとえそれが、世間一般には「女性的でない」と認識されているような趣味であっても。そして、兄を喜ばせることができるのは、慶子にとっても嬉しいことではあった。

二人だけの兄妹《きょうだい》だが、年齢は十歳も離れている。だから、慶子が中学生のとき、両親が交通事故で一度に亡くなってからというものは、兄が父母の役割も果たしてくれていた。慶子にとって、兄はまさにオールマイティの男だったのだ。

慶子の生まれ故郷は、農業以外にはさしたる産業のないところだ。観光地としての目玉になるような絶景も、とり壊すことのできない文化財も史蹟もない。だから、早くから熱心に企業誘致を行なってきた。東京から特急で二時間半の距離と、広い土地、豊富な水量という三つの条件は、その点では大きな強みになる。現在では、大手の半導体メーカーと音響機器メーカーが、生産と研究の本拠地を、慶子の故郷に置いている。

帰省《きせい》するたびに町並みが変わり、真新しいビルやマンションができている——そんな故郷の町には、亡父の仕事であり、兄があとを継いだ家業の不動産業は、うってつけだった。そのうえに、父の育てた有能な社員たちもいる。おかげで、代替わりしてからも、これというトラブルも挫折もなしに、繁盛を続けてきた。

ただ、そうした手厚い庇護のもと、やりたいことはなんでもやらせてもらい、欲しいものはすべて手に入れることのできる暮らしを続けていながらも、慶子はときどき、無性に淋しくなったり、腹立たしくなって周囲にあたり散らしたりすることがあった。それは、慶子が二十歳の時、兄が結婚し、やがて子供が生まれ、彼だけの家庭を築くようになってから、特に激しくなってきた。

理由は単純だ。今までのように、兄がかまってくれなくなったから――慶子はそのことにすねていたのだった。

兄もまた、そのことに気づいていたのだろう。だが、慶子のために時間と思いやりを割《さ》いてくれる代わりに、彼は、これまで以上に慶子を甘やかし、我が儘《まま》を許すことで、埋め合わせをしようとした。

だから、東京で一人で暮らしていても、慶子は金に不自由をしたことがない。大学生のころからそうだったし、勤めているときも、月々の給料を全額使ってしまっても、仕送りのおかげで、生活には困らなかった。都心の賃貸マンションに住み、自家用車を乗り回し、年に二、三度は長い、もしくは費用のかかる旅行をする。そんな慶子をながめて、先輩OLたちは、ひそかに「キリギリス」と呼んでいたらしいけれど、あいにく、このキリギリスの周囲は一年中夏だったので、凍《こご》える冬に、アリに頭をさげて食物を恵んでもらうような羽目にはならなかったのである。

また、そうでなければ、慶子の年齢で、次から次へと、金のかかる趣味を持つことができたはずもない。クレイ射撃は、彼女が手を出した六番目の趣味だった。そのひとつ前は乗馬だ。馬の世話をするのが嫌《いや》で、一カ月でやめてしまった。

そんな慶子に、時折りちらりと、兄が苦言を呈することもないわけではなかった。もっと建設的なことをしろよ、と。だが、慶子はいつもそれを聞き流してきた。知らん顔をしていた。そんな言葉にまともにとりあって、「建設的な」ことなど始めたら、ますますかまってもらえなくなるだろうと思ったからだ。何かと心配をかけていないと、忘れられてしまう——そんな気がしてたまらなかったのだ。

放蕩娘の義妹に、当然のことながら、兄嫁はいい顔をしていない。慶子としても、それは望むところだった。彼女から見れば、兄嫁はまったき敵、兄の関心を自分から奪いとってしまった憎らしい存在でしかなかった。甥《おい》や姪《めい》にしても、同じようなものだ。心底可愛いと思ったことなど、一度もない。ただ、子供たちが成長して知恵がついてくると、うっかり冷たい態度をとってはまずくなってきたし、子供を味方につけておいた方が、兄嫁と張り合う上でなにかと有利になると思ったので、表向きだけは、せいぜい優しい叔母さんの顔をつくっていた。そんな生活が、もう何年も続いていたのだ。

競技射撃を始めようと思い立ったのは、それこそ、ほんの気紛れからだった。だが、それで運良く兄の興味と関心を呼び起こすことに成功すると、慶子は熱を入れて打ち込み始めた。腕前もあがったし、交遊関係もまた広がった。兄に従って猟に行ってみようかとまで考えるほど、慶子は夢中になっていた。

しかし、皮肉なことに、慶子がそうして楽しげにしていることが、兄を安心させたのか、彼の関心は、再び遠退《とおの》き始めた。もっともそれは慶子の思い込みで、もともと、多忙な兄の気持ちを、大のおとなの慶子のもとに、長く引き留めておくこと自体が無理な話だったのかもしれない。

兄がいろいろ注意を払ってくれないようになってしまうと、慶子の射撃熱は嘘のように冷めていった。始めたばかりのころには、週末になれば必ず射撃場に通っていたのに、次第に、一週おき、二週おき、ひと月おき——と、間隔が開き始めた。少しうしろめたく感じ、多少は興味が盛り返すかと、新しく20番の二連銃を買い求めてみたりもしたが、使い慣れない銃で、命中率が余計に下がったような気がしただけだった。それでまた、興味が削《そ》げた。

飽きっぽい慶子。子供っぽい慶子。そう、あたしはまだまだ子供なんだ。そう思った。一年もたつと、また、次の興味の対象を探し始めたい気分になっていた。これまでもずっと、同じようなことを繰り返してきたのだ。ねえ、何かない？　楽しいこと、面白そうなことはない？

だが、結果としては、そうはならなかった。それどころではなくなってしまったのだ。なぜなら——

恋をしたから。いや、あれはまさに、頭から盛大に恋のなかに落ち込んだ、と言った方がいいだろう。

相手は、社内の男性ではなかった。知人の紹介という、ありきたりな出会い方で、最初のうちは、慶子自身、そんな男と深みにはまることなど、爪の先ほども考えていなかったくらいだ。問題外の相手だった。

それなのに――

軽いチャイムの音がして、エレベーターのドアが開いた。なかには誰も乗っていない。シャンペン色の絨毯《じゅうたん》の上に、クラッカーの中身なのだろう、きれいな紙テープの切れ端が落ちているだけだ。客の洋服にでもついていたのだろう。

慶子は箱に乗りこみ、ドアを閉めた。「3」のボタンを押す。宴会フロアの間取りは、頭のなかに叩きこんであった。

エレベーター内の三方の壁は、鏡になっていた。薄黄色い照明の下で、慶子は、鏡のなかで、淡い若草色のジョーゼットのワンピースを着た女が、重そうな黒革のケースをさげ、くちびるを引き締めているのを見た。とてもきれいな女だ、と思った。

死なせてしまうには惜しいほどの美人だ。そう思って、一人で笑った。

エレベーターが停《と》まる。ドアが開くと、ちょうど目の前を、和服姿の女性の係員に手をとられ、淡い緋色《ひいろ》の絨毯を踏んで、白無垢《しろむく》の花嫁が通りすぎるところだった。お色直しだろう。慶子は腕時計を見た。

午後八時五分をすぎたばかりだ。

夜の都心の風景を眺めながらの披露宴。とどこおりなく進んでいれば、もうすぐ、かつて慶子の恋人だった男と、今夜その妻になろうとしている女も、お色直しのために宴席を離れるはずだった。そして、着替えを終えた新郎新婦が、拍手で迎えられ、列席者のテーブルをまわってキャンドル・サービスを済ませ、ふたたび雛壇《ひなだん》に戻ったとき——

そのときが、慶子の時だった。すべての準備、すべての覚悟は、その一瞬のためにあった。

ゆっくりと歩きだす。場所はわかっていた。このフロアのいちばん東の端、芙蓉《ふよう》の間《ま》だ。口元に笑みを浮かべ、ケースを持ち直しながら歩いてゆく慶子に、すれ違ったフロア係が、「いらっしゃいませ」と会釈《えしゃく》をする。動悸を胸のうちに封じこめ、背中をのばして歩きながら、フロアにあふれる花束と香水とワインの香りを感じて、慶子は悟った。

さっき駐車場で感じた火薬の匂い。あれは、トランクのなかにあったのではない。

慶子の心のなかにあったのだった。

2

「何時の特急に乗るんですか？」

「いなみや」の店内は、定員以上の混みようだった。奥のテーブルに陣取っている団体のなかには、さっきからずっと立ち飲みをしている客さえいる。いつものことで、慣れっこになってはいるものの、あまりの騒々しさに、佐倉修治《さくらしゅうじ》は顔をしかめていた。自分の声さえ聞こえにくい。

「え？　なんだって？」

案《あん》の定《じょう》、織口邦男《おりぐちくにお》は問い返してきた。右耳のうしろに手をあて、ちょっと頭をかしげている。カウンターに肘《ひじ》を並べて腰かけているのに、今の質問が聞こえなかったのだ。修治は大声でもう一度訊《き》いた。

「九時ちょうどの急行だよ。B寝台をとってある」織口も大声で答えた。

「急行？　特急じゃなく？」

「寝ていけばどっちだって同じだろうさ。金沢《かなざわ》駅に着くのは明日の朝六時ごろになる。たっぷり眠れるよ。飛行機より料金もずっと安いし、これからはずっと夜行を利用しようかな」

修治は店のなかを見回し、時計を探した。L字型の壁に沿って並べられた酒壜のなかに埋もれて、楕円形の時計が置かれている。そこだけ、壁が目を開いているようだった。

今、八時をちょっとすぎたところだ。九時まで、あまり時間がない。

修治は織口を振り向いた。「どっか静かな場所へ移りましょうか」

すると、織口は笑った。「そういう台詞《せりふ》は、女性を口説《くど》くときだけ使いなさい。私はこ

「こで充分だよ」

この「いなみや」は、上野駅《うえの》の公園口から歩いて五分ほどのところにある。値段のわりにはびっくりするような料理を出すし、酒も揃っている。慢性的な金欠病である修治にとって、そうそう他人には教えられないほど貴重な行きつけの店だが、いかんせん、騒々しいことだけは否《いな》めない。

今夜も、事前に、夜行で東京を発《た》つという織口の予定を聞かされていなかったなら、別の店を選んだはずだ。予定を知らされて、それなら上野駅の近くがいいなと、まずそれを先に考えてしまったので、自然と「いなみや」を選んでしまったのだった。

「だけど、これじゃロクに話もできませんよ。怒鳴りあってたって、時間を喰うだけだ。織口さん、僕になにか話があったんじゃないんですか？」

修治が尋ねても、織口はすぐには返事をしなかった。生ビールを大きく一口飲むと、ジョッキをおろし、汚れてもいない指先を、おしぼりで丁寧にふいている。

「言いにくい話なんですか？」

少しだが、胸騒ぎを感じた。急いで考える。なんだろう？　仕事なら、このところはトラブルもないし――それとも、例のチャーター船の件かな？　定員オーバーになるから、あの申し込みは断わるしかないって言ってたけど、ひどい苦情が――

修治の頭のなかが空回りしているのを見透かすように、織口はにっこりした。そして言った。

「今夜の私はキューピッドおじさんでね」

「へ？」

「よく見てくれよ。背中に羽根が生えてるだろ？」

織口らしくもないものの言い方で、本人が照れてしまっている。修治は吹き出した。

「どうしたんですか？　まだ、悪酔いするほどは飲んでないのに」

それどころか、カウンターに腰を落ち着けたばかりだ。半分ほど空《あ》いた織口のジョッキの脇に、無愛想な腕がぐいとのびて、突き出しの小鉢を置いて消えた。

織口は、やっといつもの彼らしい表情を取り戻した。

「いやいや、こういうことには慣れていないのでね。こっちの方が照れちまうよ」

「こういうことって？」

「恋の橋渡しとでも言えばいいのかな。頼まれたんだよ。〝お父さん〟としては放っておけない。で、乗り出してきたというわけだ」

修治は、この年長の友人の、穏やかな顔を見つめ返した。

二人が店舗係として働いている、釣り道具専門の大型店「フィッシャーマンズ・クラブ」北荒川《きたあらかわ》支店で、織口は、他の同僚たちや、店長からさえも、「お父さん」と呼ばれている。理由は単純。三十三歳の店長の下、若者ばかりの従業員たちのなかで、織口だけが一人、ぽつりと年代が離れているからだ。彼は今年、五十二歳になる。

それでも、年下の同僚たちから「クソおやじ」でなく「お父さん」と呼ばれているのは、織口がきちんと仕事のできる人であるからだ。事務所の方で働いている女の子たちは、若い店舗係たちが伝票を書き間違ったり、お客とトラブルを起こしたときなど、きまって織口を頼ってくる。織口もまた、快く力になってやる。今年の「父の日」には、事務の女の子たちが金を出しあって、彼にプレゼントをしたらしい。織口はすっかり照れてしまって、修治が尋ねても、何をもらったのか教えてくれなかったけれど。

織口の、別れて五分たてば忘れてしまうような、特徴のない顔立ち。人込みにまぎれたら探しようのない、中肉中背の体格。何を着てもスーパーのバーゲン品を着ているように見えるし、事実そうでもある。それはまさしく「お父さん」だ。間違っても「おじさま」ではないし、若い女の子の「パパ」でもない。

「誰に頼まれたんですか？」

織口は鼻の頭をかいた。「可愛い娘《こ》だよ」

修治は笑った。「誰です？」

観念したように天井を仰いでから、織口は「野上《のがみ》さんだ」と言った。

ジョッキの把手《とって》に指をかけたまま、修治はちょっと口を開いた。「野上って、野上裕美《ゆみ》ですか？」

「そう。可愛いだろ？」

可愛いもなにも、「フィッシャーマンズ・クラブ」の本支店あわせて二十四店舗に勤める女子社員のなかでも、五本の指に入るだろうと言われている美人だ。

「なにかの間違いじゃないんですか？」

「野上さんが君と付き合いたいって言ってるんだよ。間違えようがないと思うがね。君は佐倉修治くんだろ？」

修治は箸を取り、突き出しの小鉢のなかをつっついた。細く切った山芋に、二杯酢をかけたものだ。酢の物は嫌いだから、食べる気はなかった。すかさず、織口が言った。

「時間稼ぎにつまみを無駄にしないでくれよ。それ、もらうよ」

さっと小鉢を持っていってしまった。修治はごまかしようがなくなった。

「それで……頼まれたのは、その伝言だけですか？」

織口は口を動かしながらにっこりした。「まさか。ちょっと待ってくれな」

ポロシャツの胸のポケットを探ると、ブックマッチをひとつ取り出した。

「ここだよ」と言いながら、それを修治に差し出した。「私はよく知らんが、ワイン・バーだそうだ。そこで、野上さんが待ってる。あとは君たちで好きなようにすればいい」

修治はブックマッチを見た。「ワイン・バー　ホワイトキャット」。銀座《ぎんざ》七丁目だ。

「野上さんには、九時までには必ず君が行くように計らう、と約束してあるんだよ。そのジョッキをあけて景気をつけたら、すぐ出た方がいいだろうな」

修治が黙っていると、織口は首をめぐらせてこちらを見た。

「気が進まないのかい？」

「いいえ」修治はちょっと笑った。「そんなことはないけど――なんか、高校生みたいだなと思って」

「高校生はワイン・バーで待ち合わせしたりしまい。でも、君ら二人とも、高校を出てからそう月日がたってるわけじゃなかろう？」

修治はこの秋で二十二歳になる。野上裕美はたしか二十一歳のはずだ。今春短大を出て、すぐに「フィッシャーマンズ・クラブ」に就職したのだから。

「彼女は、デートする気にもなれないほど嫌な女の子じゃないと思うがね」

それはもちろん、修治にもわかっていた。そして、ひょっとすると彼女、俺のことを憎からず思ってるんじゃないかな、と考えたこともあった。うぬぼれだと受け取られるに決まっているから、誰にも――この織口にさえ――話したことはなかったけれど。

ただ、このお膳立ての仕方に、なんとなく引っ掛かるものを感じる。織口さんらしくないな、と思うのだ。

もしも本当に、野上裕美に頼まれているのなら、修治の知っている織口、修治が把握している織口の人柄ならば、もっと婉曲《えんきよく》に、自分が正面に出ないやり方をするんじゃないか――と思えて仕方がない。こんなふうに、いかにも「取り持ってあげるよ」という方法をとるのは、織口にふさわしくないような気がするのだ。

しかも、今夜の織口は、修治の想像するかぎり、こんな牧歌的なことをしていられるほど余裕のある心理状態ではないはずだった。明日の公判を前にして、気が重くなっているに違いない。

前回の公判を傍聴して帰ってきたあとは、一週間ほど、仮面をつけているような強《こわ》ばった顔をしていた。ほかの人間にはわからなくても、修治にはそれがわかった。

すると、修治の頭のなかの考えを読んでいるかのように、織口が呟《つぶや》いた。

「私は、あまり嬉しくない一日を過ごしに行くところだからね」

水滴のついたジョッキに手をかけて、

「せめて、ひとつぐらい楽しくて心温まることをやってから、出発したいんだよ」

しばらく彼の横顔を見つめてから、修治はうなずいた。「わかりました」

カウンターのスツールを滑りおりる。ジーンズのポケットに手をつっこんで財布を取り出そうとすると、織口が笑ってさえぎった。

「今夜は野上さんにご馳走してやりなさい。ここは、私がもつよ。だいいち、全然飲んでないじゃないか」

手をつけないままのビールのジョッキをちらりと見て、修治は微笑した。

「じゃ、そうさせてもらいます」

「ジョッキの中身の方も引き受けるよ。これくらい飲んでおけば、寝台車の硬いベッドでもよく眠れるだろう」

「寝呆《ねぼ》けて寝台から落ちないでくださいよ」

織口は笑った。「大丈夫だ。彼女と楽しくな。幸せになってくれよ」

もうカウンターを離れかけていた修治は、思わず足を止めた。

「なんだか、もう二度と会えないようなことを言うんですね」

織口の口の端から笑みが消えた。「そうかな?」

「そうですよ。明日の夜には戻ってくるんでしょう?」

「もちろんだ。そのつもりで、帰りは飛行機のチケットを確保したんだよ。イベントの準備が始まるからね。それでなくても手が足りないんだから、休んでいられない」

明日の月曜は定休日だが、次の日曜日に、東京湾岸の埋立地で、スポーツ・キャスティングの競技会が予定されているので、火曜日から始まる週は、その大イベントの準備のために、ハードな週になりそうだった。フィッシャーマンズ・クラブ内の大会だが、十月に予定されている全日本サーフの協会支部対抗戦に出場するメンバーの選考会も兼ねているため、参加者は数多い。

「強行軍になりますね」

「大会が終わったら、すぐ休めるさ。店長も許してくれるだろう。なにせ、私は北荒川支店ナンバー・ワンのロートルなんだから」

その軽口に、修治は少しほっとした。

「じゃあ、気をつけて」

「君もな」

出口の方へ向かいながら、通路の途中で、もう一度振り向いて時計を探した。修治は腕時計が嫌いなので、出先ではよくこういうことがある。

目玉の形の時計の針は、八時二十五分をさしていた。銀座へは、地下鉄なら乗り換えなしで行くことができる。野上裕美を待たせずに済むだろう。

カウンターで背中を丸めている織口の姿が、大勢の客たちの頭や背中や肘のあいだに、見えたり隠れたりしている。さっき感じたかすかな疑問への回答が、無防備に人目にさらされている織口の背中に描かれていないかと、修治はしばらく、そこに佇《たたず》んで見つめていた。

織口はゆっくりジョッキをあけている。妙に寂しそうだな——と思ったが、後ろ姿が寂し気《げ》でない人間なんかいないよな、と思いなおした。踵《きびす》を返して、出口のドアを押した。

あとになって考えてみると、このときが、修治の知っている織口、修治が親しんでいた織口を見かけた、最後の機会になったのだった。だが、今はまだそれを知る由《よし》もない。そして、明日の朝までに、あの、壁からウインクしているような時計が一回りするまでに、自分が何に巻き込まれることになっているかも知らないまま、修治は上野駅に向かって歩きだした。

3

芙蓉の間への入口は、四カ所あった。そのうち三つは廊下に面した両開きのドアで、宴席のあいだ、新郎新婦の入場などの限られた場合以外は、三つとも全部自由に出入りできるようになっている。ケースをさげた慶子が廊下を通りかかったときも、カクテルドレスを着た女性客が一人、滑るようにドアから出てきて、廊下を遠ざかっていった。

いちばん手前のドアのそばに、「国分《こくぶ》家　小倉《おぐら》家結婚披露宴会場」と書かれた札が立てられている。慶子は初めて、動悸が速まるのを感じた。

国分家、か。これは家の結婚式であって、個人の結婚式ではないらしい。

以前、慶子との未来のことを話しているときに、国分はこう言っていた。結婚式場の「○○家」という書き方はおかしい。結婚式は、本来二人だけのためにあるはずだ――口で言うことと行動とが違う、お偉い先生。今度もそうだったのね。慶子は心の内でひとりごちた。国分慎介《しんすけ》――あんたは本物の下衆野郎よ。

幅広い廊下の中央に、お仕着せを着た従業員が一人、これという用もなさそうなのに、宴会場へ通じるドアに向きあって立っていた。慶子が近づいてゆくと、かすかな微笑を浮かべながら向き直り、軽く頭を下げて、迎えるように進み出てきた。なるほど、このために配置されているわけだ。

「いらっしゃいませ。お客さまは――」

みなまで言わせず、慶子はにこやかに答えた。「国分さんと小倉さんの披露宴に参りました」

「はい。失礼ですが、お名前は――」

「あら、いいえ」慶子は微笑した。「わたしは招待客じゃないんです。宴席で楽器の演奏をすることになっているだけで」

「ははあ」従業員は軽く目を見張った。次に口を開いたときには、ほんの少しではあるけれど、丁寧さの度合いが下がっていた。なんだ裏方同士じゃないか、ということだろう。

「披露宴の進行予定は知ってるんですか？」

「ええ。わたしは、小川《おがわ》さんというご夫婦に頼まれているんです。お二人は、最後の方になってスピーチをする予定になっていると思いますが」

従業員は、お仕着せの上着の内ポケットから、宴席の座席表を取り出して広げた。

「小川さま……」

「新郎側のご友人です」

小川満男《みつお》・和恵《かずえ》の夫婦は、かつて、今日の新郎である国分慎介を、慶子に紹介した知人である。当時は、和恵はまだ旧姓の河辺《かわべ》和恵で、慶子とは会社の同僚だった。何度かダブル・デートをしたこともある。慶子と国分は別れたが、小川と和恵は結婚した。だから、今日の国分の結婚式には、夫婦二人雁首《がんくび》そろえて出席しているというわけだ。

いい面《つら》の皮だ。慶子は思った。見ていなさい。あと十分もしたら、あんたたちに、自分のしたことを思い知らせてあげるから。

「わかりました」小川夫婦の名前を確認したのか、従業員は言った。「会場に入って待っているように言われてるんですか？」

「いいえ。その時がきたら、小川さんの奥様が廊下へ出てきて声をかけてくれることになっています」

「そうですか。じゃ、そちらにでも掛けていてください」

従業員は、もう完全に慶子への関心を失っているようだった。ちょうどそこへ、さっき宴席を離れたカクテルドレスの女が戻ってきて、するりとドアの内側に消えた。

国分家の人間で、慶子の顔を見知っているのは一人しかいない。慎介の妹の範子《のりこ》だ。彼女か、小川夫婦に出くわさないかぎり、邪魔立てされる心配はない。

「あの……」黒革のケースを持ちあげて、慶子は従業員に声をかけた。「これ、オーボエなんです。組み立てて、ちょっと調子を見たいんですけど、どこか適当な場所はありませんか」

従業員は顔をしかめた。「大きな音をたてますか?」

「いいえ、そんなことは」

「じゃあ、パウダールームを使ってください」先ほどカクテルドレスの女が向かっていた方向を、大雑把《おおざっぱ》に手で示した。

ありがとう、と言って、慶子はそちらに足を向けた。尋ねるまでもなく、パウダールームの場所はわかっていたが、スッと姿を消して、妙に探されたりするよりも、こうしておいた方がいいと思ったのだ。

パウダールームには誰もいなかった。楕円形の鏡が三つと、スツールが三台。壁にはめこまれた大きな一枚鏡に、慶子の姿が映る。

一度引き返して、外の様子をうかがった。やはり誰もいない。ここは、芙蓉の間の脇の、廊下から少し引っ込んだ細い通路に面しているのだ。

そして、この通路の先には、芙蓉の間に通じる四つめのドアがある。ここだけは、片開きのドアだった。

耳をすまさなくても、ざわめきが聞こえた。司会者の声が、廊下にいるときよりもずっとはっきり聞こえる。

「——それでは皆様、お色直しのために退場する新郎と新婦に、もう一度盛大な拍手をお願いいたします」

どっと拍手がおこった。慶子はほうっとため息をついた。きわどいタイミングだった。

パウダールームへ引き返し、鏡のそばを通りすぎて、トイレと洗面所の方へ向かった。四つある個室は全部空いている。いちばん手前の部屋に入り、ドアを閉めてロックした。

便座の蓋をおろし、トイレット・ペーパーを千切《ちぎ》ってさっとその上をふいてから、腰をおろす。黒革のケースは膝の上に置いた。

個室は広い。なかで悠々と着替えができそうなほどだ。それもちゃんと計算に入れてあった。なにもかも計画どおり。なにひとつ、邪魔は入っていない。

とうとう、ここまで来た。ほっと息をつく。緊張の糸が切れて、しばらくぼんやりとしてしまった。

ハッと我に返ったのは、誰かがパウダールームに入ってくる足音を聞きつけたときだった。声が聞こえる。二人だ。新郎新婦が席をはずしているうちに、化粧直しをしようと中座《ちゅうざ》したのだろうか。

周囲が静かであるせいか、二人の女性は、小さな声で話していた。国分家・小倉家の披露宴への出席者であることは間違いなさそうだ。足音、コンパクトを開けたり閉じたりする音、水を流す音、ペーパータオルを使う音——それらにまぎれて、ときどき話し声が聞こえてくる。

「でも、ホントに綺麗ね。うらやましい」と、一人が言う。

「あなたも打掛けにすれば？　今からだって変更できるでしょう」

「ダメダメ。彼のお母さんが、どうしても白無垢でって言ってるの。ご機嫌をそこねると、いろいろ面倒だから」

「横暴ねえ。今からそんなことじゃ、先が思いやられる」

「平気よ。同居しないもん」

笑いさざめきながら、二人は行ってしまった。静寂が戻った。慶子は止めていた息を吐いた。

そして、急に、今までいちばん惨《みじ》めな気分になった。

こんなところで、あたしはいったい何をしてるんだろう。子供みたいにトイレに隠れ、便座の上に座り込んで。いい歳《とし》をして、いったい何をやってるんだろう。

ふと、以前に観た映画を思い出した。ケネディ大統領の暗殺をテーマにしたものだ。オズワルドは利用されただけの囮《おとり》にすぎず、事件の黒幕、真犯人は政府の上層部にいる――というストーリーだった。

あの映画は、国分と二人で観たのだった。慶子のマンションで、カウチに長く身体をのばし、くつろいでテレビやレンタルビデオを観ている国分の姿が、彼女は好きだった。国分が、そこがまるで最初から自分の部屋であったかのようにリラックスしている様子が好きだった。映画に夢中になっている彼の頬に、よく冷えたビールをくっつけて驚かすのが好きだった。

あのころは、彼のすべてが好きだった。

あの映画、『ダラスの熱い日』といったっけ。あれを観ながら、国分が話してくれたことも覚えている。撃たれたときの大統領の頭の動き方からして、弾は最低でも二つの異なった方向から飛んできたはずだと言われている――そのどちらも、オズワルドがいた教科書会社の倉庫のある方角ではない――あとで探してみると、現場近くの木立ちのなかに、たくさんの吸い殻が踏みにじられているのが見つかったそうだ――まるで、誰かがそこで時間をつぶしていたかのように――大統領専用車が通りかかり、狙撃のときがやってくるまで――

そのとき、慶子は尋ねた。「ねえ、その人、おかしくなかったかしらね」

国分は言った。「何が？」

「待っていることがよ。銃を持って、雑木林のなかで煙草《たばこ》を吸いながら待っていることが。なんでこんなことをやってるんだろう、なんて思わなかったのかしら」

「そんなふうに思う人間は、殺し屋にはならないんだよ」

「神様どうぞ、怖気《おじけ》づいて手が震えたりしませんようにって、祈りながら待ってたのかしそう、殺し屋は神に祈ったりしない。怖気づいたりもしない。その時が来るのを待っているとき、急に惨めな気分になったりもしない。たとえ、大統領を撃つためにトイレに隠れなければならないのだとしても。

「殺し屋は、神に祈ったりしないよ」

らね」

だが、慶子は震えていたし、これ以上ないほどに惨めだった。

おお、どうぞ神様、あたしを怖気づかせないでください。手元を狂わせないでください。すべてがうまくいくように計らってください。もう二度とこれほど強くお願いをすることはありません。これが最初で最後のお願い。だから、どうぞ。

大きくひとつ深呼吸をすると、慶子は頭をあげた。手の震えも、胸の動悸もおさまってはいない。何度も鍵を開け損《そこ》ね、手をすべらせた。

やっと、ケースの蓋を開けた。

油の匂いがする。銃身を掃除するためにいつも持ち歩いている数枚の布を取りのぞくと、三つの部分に分けられた、散弾銃の全身が見えた。

「銃にはパワーがあるからな」

遠い声が、そうささやいた。兄の声だった。

「自分が強くなったような気がする。何でもできるような気がする。スポーツで射撃をやってたって、それは同じだ。人間のなかに眠っている、古い闘争心のスイッチを、銃がパチリと入れてくれるんだよ」

今ほど深く、それを実感したことはなかった。

慶子は一度強く目を閉じた。再び目を開くと、惨めさは嘘のように消えて失くなっていた。ショルダーバッグをタンクの上に乗せ、両手を自由にすると、立ち上がり、よどみのない、慣れた手つきで銃を組み立て始めた。

4

新郎新婦が席をはずしてしまうと、宴席は急に騒がしくなった。

最前列の丸テーブルを占領している新郎の友人たちのあいだから、高い笑い声があがった。おめでたい席に似合いの明るい声であるはずなのに、国分範子は、耳をふさぎたいような気分になった。彼らが何を話し、何をさかなに笑っているのか、はっきりわかるような気がしたのだ。それは多分に彼女の思い込みにすぎないものであるはずだが、どうしてもふりはらうことができなかった。

コースのフランス料理は、メインディッシュにさしかかったところだった。着馴れない和服の帯がきつく、範子はほとんど料理に手を付けていない。すぐ隣りにいる父親は、式が始まったころから緊張のしっぱなしで、酒ばかり飲んでいる。その隣りの席にいるはずの母は、ビール壜を手に丸テーブルを回って歩いており、やはり料理は手付かずのままだ。

ひとつ深呼吸をして、範子は顔をあげ、タンブラーに入った冷たい水を飲んだ。百五十名の招待客で満杯の宴会場には、酒と生花と香水と、はぜるような興奮の匂いがたちこめていた。背後でドアが開き、涼しい廊下の風を感じたので振り向くと、化粧直しをしてきたのか、女性が二人、肩を並べて歩いてくるところだった。

二人とも、新婦の側の招待客だ。大学の同窓生。大きなプリント柄のワンピースを着こなし、颯爽《さっそう》として見える。範子は突然、自分も洋服を着てくればよかったと思った。成人式以来、二年ぶりに箪笥《たんす》からひっぱり出してきた振り袖だ。それに、いかにもセットしてきましたという感じの髪。やはり成人式に履《は》いたきりの草履《ぞうり》は、鼻緒が固くて足が痛い。ぎゅうぎゅうに締め付けられた伊達《だて》じめのためか、ぐっとおくびが出てきて、範子は口元をおさえた。

「気分が悪いのか?」

自分の方がよっぽど気分の悪そうな顔で、父が声をかけてきた。範子は少し頰笑んでみせた。

「帯がきついの。ワンピースにすればよかった」

「せっかくの兄さんの結婚式だ。晴れ着を着るのが当たり前なんだから、そんなことを言うもんじゃない」

そう言って、父はビールグラスを手に取った。そこへちょうど来合わせた招待客の一人が、目ざとく父のグラスを見つけ、笑顔で近寄ってくる。席を立ち上がってあいさつをしている父の背中を、範子はぼんやりと見つめていた。

親族はみな、披露宴会場で、新郎新婦のいる雛壇から、いちばん遠い席に座っている。さっきまで金屏風《きんびょうぶ》の前にいた紋付袴姿の兄も、豪華な錦糸の縫い込まれた打掛けを羽織った花嫁も、範子からは遠い存在だった。

誇らしげに顔をほてらせた兄を、隅っこから見つめているだけ――そしてそれが、今の自分に、今の自分たち家族に、とてもふさわしい場所であるような気がして、範子は目を伏せた。

親族のテーブルは五つ。三つが花嫁の側の小倉家、二つが花婿の側の国分家。たったひとつのテーブルの数の違いに、さまざまな事情が象徴的に表わされていた。さらに言うならば、花嫁の家族のテーブルの方が、より中央に近いところにある――ということも、無言のうちに、両家の力関係を示しているように見える。

「向こうのお母さんは、着物の目利きだろうからね」

貸衣装屋に出向くとき、母は言っていたものだ。

「今あたしが持ってるような安い留め袖を着ていったら笑われちゃうよ。情けないけど、新しいのをつくるような余裕はないし」

だから、いちばん高価《たか》いのを借りたのだ。

「ねえ、範子。あんた、頼むからあと五年は結婚しないでおくれよ。慎介の結婚式のために、借金までしちまったんだから。早くに結婚するんなら、式なんか挙げないでいい人を見つけておくれよね」

ずいぶん不公平ね——と言ってみると、母は笑いながらこう言った。

「仕方ないじゃないの。あんただって、お兄ちゃんが恥ずかしくないような立派な式をあげてほしいだろ?」

いつもそうだった。お兄ちゃんが恥ずかしくないように。お兄ちゃんがいいように。お兄ちゃんが自分のしたいようにさせてあげるために。

また、ひときわ高い笑い声があがって、範子のぼんやりとした物思いを破った。今度は花嫁の側のテーブルだった。拍手をしている客もいる。そのにぎやかさに、もう花嫁がお色直しを終えて戻ってきたのかと、ドアの方をふりかえる客たちもいた。

そうだわ……主役がいなくなって空《から》っぽの雛壇と、明るく輝く金屏風を見つめて、範子は考えた。親族が雛壇から遠い席に座らされるのは、この祝宴にこぎつけるまでに、どれほど目出度くないことを乗り越えてこなければならなかったか、よく知っているからなんだ。それが、無意識のうちに顔に出てしまうから、隅の方へ追いやられてしまうんだ。

「どうもお世話になっております――今後ともどうぞよろしくお引き回しのほどを――」

父はまだ頭をさげている。何度も、何度も。その姿は滑稽で、ひどく悲しく見えた。あたしが結婚するときには、お父さんにこんなふうに頭をさげさせたりはしない。絶対に、絶対に、こんなふうにはさせるものか。

つと肩を叩かれて顔をあげると、母が眉をひそめてのぞきこんでいた。

「なにをぼんやりしてんの。気が利かないね。お酌して回っておいで」

水滴のついたビール壜を手に押しつけられて、範子は席を立った。機械的に頭をさげ、小さな声で挨拶の言葉をつぶやきながら、テーブルを回る。背中にじっとりと汗がにじみ、鼻の頭にも汗のつぶが浮いているのがわかった。

小川夫婦のテーブルにさしかかると、夫人の和恵が、大声で範子を呼び止めた。

「あら、範子ちゃん、今日はとっても素敵。綺麗ねえ」

いくらか酔っているのか、上気した頬をしている。肘の上に置かれた手を、とっさにふりはらいたい衝動を抑え、範子は黙って微笑した。

「お兄さんの次は、範子ちゃんの番ね」

そうね。範子は内心つぶやいた。そのときも、あなた方が汚ないお節介を焼いてくれるの?

和恵の手をそっとはずし、範子はテーブルから離れた。空になった壜を、通りかかったボーイに返して、新しいのを受け取る。機械的に頭をさげながらテーブルを回り続けた。

もう一度雛壇に目をやった。豪華に飾り付けられた胡蝶蘭《こちょうらん》の盛り花が、重たげに頭を垂れている。壁の時計を見あげると、八時半をすぎたところだった。披露宴は、あと一時間くらいだろう。

やっぱり、あの女《ひと》は来ないのかもしれない——そう思うと、安堵《あんど》と落胆が、野蛮なカクテルのように混じりあって、範子の心を揺り動かした。

あの人——兄が、国分家が、本当に頭をさげなければならない人——本当にお世話になった人——

たとえ一時期でも、本当に兄の妻であった人。

あの女《ひと》を呼ぼうと、あたしがやったことは、しょせん無駄だったのかもしれない。かえって怒らせただけだったのかもしれない。

それとも、あの女《ひと》は、もう兄のことなど忘れてしまっただろうか。

そういえば、彼女も胡蝶蘭が好きだった——

5

範子が初めて関沼慶子に会ったのは、今から一年半ほど前のことだった。松の内がすぎたばかりの日曜日、一月の、あの日は雪が降っていた。

当時、兄の慎介が借りていたアパートは、東京は荒川《あらかわ》の土手下の、見るからに日当たりの悪そうな一角にあった。千葉の稲毛《いなげ》にある実家は手狭だし、一日中工場で機械が動いている。その音が耳についてうるさいと、彼は大学二年のときから一人住まいをしていたのだ。

そして、めったに実家に帰ってこなかった。二十歳のときから二十八歳になるその年までに、アパートは何度も引っ越したけれど、そのあいだをつなぐためにさえ、実家に戻ってこようとはしなかった。

「面倒臭いんだよ」と、顔をしかめて言う。その気持ちは、範子にもわかった。

慎介は、大学の法学部を卒業し、司法試験に挑戦している身の上だった。今度で六回目のチャレンジになる。六回ぐらいめずらしくもないが、国分家の財政状態を考えると、長男が就職浪人状態でいることには、そろそろ限界がきていた。いや、むしろ、あとに起ったことを考えあわせれば、限界点などとうに過ぎていたのかもしれない。

だから、彼としては、その年は大きな節目《ふしめ》だったのだ。これまで以上に、ごちゃごちゃ雑音を入れてほしくないと思うのは、当然のことだった。

だから、こちらからも、めったに兄のアパートを訪ねたことはない。最初のうちは頻繁《ひんぱん》に足を運んでいた母も、かえって勉強の邪魔になると言われて以来、我慢をするようになった。代わりに、宅配便で衣類や食物を送ったり、電話をかけることで、心配をまぎらすようにしていた。

その日、範子が兄を訪ねていったのは、友達の家に遊びに行った帰りに、近くを通りかかったからだった。それでも、雪さえ降りださなければ、そんなことは思いつかなかっただろう。兄さんのところで傘を貸してもらおう——と思ったからこそ、足を向ける気になったのだ。

それほどに、兄は疎遠な存在だった。近づけばうるさがられる。八つ違いの慎介は、いつも範子よりはずっと先にいて、年長の者らしい優しさを示すよりも、自分の身の回りのことにかまけるのに夢中になっていたから。

ごみごみとした知らない町を、番地を頼りに探して歩くのは、思ったよりもずっと骨の折れることだった。駅のすぐ近くだと聞いていたのに、いくら探しても見つからない。雪はますます激しく降り続き、大粒のぼたん雪から、乾いてサラサラの粉雪へと変わってきた。灰色一色の空でも、暮れかかっていることだけはわかる。

通りがかりの中学生が、はしゃいだ声で「積もりそうだね」と言い合っているのを聞いて、早く帰らなければと気がせいた。すぐそばの薬局で、五百円のビニール傘を売っている。買って帰れば、「またそんな無駄なことをして」と、母に叱られるだろう。でも、もう仕方ないか――と思いながら、安物の白い傘の柄《え》に手をかけたとき、背後からそうっと肩を叩かれたのだった。

「こんにちは」と、その女《ひと》は言った。親しげに笑みを浮かべ、ちょっと小首をかしげてこちらをのぞきこんでいるのは、範子よりも背が高いからだ。差しかけられた傘は、大きな花柄で、持ち手のところにも模様が刻みこまれていた。

「人違いだったらごめんなさい。あなた、国分範子さん？」

驚きながらも、範子が「はい」と答えると、相手は大きく顔をほころばせた。

「ああ、よかった。学生服を着た写真しか見たことがないから、ちょっと心配だったの」

そして、軽く顎《あご》を引くと、検分するように範子を見つめ、

「お兄さんによく似てるわね」と言った。

すみません、どなたでしょう――尋ねる範子を、降りしきる雪からかばうように身を寄せながら、彼女はにっこり笑って答えた。

「わたし、関沼慶子といいます。お兄さんの友達よ。彼のアパートへ行くなら、ご一緒しましょう。わたしも、ちょうど行く途中だったの」

彼女は、左手に、スーパーのビニール袋をさげていた。袋の端から泥葱《どろねぎ》が飛び出し、豆腐のパックものぞいている。ああ、この人、兄さんのためにお料理をするんだ——と気づけば、あとは質問など必要なかった。

迷っていたのが馬鹿みたいな話で、慎介のアパートは、そこから目と鼻の先にあった。範子が顔を出すと、意外そうに目を見張り、関沼慶子に笑いかけて、

「ちぇ、不粋《ぶすい》なヤツだな」と言った。

兄のそんな笑顔を、初めて見たと思った。

結局その夜は、慶子の手料理をご馳走になり、夜九時をすぎたころに、二人に駅まで送ってもらって家路についた。途中のコンビニエンス・ストアで慎介が傘を買ってくれた。

慶子が「わたしも帰らなきゃ」などと言わないことは、予想がついていた。アパートにいる二人を見れば、それは一目瞭然だった。狭い台所で立ち働きながら、慶子は一度も「ねえ、お醤油の買い置き、ある?」とか「鍋敷きはどこかしら」などと尋ねたりしなかった。部屋のなかには、どう見ても兄の好みとは思えない音楽のカセット・テープや、よく手入れされた鉢植えや、きれいに研《みが》きこまれたグラスが置いてあった。隅々まで掃除がゆきとどき、ベッドの上の布団は、湿り気もなくふんわりとしている。

自分にも、いつかは義理の姉さんができるのだ——そんなことは、よく考えた。兄さん

と相性《あいしょう》のよくないあたしは、その兄さんが選んだ兄嫁さんとも、反《そ》りがあわないかもしれない。そう思うと、ずいぶん悲しかったものだ。

だが、慶子と顔をあわせてみて、いつのまにか兄さんはこんな女性を選んでいたのだと知ってみて、それは杞憂《きゆう》に終わるかもしれないと思った。華やかな美人で、身につけているものや、話し方、言葉の選び方ひとつをとってみても、範子よりはずっと育ちの良い女性であるとわかるのに、慶子は優しい人だった。範子が気後《きおく》れしないで済むように、心を砕いてくれていることが、よくわかった。

それに、この人は、あたしの写真を見たことがあると言っていた。兄さんはこの人に、あたしたち家族のことを話しているのだ。

それも、心をやわらかく包んでくれることだった。

二人は駅の改札までついて来てくれた。慎介が切符を買ってくれた。そして、別れ際にこう言った。

「うちについたら、電話しろよ」

ちゃんと無事に帰ったかどうか知りたいから、電話しろよ——そう言ったのだ。今までの兄からは考えられないことだった。

帰り道、座席の暖房のヒーターと、慶子の手料理の温もりに、身体全体を温められながら、範子は何度か頬笑んだ。窓からながめる、都会にはめずらしい雪景色も、幸先《さいさき》のよいしるしのように思われた。

夜の白い闇の底をのぞくと、銀色に光るレールのつなぎめに、赤い炎がちらちらとゆれていた。凍結を防ぐために、カンテラを焚《た》いているのだ。

慶子さんは、あのカンテラに似てる。そう思った。あの人が兄さんを温めてくれてる。レールの上を走ることしか知らない兄さんが、凍りつかないように。

あの人が、兄さんを変えてくれるかもしれない。

慎介がアパートを引き払い、慶子のマンションで彼女と同棲し始めたのは、それから半月後のことだった。

その年の五月、慎介は司法試験の第二次試験に合格し、七月には論文式試験をパスした。最後の関門である十月の口述試験に受かったという報《しら》せが届いたのは、奇《く》しくも彼の誕生日だった。

「俺は生まれ変わったような気分だ」と、彼は言った。

兄さんは、ぎりぎりのところで難関を突破したのだ——範子はそう思い、誇らしかった。今年駄目だったら、もうあきらめなければならなかっただろう。国分家は、小さな印刷工場を経営しているのだが、人手不足と業界内の激しい過当競争のために、年々傾く一方だったのだ。

とうに還暦を越した父親も、幼いころから秀才の誉《ほま》れ高かった長男を自慢にしてきた母親も、これ以上ないほどに狂喜した。その喜びの底に、あけっぴろげな安堵が混じっていることに、範子は少しばかり苦笑したけれど、そのことで両親をからかおうとは思わなかった。

それまで、範子だけは何度か慶子に会っていた。だが、試験に受かってからも、慎介は、いっこうに彼女を実家に連れてきて紹介しようとしない。しびれを切らして、催促をしてみると、彼は「今はあわただしくてそれどころじゃない」と言う。

それでも、両親は彼からなにか聞いているかと思って、探《さぐ》りをいれてみた。二人は何も知らされていないらしい。兄さん、照れてるのかな、と思うと微笑ましかったが、母がこう言ったときには、かすかに、嫌な予感がした。

「うちもホントに苦しくて困ってだから、ここ一年ばかり、慎介が、仕送りは要《い》らないって言ってくれて、助かったよ」

仕送りは要らない。そう言うのは、いい。だが、なぜその理由を説明しなかったのだろう？　女と住んでいて、彼女に生活の面倒をみてもらっていることが、恥ずかしかったからだろうか。それなら、試験に受かったら、まず真っ先に慶子を家に連れてきて、彼女への感謝を表わすべきだろうに……

今思えば、両親も薄々気づいてはいたのだろう。アパートを引き払えば、当然住所も電話番号も変わる。あるいは、母が電話をかけたとき、慶子が出たりしたこともあったかもしれない。

ただ、それを突っ込んで考えてはみなかった。そんなことをして、せっかくの環境を台無しにしたくなかったから。

なんだか、腐ったものを嗅《か》いでしまったような感じがした。そして、それから間もなく、範子は、自分の嗅覚《きゅうかく》に間違いがなかったことを知らされたのだった。

華やかなざわめきのなかで、ドアを背に立ち、いつのまにか、範子はくちびるを嚙みしめていた。

関沼慶子がいてくれたから、今、兄はこうして金屛風を背中に祝宴をはることができたのだ。

彼女を騙《だま》し、彼女を利用して、いちばん苦しいときに生活の面倒をみてもらっていたからこそ。

それなのに、兄はあっさりと彼女を捨てた。大気圏を出てゆくロケットが、要らなくなった燃料タンクを切り捨ててゆくように。

「俺にとっては、結婚も人生の階段を昇るためのステップのひとつなんだ。意味もなしにするわけにはいかない」

そううそぶいた兄の顔を、生涯忘れないだろうと思う。

慎介が「慶子とは別れたから」と言ったとき、生まれて初めて、範子は殺意に近いような怒りを感じた。兄が心変わりをしたからではない。やっぱりそうだったのか、この人は、あたしと血が繋《つな》がってるはずのこの男は、最初っから、心のきれっぱしも持っていなかったのだとわかったからだ。

「慶子は金しか持ってない女だ。ただのおのぼりさんで、おまけに頭も空っぽだった」

すべてが最初から計算されたことだったと知ったのは、今年の正月のことだった。兄の友人の小川という人が、結婚したばかりの和恵夫人を連れて、稲毛の家を訪ねてきたときだ。

小川和恵は、昔、関沼慶子の会社の同僚だった。彼女のことを、よく知っていた。うなるほどお金を持ってて、退屈しきっているお嬢さんだと。うまく引っ掛ければ、いくらでも利用価値がある、と。

「具体的な結婚の約束をしてなければ、どうにでも言い抜けができる。向こうだって、地元じゃ名士の家の娘なんだ。騒ぎたてれば世間体が悪いだけだし、黙って引っ込むさ。なんてことないよ」

なんてことないよ。

たったそれだけ。

事実、慶子は騒ぎたてなかった。ひっそりと姿を消してしまっただけだ。

それからまもなく、慎介は新しい恋人を得た。その娘が、今日の花嫁だ。学部の先輩があいだに立って、半《なか》ば見合いのようにして二人を引き合わせたのだという。

だが、慎介がまだ試験にパスせず、生活を切り詰めて勉強している就職浪人であったなら、最初から、そんな話が持ち込まれることさえなかっただろう。先方の両親だって、前途のある弁護士のタマゴだと思えばこそ、家格の違いに目をつぶって、この縁談を許したのだ。

そして、兄がなぜ彼女を選んだのか、その理由を範子は知っている。父親が丸《まる》の内《うち》に大きな事務所を持っている弁護士であり、母方の親戚からは最高裁判事も出ているという家の娘だからだ。関沼慶子はただの金持ちの娘でしかなかったが、彼女は違う。金のほかにも、大きな付加価値を持っている。だから選んだのだ。だから今日、並んで金屏風の前に立つ気になったのだ。

すべては、打算、打算、打算。

「俺は生まれ変わったような気分だ」

兄さんはそう言った。そのとおりだった。生まれ変わって、人間であることをやめたのだ。

強く袖を引かれて、範子は我に返った。母が険《けわ》しい顔をしている。

「二人が戻ってくるよ。席に座りなさい」

はかったように、明かりが消えた。音楽が流れ始めた。

時計の針は、午後九時をさしていた。

6

ワイン・バー「ホワイトキャット」のドアを開けると、最初に耳に飛び込んできたのは、大きな歓声だった。とっつきの個室を占領している団体客が、クラッカーを鳴らしたり手を叩いたりしている。

どうやら、結婚祝いのパーティのようだった。今日は大安だったかな？　日曜日の夜だというのに、銀座のこういうタイプの店が、意外に混みあっているのはそのせいかもしれない……修治はぼんやりと考え、ふと、関沼慶子も、今夜知人の結婚披露宴に出席すると言っていたことを思い出した。

そう、それでこっちはふられたのだった。

「二次会まで出るから、帰りは遅くなると思うわ」

こちらの思惑を先回りして封じるように、そう言っていた。

「勤めてた頃の同僚の結婚式なの。親しくしてた人だから、絶対出席しなきゃ」

「夜の披露宴ですか？　めずらしいな」

「最近は多いのよ。東京の夜景を見おろすことができるでしょう」

その時の慶子の表情が妙に硬くて、話しながら決してこちらの目を見ようとしないことに、修治は気づいていた。女性にとっては、友人の結婚話は、おめでたいことであると同時に、なにがし面白くない感情をかきたてられる出来事なのだろう——と思って、それ以上は詳しいことを尋ねなかった。

そういえば、関沼さんはいくつだったろう。二十六か、二十七歳ぐらいか。最初に彼女がフィッシャーマンズ・クラブにやってきたとき、いっしょにレジにいた同僚は、「あれで案外、歳はいってるぜ。俺の勘じゃ、ま、三十一ぐらいだな」と言っていたけれど、あいつの勘は、あまりあてにならないのだ。

入口にある案内板を見てみると、「ホワイトキャット」の店内は三階層に分かれていた。半地下のカウンター席と、一階の個室、二階のボックス席だ。先にカウンターの方をのぞいてみようかと、階段を降りかけたとき、ちょうどその階段を、野上裕美が昇ってきた。

修治に気づくと、ひどくびっくりしたような顔をした。一瞬、なにかの悪い冗談に乗せられたのかな、と思ったほどだ。裕美が口を開き、「あら、佐倉さん、こんなところでどうしたの？」と言ったりして——

だが、現実には、彼女はこう言った。

「もう来ないかと思った」

裕美は窓際の席を選んでいた。足元を、夜の銀座の華やかな喧騒《けんそう》が流れてゆく。街路樹の銀杏《いちょう》の葉が、腰掛けた修治の肘の高さで揺れていた。

最初から、裕美はよくしゃべった。会話が途切れることを怖《こわ》がっているようだった。ワイングラスを手にとっても、ほとんど口をつけない。しゃべり続け、いつのまにかまたグラスをテーブルに戻してしまう。職場のこと、ここへ来るまでに見かけたおかしなカップルのこと、読みかけの本の話――

ホントかな……という気分ではあった。近くに見る裕美は本当に可愛らしくて、なんだか「できたて」という感じがした。たとえれば、しみひとつない布。つんだばかりの花。仕立ておろしの洋服。こんな娘が、ホントに俺と付き合いたいなんて思ってるのかな？

「織口さん、なんて言ってた？」

ことのついでのような顔をして、裕美が訊いた。この料理おいしいね、と言うのと同じような口調だった。

「うん……」

「ごめんね。びっくりしたでしょ」

「そうでもない」答えてから、これはかなり図々しかったかなと思った。「いや、その、そうでもないこともなかった」

裕美は笑いだした。それでやっと、表情がほぐれた。

「わたしもね、こんなふうにお見合いみたいなことはしたくなかったの。だけど、佐倉さん、いつも忙しいでしょ？　なかなかつかまらないんだもの。誘いにくくって――」

「そんなに忙しい生活をしてるわけじゃないよ」

「そうかなあ。だって、夜は原稿書いてるんでしょう？」

修治は吹きそうになった。「なんで知ってるの？」

「織口さんに聞いたの。いけなかった？」

いけなくはないが、あまり他人に知られたいことではなかった。小説を書いているなんて、滅多《めった》に話せることではない。たいてい、笑われるだけのことだろうから。

「大学を中退したのも、小説を書きたかったから？」

「いや、そういうわけじゃないよ」

「佐倉さんて、自分のこと、全然話さないでしょ？　なんにもわからなくて、淋しいような気がする」

修治は笑って肩をすぼめた。

「話すほどのことなんてないからさ……」

修治は房総《ぼうそう》の小さな漁師町に生まれた。家はもともと漁業をなりわいにしていたのだが、修治の祖父の代から、周辺の開発が進み始め、それだけでは暮らしが成り立ちにくい環境になってきたようだ。そこで、修治の父が三十歳をすぎたころ、ある大きな化学工場の建設に伴って補償金が出たのを機に、思い切って漁業から足を洗い、市内に移って定食屋を始めた。

これがうまく軌道に乗って、一家は生活をしてきた。両親と、四歳年下の妹との四人家族。地元の高校を卒業する歳になるまで、修治は毎朝、市場に買い出しに出掛けてゆく父の軽トラックのエンジンの音で目を覚ましたものだった。

その父が亡くなったのは、二年前、修治が二十歳の春のことだ。まだ五十一歳。脳卒中で、実にあっけない最期《さいご》だった。そのあまりにもあっさりとした逝《ゆ》き方が、修治の心に影響を与え、大学を辞めるきっかけともなった――

「お父さんが亡くなったなんて、全然知らなかった」

グラスに半分ほど残ったワインをくるくる回しながら、裕美が呟いた。

「そりゃそうさ。二年前なんて、まだ野上さんはフィッシャーマンズ・クラブに就職してなかったろ？　僕もまだほかのアルバイトをしてた」

当時の修治は、大学へ通いながら、小学生の学習塾で雇われ教師のようなことをしていたのだ。サークル活動もし、適当に授業に出て、適当にさぼる。まずは平均的な大学生だったろう。楽しい学生生活を送っていたと、自分でも思う。

ただ、心の片隅で、なんとなく淋しいなと思ってはいた。専攻は経済学で、成績もそこそこ。一流企業には入れないだろうが、まあ中堅どころの会社に潜りこんで、おとなしいサラリーマンになる――そういう将来が見えていたから。

ぽつぽつと習作を書き始めたのは、その隙間風のようなものをふさぐためだったかもしれない。もとより、発表するあてもなければ投稿するつもりもない。漠然と書いていただけのものだ。だが、そうやって机に向かい、ストーリーをこしらえているときは、ほかのどんなときよりも楽しかった。

「もともと、子供の時に、物書きになりたいって思ってたことがあったんだよ」

もちろん、他愛ない夢だった。そう思い始めたのは、修治が中学生で、妹が小学校に通っていたころのことだ。病身で、しばしば学校を休んでは家で寝ていることの多かった妹に、いろいろとお話をこさえては話してきかせてやるという習慣があったのだ。妹は、テレビのアニメよりも、雑誌の連載少女漫画よりも、それを楽しみにしてくれていた……。

「どんな話をつくってたの？」微笑を浮かべて、裕美が訊いた。

「お子さま冒険ものっていうのかな」修治もほほえんだ。「ほら、『宝島』とか、『飛ぶ教室』とかね。ああいう話が好きだったから、似たようなのをでっちあげて――」

大学生になってから書いていたものも、その「お話」の延長線上にある種類の習作だった。

「じゃ、童話？」

「うん……強《し》いて分類するならそうなるかもしれないけど、べつに子供向きに書いてるわけじゃない。大人にも子供にも読んでもらえて、面白いと思ってもらえればよかった」

「『宝島』みたいに？」

「そう。『宝島』みたいに」

修治はうなずいて、微笑した。

「そんなとき、親父に訊かれたんだよ。おまえ、本当に今のままで満足かって……ね」

今考えてみれば、虫が報せたというやつだったのだろう。その春、父親が亡くなる直前に、連休を利用して、修治はふらりと帰省したのだ。これという用があったわけではなかったから、両親は驚いていた。

「なんかあったのかって訊かれて、なんでもないよって答えて――その晩、親父と飲んだんだよね」

ぼそぼそと四方山《よもやま》話をしているうちに、父は近所の家の話を持ち出した。修治と同じように、一人息子を東京の大学へ通わせている家なのだが、その息子が、ノイローゼにかかって病院に入院してしまったのだという。

「俺にはよくわかんねえけども、いろいろ悩むことがあったらしくてな」

眉根にしわを寄せ、コップ酒をゆっくり舐《な》めながら、父は言ったものだ。

「俺らのころより、世の中がずっと複雑になっとるからなあ。修治、おまえも、堅苦しく考えないで、せいぜい好きなことをしていいぞ。先へ行ったら曲がり角のない一本道だってわかってるときには、べつに目的なんかなくたって、手前でひとつ曲がってみる――それぐらいの洒落《しゃれ》っ気があったって、人間、損はしねえからな」

その言葉に誘われるように、修治は話してしまった。実はオレ、小説を書いてるんだけど……

「すると親父、喜んでくれてね。びっくりした。ホントに驚いたよ」

いいじゃねえか、頑張れや、と言った。

「大学で授業を受けていると、こんなの早く切り上げて原稿書きたいなあと思うんだよ、と言ったら、じゃあ大学辞めてもいいぞ、なんて笑ってる。なんか嘘みたいだったよ」

今にして思えば、父は、経済学なんかには不向きな修治の気質を見抜いていたのかもしれない。

「でもさ、作家になるのは大変だと思う。才能がなきゃ駄目だろうし、それ以上に運も必要だしね。親父だって、僕が作家にもなれず、サラリーマンにもなれず、結局人間のクズみたいになっちゃったら困るだろ？　あんまり大博打《おおばくち》はうたないほうがいいのかもしれないよ」

修治がそう言うと、父はふと真顔になり、それから妙に自信たっぷりの口調で、こう言った。

「そうさな……おまえが作家になれるかどうかは、俺にはわからねえ。だが、おまえは間違ったって人間のクズなんかにはならねえよ。何があったって、他人様に迷惑をかけるような人間にはならねえ。それは俺が保証してやる」

大丈夫だ、安心しな――きっぱりと、そう言った。

「根拠なんかないんだけど、その太鼓判で、すごく気が楽になった。で、思わず言っちまった。よし、親父、じゃあ僕は作家になるよって」

ところが、それからほんの半月後に、父は急死してしまったのだ。

「ショックだったことも確かだったけど、それ以上に、あのとき話したことが親父の遺言になったんだなって思ったら、すごく責任を感じてね。だってそうだろ？　約束を交わした相手が死んじゃったんだ。もう、その約束を破るわけにはいかないよ。親父、なんてとんでもない責任を負わせてくれちゃったんだよって、泡を喰った」

思いがけない父の死は、家族の生活にも影響を与えた。新しく人を雇い入れることで、店の方はなんとか続けられることになったが、軌道に乗るまで、家計は苦しくなる。

「それで、大学を辞めたんだ。僕の学費や仕送り分が浮けば、ずいぶん違うからね。無理をすれば、辞めないでいることもできたけど、そこまでして大学へ残る意味を、もう見つけられなくなってた。いいんだ、どのみちオレは作家になるんだから、働きながら書いたっていいじゃないかって思ってさ」

修治は苦笑した。

「おふくろには、世迷《よま》いごとを言うなって叱られたけどね。世迷いごとだぜ。古いね」

裕美は黙ってワイングラスのなかをのぞきこんでいる。くちびるが、やわらかな優しい線を描いていた。

「ただ、僕が書こうとしているような小説は、いろいろな意味で難しいんだ。はっきりした登竜門《とうりゅうもん》がないしね。現実は厳しい。織口さんには、その辺のこともよく愚痴《ぐち》って、慰めてもらってる」

「職場のお父さんだものね」裕美が笑顔で言い、修治はうなずいた。

そして、初めて気がついた。

そう……オレが織口さんと親しくなったのは、あの人が、どことなく死んだ親父に似てるからかもしれないな。

所在なげにグラスをあちこちに動かしてから、裕美は言った。

「最初に、織口さんに相談したのは、佐倉さんにはもう恋人がいるのかなって、思ったからなの。織口さんなら知ってるだろうと思ったし、訊きやすかったし」

「〝お父さん〟は地獄耳だからね」

「そうそう」裕美は笑顔になった。「そしたら、織口さん、笑っちゃって。〝もう恋人がいるようだったらあきらめちゃうのかい。そんなおとなしいことじゃ駄目だよ。ぶんどるぐらいの覚悟でなくちゃ〟って言ったのよ」

すごい知恵をつけたものだ。

「それで、佐倉さんがつかまりにくいのは、作家をめざして勉強してて、お休みの日や夜は原稿を書いてるからだよって教えてくれたの。でね、今からそんなに原稿ばっかり書いてたって作家になんかなれるもんじゃない、少し恋愛させた方がいいから、野上さんも頑張りなさいって。怒らないでね、これ、織口さんが言ったことよ」

「あの小父《おじ》さん、そんな台詞をはいてたのか……」

修治は笑ってしまった。織口の言うことには一理ある。事実、机にかじりついてばかりいたって、面白いストーリーなど出てはこないのだ。

それにしても、油断がならないな、と思った。織口とは、「秘密」の物々交換をしている間柄だ。お互いに、他人には漏らさないという約束をしていたのに、案外あっさりしゃべっちゃってたんだな。

もっとも、織口が心に抱えている「秘密」は、修治のそれと、まったく次元が違う。自分の方のをバラされたからと言って、おかえしにしゃべるつもりはまったくなかった。

その時、店内放送が修治の名前を呼んだ。

「野上さんに会えたかい？」

織口だった。修治はきょろきょろして時計を探した。すぐには見つからなかったが、どちらにしろ、九時はすぎているはずだ。

「急行を乗り逃がしたんですか？」

「とんでもない。ちゃんと乗っているよ。列車からかけてるんだ」

それにしては、いやにはっきり聞こえる。そう言ってみると、

「まだ上野を出たばっかりだからだろう。いや、うまく会えたかどうか気になってね」

「今、いっしょに飲んでるところです」

「そりゃ、良かった」

「織口さん。約束を破りましたね」

「なんだい？」

「僕が小説を書いてること、彼女に教えたでしょう」

織口は小さく笑った。「すまん、すまん。野上さんが、いろいろ勘繰《かんぐ》って心配してるもんでね。君が飲み会にもあんまり顔を出さずにまっすぐ帰っちまうのは、きっと恋人がいるからだろう、とね」

「僕はそんなに付き合いが悪い方だとは思わないけどなあ」

「恋する女性には、良くも悪くも、針が棒に見えるんだよ。彼女、関沼慶子さんのことも気にしてたぞ。あの人が君の恋人なんじゃないかってね」

「関沼さんは、ただのお客さんですよ」

今夜誘って振られたことは黙っていよう。

「じゃ、野上さんに、はっきりそう言ってあげた方がいい。なんせ、関沼さんは美人だからね。気をもませちゃ可哀相だよ」

織口の声を聞きながら、修治は、彼の背後の気配に耳を澄ませた。たしかに、距離がそれほど離れていなければ、列車からの電話でも、きれいに聞こえて不思議はない。だが、なんとなく雰囲気が違うような気がして仕方がないのだ。

おかしなたとえだが、織口の声が揺れていない——とでも言おうか。彼の足元が移動しているという気配が感じられないのだ。

「それじゃ、お邪魔はこれぐらいにするよ」

電話を切りかける織口に、追いかけるようにして修治は訊いた。

「織口さん。明日の公判は、何時からなんですか？」

「え？」

「裁判です。何時からでしたっけ」

「——十時半だよ」

「たしか、証人尋問でしたよね」

「そうだ。前回の続きだからね」

前回の公判は一カ月前だった。それが予想外に紛糾《ふんきゅう》したので、今回は少し間を詰めて期日が決められたのだという話を聞いた覚えがある。

「それじゃ、切るよ。そっちはきれいに聞こえているかい？　こっちはだいぶ聞き取りづらくなってきたよ。おやすみ」

電話は切れた。修治は受話器を手にしたまま、もう一度あたりを見回して、ちょうど通りかかった店員に時間を尋ねた。

「九時四十分ですよ」

織口が電車に乗っていないはずはない。上野駅を離れ、北へと向かう途上のはずだ。

乗っていないはずがない。

それに、たとえ乗っていなかったとしたって、それがどうした？　べつに問題ないじゃないか。織口が、あんな裁判を傍聴することに疲れ、少し休みたいと思ったところで不思議はない。そして、それを修治に話す気になれずにいてもおかしくない。もう熱意が失《う》せたのかと思われるのが心外なのだろう。それだけのことだ。

それなのに、どうしてこんなに気になるんだろう？

7

電話ボックスの床には、色とりどりのチラシが散らばっていた。ほとんどがサラリーマン金融のものだ。受話器をフックに戻すと、織口邦男はそれを踏みしめて外に出た。

時刻は九時四十分をすぎたところだった。九時に上野駅を出る急行は、今、どのあたりを走っているのだろう。これまで、金沢へ行くために、寝台車を使ったことはなかったから、見当がつかなかった。

電話の声がきれいに聞こえるので、修治は妙に思っただろうか。少しだけ、それが気掛かりだった。電話などすれば、かえって不審に思われるかもしれないと思ったものの、二人が楽しくすごしているかどうか、どうしても確かめずにいられなかったのだ。

今夜の彼には、野上裕美といっしょにいてもらいたかった。どうしても。朝まで二人でいるかどうかは別としても、裕美とデートを楽しんだなら、そのあと、修治がふと思い立って関沼慶子を訪ねるようなことはあるまい。だから、どうしても。

今夜の関沼慶子には、何があっても近づいてもらいたくなかった。

織口は、小さな児童公園の端にある、電話ボックスのそばに佇んでいた。斜め向かいに、レンガ色のタイル張り、七階建てのマンションが見える。あの６０４号室が、関沼慶子の住まいだった。

織口と修治が、関沼慶子と知り合ったのは、今から二カ月ほど前のことだった。彼女が一人、ふらりと「フィッシャーマンズ・クラブ」にやってきたのである。それも、奇妙なものを買いに。

彼女が買いにきたのは、鉛板だった。

「ほら、鉛の板みたいなので、自由に千切って大きさを変えられるのがあるでしょう」と言った。「売場を探してみたんだけど、わからないの」

鉛板とは、板おもりとも呼ばれる。淡水魚、とくに鮒《ふな》のような小さな魚を釣るとき、号数のついたおもりでは重すぎるので、板状の鉛を千切って使うのである。

どのみち、釣りとは縁のなさそうな、慶子のような女性が買いに来るものではない。

その時、修治はレジにおり、織口は、すぐうしろの棚に陳列されているクーラーボックスの埃をはらっているところだった。慶子に声をかけられて、思わず、二人で顔を見合わせたものだ。

その雰囲気を感じとったのだろう。慶子は言い添えた。「わたし、よくわからなくて。頼まれてきたものだから」

織口は、すぐに鉛板を取ってきた。その小さな袋を見て、慶子は言った。

「それ、もっと大きいのはありません？」

織口をちらっと見てから、修治が訊いた。「何にお使いになるんですか」

この質問に、慶子は見るからにへどもどした。

「何って――知らないわ。わたしは頼まれてきただけだから」

「そうですか。じゃ、たぶんこの小さい袋だけで充分だと思いますよ」

「それは……ちょっと困るの。たくさん要るようなことを言ってたから」

織口は穏やかに訊いてみた。「いくつお出ししましょうか」

「ふたつ――ううん、三つくださいな。わたしのところ、遠いの。また来るのは面倒だから」

織口が鉛板の袋を持ってきて、修治がレジを打った。その間じゅう、慶子はそわそわと爪先《つまさき》を動かしていた。うつむいて、表情も暗い。

「妙なお客さんだね」

「ホントに頼まれてきたのかな」と、修治も首をひねっていた。

「小さな子供でもいるんじゃないのか？　その子がへらでも釣りに行くんだろう」

「あの人に子供が？　いそうにないな」

「近所の子かもしれないよ」

修治は笑わなかった。「大丈夫ですかね」

「心配することはないよ。あれで何ができる？」

「でも、鉛は有毒でしょう？」

心配顔の修治に、織口は笑った。「喉に詰めて窒息でもさせないかぎり、あんなもので人を殺すことなんかできないよ」

「だけど、何に使うつもりなのかな」

「文鎮《ぶんちん》でも作るんじゃないか」

織口は本当に軽く考えていたし、修治といっしょにレジに入っていた同僚も、慶子の美貌と、彼女の年齢のことばかり気にしていた。こだわっているのは、修治だけだった。

「うちは遠いから、なんて、わざわざ言ってましたね。あれ、案外近くに住んでるからじゃないのかな。嫌だな……なんとなく、イヤな感じがするな」

「君は想像力がありすぎるね」

だが、少なくとも一部分では、修治の勘は当たっていた。数日後、その週の週末に北荒川店と町の子供会が共同で主催する「ちびっ子釣り大会」に貸し出す道具を運んで、店のヴァンを走らせていた修治は、店からバス停ふたつぐらいしか離れていないところにあるレンガ色のマンションから、慶子が出てくるところを見たというのだ。

「あんな偶然て、あるんだな」と、修治は言った。「向こうも、僕に気がついて、顔がこわばっちゃってましたよ」

修治が運転席から声をかけ、道端でお得意さんに会ったときのように挨拶を投げると、慶子はひどく困った顔をしたという。もちろん、嘘がばれて、ばつが悪かったのだろう。

「先日の鉛板、あれで用は足りましたか?」と、修治は訊いてみたという。「うちでは、お客さんがあれを何に使うんだろうって不思議がってたんです。まさか、水道管の水漏れを直してるわけでもないだろうって。鉛は身体に毒なんですよ」

その時は、慶子は、「用は足りたわ」と言っただけで、足早に去ってしまったという。

だが、その翌日、もう一度店にやってきた。

その時には、織口がレジにいた。

「おたくの若い店員さんが、あたしの鉛の使い道を心配してくれてるみたいだから、弁解にきたの」

慶子は笑ってそう言った。織口は、倉庫で働いていた修治を呼んで、いっしょに、失礼があったことを詫びた。慶子は謝罪をしりぞけた。終始、にこやかだった。

「あんなふうに嘘をついたのは、うっかりしたことを言って、変なふうに思われたくなかったからなの。実はわたし、スポーツ射撃をやってて……」

鉛板は、散弾銃の銃身のバランスを取るために使うのだ、と説明した。

「でも、大きな声でそんなことを言うの、抵抗があったのね。安全のためにも、銃を持ってるってことは、あんまり言い触らさない方がいいし。だけど、あんなふうに嘘を言ったものだから、かえって変に疑われちゃったみたいね」

結局、大笑いの話だった。修治はしきりと恐縮していたが、あとになって、織口に、

「鉛板を買いにきたときのあのお客さんの顔が、なんかすごく思い詰めてるみたいに見えたもんだから」と言った。

「考えすぎなさんなよ」と、織口は笑った。そして、あとの言葉を呑み込んだ。(思い詰

めている人間が、みんなそれを顔に出すとは限らないよ。深く思い詰めていればいるほど――そういうものだよ）という言葉を。

そして、織口自身の思考、暗い計画は、ここから始まったのだった。未完成のパズルの最後の一片が、こんなところに転がっていた――

関沼慶子は猟銃を持っている。

彼女と親しくなるにはどうしたらいいだろう？

織口にとって、最初の難関はそこだった。修治は、垢抜けた美人の慶子に、まだ多少の興味を残しているようではあったが、彼をたきつけることは、なかなか難しいという気がした。修治の方が年下だし、二人並んで釣り合うという感じもしない。

しかし、織口にとって幸いだったことに、慶子は、失った面目を回復しようと、熱心になっていた。週末のちびっ子釣り大会を見学にやってきたのだ。彼女はとても楽しそうで、しょっちゅう声をたてて笑った。初心者として、子供たちに交じり、釣り竿を握ってプールサイドに座ったりもした。織口と修治が彼女の名前を知ったのも、このときだった。

慶子が打ち解けたようすで修治と話しているのを、織口はひそかな喜びをもって見つめていた。もともと、店員が得意客と親しくなるのは不自然なことではない。「フィッシャーマンズ・クラブ」は、外向的な商売をしているのだ。

その日、大会が終わると、慶子は店員たちの打ち上げに飛び入りで参加した。織口にとって、申し分のないほど望ましい方向に、事態は進み始めたのだった。

慶子がマンションで一人暮らしであること。現在は勤めも辞めていること。それでも差し障りのないほど、金持ちの家の娘であるらしいこと。それらのことは、彼女の言葉の端々をつなぎあわせただけで、知ることができた。修治より年長の店員たちのなかにも、彼女への興味を示す者が出てきたし、彼女はすっかりとけこんでいた。

以来、慶子はときどき店にやってくるようになった。昼休みを見計らって来て、修治を昼食に誘ったりもする。同僚たちに冷やかされて、修治もまんざらではなさそうだった。

織口はそれを、じっと見守っていた。

「今週の日曜日、ほら、うちは定休日の前日ですから、店の若い連中が、オープンしたばかりのビヤホールに繰りだす予定をたててるんですよ。いっしょにいかがです？」

そう言って、慶子の予定に探りを入れたのは、三日前のことだ。慶子は夕方ふらりと現われ、修治の影響で読むようになった釣り専門の週刊誌を買っていた。

慶子が「いいですね。参加しようかな」と言ってくれたら、それでいい。店員たちを誘って本当にビヤホール行きをお膳立てし、帰りに、織口が、彼女をマンションまで送ると言えばいいのだから。

慶子が「いえ、残念だけどちょっと予定があって」と答えたら、それもいい。不自然に思われない程度にその予定を聞き出せばいいのだから。

慶子の返事は、後者だった。知人の結婚披露宴に出るのだ、と言った。

「それじゃあ、一晩中お祝いで大騒ぎですかな」

落胆を隠しながら、織口がそう尋ねると、慶子はなぜか、ひどく淋しそうな顔をした。

「疲れますからね。わたしは早く帰るわ」

ぽつりと、そう呟いた。織口から目をそらしたまま。

織口は、彼女の憂鬱《ゆううつ》をこう解釈した。女性にとって、友人の結婚というのは、微妙な感情を呼び起こす出来事なのだろう、と。彼女はお祝いに参加する気にはなれず、一人ひっそりと帰宅するのだ。

そして、その日にそういう予定を与えてくれた運命に、そっと感謝を捧げた。

チャンスはこれからもあるだろう。公判が終わるまでに。あるいは、判決が出てからでも。連中は控訴《こうそ》するかもしれないから、そういう意味でも時間は腐るほどある。

だが、一度決心を固めた以上、織口はできるだけ早く片をつけてしまいたかった。準備さえ整ったなら、すぐにも実行に移す準備はできていた。

今、その条件がそろった。

だから織口は、こうして一人、慶子の帰宅を待っている。彼女が帰るのを待っている。

彼女と——

彼女のガンロッカーの鍵が。

夜行に乗ると、修治に嘘をついたのも、野上裕美とのデートを、わざわざ今夜取り持ったのも、修治に邪魔されたくなかったからだった。いや、彼だけではない。ほかの人間を巻き込みたくない。それは切実に、そう思っていた。

慶子だけは、やむをえない。申し訳ないが、仕方がない。だが、傷つけるつもりはなかった。ただ、すべてを終わらせてしまうまで、誰にもあとを追われることのないようにしたいだけだ。だから慶子には、明日の昼ごろまで眠っていてもらうことになる。

ズボンの尻ポケットには、クロロフォルムをしみこませたハンカチが忍ばせてあった。そっと手で触れると、ハンカチを入れたビニール袋が、かさかさと音をたてた。

彼女は帰ってこない。今は、まだ。静かな住宅街だ。住人たちは、家にこもり、居間で手足をのばしてくつろぎを楽しんでいる。明日から始まる新しい週にそなえて、英気を養うために。きっと、窓から外をのぞこうともしないだろう。

家々の窓からは明るい光が漏れているのに、路上には誰一人いない。今ならまだ、それを団欒《だんらん》のしるしと受け取ることができる。

自分がこれからやろうとしていることは、この団欒を守るために必要なことなのだ――織口はそう考えた。自分が今、身をもってやりとげておかなければ、いつかはきっと、窓と扉を閉じた家々のながめが、平和の象徴ではなく、防御の体制になる時代がやってくる。

いつかきっと、それも、近い将来に。

武者震いのようなものを感じ、織口はふと口元をゆるめた。大げさに考えるのは、よくない。訂正しよう。これはごく個人的なものだ。個人的なツケの清算。

ひそやかな風が、薄いシャツの襟元《えりもと》を吹き抜けた。

まもなく十時になる。織口の夜は無限に長かった。

8

動くことができなかった。

披露宴会場から、遠くかすかにではあるが、にぎやかな歓声と拍手が聞こえてくる。音楽が流れてくる。お色直しを終えた新郎新婦が再入場して、列席者のテーブルをまわり、淡いピンク色の蠟燭《ろうそく》に火をともしている——その光景が目に見えるようなのに、慶子は動くことができない。腕のなかの銃が急に重くなり、大きくなり、慶子の手には余るものへと形を変えてしまった。もう二度と持ちあげることはできない。もう一生ここから出てゆくことはできない。このままここで、すべてが終わるのだ。

今夜のこの計画のきっかけとなったのは、一通の手紙だった。手紙が届いたその日のうちに、慶子は準備のための行動を起こした。二カ月ほど前のことだ。

(このたび、国分慎介さんが結婚することになりました)

文面は、その一行で始まっていた。

(お式の場所、時刻、式次第は次のとおりです。披露宴会場の芙蓉の間のあるフロアの見取り図も同封しておきます)

そう書いてあるとおり、簡単な式のスケジュール表と、ホテルが顧客のために作っているものなのだろう、印刷された間取り図が同封してあった。

(国分さんは、あなたと別れるときのイザコザで、ひどく傷ついています)

手紙の文面は、そう続いた。

(それは、あなたも同じではありませんか。でも今、国分さんは新しい人生のスタート台に立とうとしています。一度は心を許しあった間柄なのだし、彼の結婚式に来て、ひと言《こと》お祝いの言葉を言ってあげてはどうでしょうか。それで、あなたも救われると思います。周囲の目が気になるようでしたら、見取り図を見て、そっと脇のドアからでも入ってくればいいだろうと思います)

読み終えたあと、慶子がまずしたのは、その手紙を粉々に引き裂いて捨ててしまいたいという衝動をこらえることだった。

怒り、呆《あき》れるという以上に、あまりの身勝手さ、独善的なものの言い様《よう》に、吐き気がした。震える手でゆっくり手紙をたたむと、もう一度差出人の名前を見た。

小川和恵。

彼女には、ただもうこう言ってやるしかないと思ったし、事実、慶子は口に出して呟いたものだ。地獄に堕ちろ。

国分と別れたのは、昨年の冬の終わりのことだった。

試験にパスして司法修習生になると、彼の態度が微妙に変わり始めたことに、慶子も気づいていた。慶子の前で、あまりくつろいだ顔を見せないようになった。何かしら用事があると言って、マンションの部屋に居つかなくなった。日曜日でさえ、慶子と二人ですごそうとしない。

最初は、試験に受かって安堵した半面、彼も疲れが出ているのだろうと解釈していた。実際、いろいろとこなさなければならない予定があって、忙しいのだろうとも思った。そのうち落ち着けば、きっと元のとおりになる。この秋試験に受かったら、正月には二人揃って、まず俺の実家へ行こう。両親に君を紹介したい。それから、君の実家へ行くんだ。君のお兄さんに、君をくださいってお願いしなきゃならないからな――ときには二人で食事をしながら、ときには寝物語りでかわしたその約束が、きっと果たされるはずだ。そう思っていた。

いや、思っていたのではない。信じていたのだ。

最初の衝突は、十一月の末に起こった。しじゅう出歩いている国分に、何の気なくふところ具合を尋ねてみると、彼が血相を変えて怒りだしたのだ。

「俺をヒモ扱いするのは、いい加減にやめてくれ！」

慶子はただ仰天するだけだった。今まで、彼の生活の面倒は、すべて慶子が見てきたのだ。財布の中身に注意を払うのは当然のことで、過去にも何回となく尋ねてきたことだ。それをなぜ、急に怒ったりするのだろう。

「あたしがいつ、あなたをヒモ扱いしたのよ？」

「ずっとしてきたじゃないか」

「そんな……」

「無神経な女だな。自分じゃ気づいてなかったんだろう」

慶子も頭に血がのぼってしまい、激しい喧嘩《けんか》になりかけた。だが、十分とたたないうちに、国分は捨て台詞を残して部屋を飛び出し、その夜はとうとう戻ってこなかった。

慶子は一人、眠れないまま、頭のなかで、彼の捨て台詞を繰り返し再生していた。

「俺たち、もう終わりだな」

翌日、慶子が勤めから帰ってくると、マンションの部屋から国分の荷物が消えていた。書き置きひとつ、残されていなかった。

しばらくのあいだ、彼の行方をつかむことさえできない生活が続いた。気後れを押しかくして彼の実家へ電話してみても、はかばかしい返事がない。

「は？　関沼さん？」と問い返されると、惨めさが増した。

一度だけ、偶然、国分の妹の範子が出て、慶子が現状を説明すると、相手はしばらく何も言わなくなってしまった。

「どうしたの？」

「すみません……あんまりびっくりしたから。兄は、ずっとうちに帰ってないんです。お正月には帰るって言ってきたきり……わたし、てっきり慶子さんと……」

その驚きぶりは芝居ではなく、慶子は、ほんの少しだけ救われた気がした。少なくとも範子は、兄と慶子の仲を認め、喜んでいてくれたのだと思えたから。

だが、それからほどなく、当時はまだ職場の同僚だった小川和恵の口から、国分慎介にはもう新しい恋人がいるということを知らされたのだった。

「あなたたち、うまくいってなかったのね」

あの二枚舌の女は、心配そうな顔つきで、そう言っていた。そして慶子は、今でも、当時の自分のお人好し加減に腹が立ってならない。あの時、和恵の顔をよく見てみれば、彼女の目の奥に、からかうような光が宿っていることに気づいたはずなのに。

あとは、ただ泥沼でしかなかった。思い出すと、今でもこめかみのあたりが引きつるのを感じる。

国分との決定的な破局は、クリスマス・イブにやってきた。決着をつけよう――と、彼に呼び出され、最初は喫茶店で話していたのだが、そのうち慶子は自分が抑え切れなくなってきて、外へ出た。

寒風の吹き荒《すさ》ぶ駒沢《こまざわ》公園で、二時間近く話し合った。それだけ長引いたのは、慶子が頑張ったからだ。国分の方は、ただもう彼女と別れたがっているだけで、話にならなかったのだ。

「君のその恩着せがましい態度が我慢できないんだ」

「恩に着せてなんかいないわ。あなたが勝手にそう思い込んでいるだけじゃない」

「自分の顔をよく鏡で見てみろよ。男を金で買って得意がってる顔をな」

もう二度と会わない。俺の生活を邪魔しないでくれ。訪ねてきたら警察を呼ぶ。彼女も気味悪がってるんだ――言葉の爆弾が、つぎつぎと慶子に投げつけられた。

「いいじゃないか。君ほどの女なら、いくらでも相手が見つかるさ。俺にはもう執着《しゅうちゃく》しないでくれよ。君は俺をつなぎとめておきたいんじゃなくて、俺に投資した金を回収したいだけなんだ。目を覚ませよ」

国分は去り、慶子は一人、夜の駒沢公園にとり残され、最後にはパトロール警官に保護されて、マンションに帰った。

でも、それはまだ、どん底の始まりでしかなかった。

体温が移って温かくなってきた銃身を、さらに強く握り締め、まだトイレの狭い個室のなかで、慶子は立ちすくんでいた。

ゆっくりと唾を飲み込み、銃身を折って、薬室を覗き込む。さっきバッグから出して装《そう》塡《てん》した装弾の真鍮部分が、天井の弱い明かりを受けてきらりと光った。

上下二連銃の下の薬室に、一発だけ。一般に、意図的に切り替えないかぎり、上下二連銃は下・上の順で弾が出る。だから、これでいい。

プラスチックのショット・カップは赤く、内部にこめられている散弾が透《す》けて見えている。パチンコ玉くらいの大きさの、鉛の玉が九粒。鹿弾だ。

そして、装弾の後部には、こう刻印されている。

「Ｍａｇｎｕｍ」

数日前、いつもはクレイ射撃専用のターゲット・ロードしか買ったことのない慶子が、この装弾を欲しいと言ったとき、懇意にしている鉄砲店の主人は、険しい顔で問いただしてきた。

「買ってどうするんです？」

「撃つのよ。当然でしょ」

「およしなさい。競技なら専用ので充分だ。猟をやる人だって、めったにマグナムなんか使わないんですよ。いったい、誰に聞いてそんな気を起こしたんです」

「誰に聞いたんでもないわ。前から一度、マグナムを撃ってみたかったの」

「生兵法《なまびょうほう》はなんとかって言うでしょう。お嬢さんの銃には、マグナムは装塡できませんよ。そんなこともわかってないでしょう」

「どういうこと？」

「マグナムってのはね、火薬の量が多いだけじゃなくて、薬莢《やっきょう》の長さも長いんです。3インチあるんですよ。お嬢さんの持っている銃は、20番のも12番のも、薬室の長さは2¾インチでしょう。入りませんよ」

そのとき、居合わせた男性客が、助け船を出してくれた。

「ベビーがあるじゃないか」と言ったのだ。

ベビー・マグナムは、薬莢の長さは2¾インチのまま、火薬を1½オンス増量したものだ。超重量装弾《マグナム》ほどではないが、標準のものよりは威力が増す。だから、ベビー・マグナムと呼ばれるのである。

その男性客は、慶子から彼女の猟銃所持許可証を取り上げ、記載されている二丁の銃の仕様《しよう》を確認すると、白い歯を見せた。

「これなら、ベビーなら撃てますよ。軽合金製のアクション・レシーバーの自動銃なんかじゃとても無理だけどね。ちょうどいい。私が一箱買うから、お嬢さん、一発か二発だけ持っていっちゃどうです。ただし、注意して撃つんですよ。反動が凄《すご》いから」

誰でも一度や二度はそういう気になるんだよ。重い弾を使えば命中率があがるような錯覚を起こしてね。やみくもに止めたって駄目だ。他所《よそ》へ行って買われたら同じことだし、かえって危ないじゃないか――その男性客は、店の主人にそう執りなして、自分の買ったベビー・マグナムを一発、慶子に譲ってくれたのだった。

「気をつけて撃つんですよ」と、何度も念を押して。

「ええ、気をつけて撃つわ」鮮やかな赤色の装弾を受けとりながら、慶子は感謝して答えた。

この計画を成功させるためには、どうしても威力のある装弾が必要だった。確実を期すために必要不可欠だったのだ。それがこうして手に入ったことに、皮肉な神の加護を感じた。

それなのに、もう撃つばかりの段階になって、あたしは凍りついてしまっている。

披露宴会場では、音楽が止《や》み、ざわめきが途切れ途切れに聞こえてくるだけになった。司会者の声がし、新しい人間の声がそれに代わった。最初は男の声。続いて、女の声。

小川和恵だ。慶子は目をあげた。

「国分さんと主人とは大学時代からの悪友で、将来どっちが美人の奥さんをもらうか競争をしていたそうです。ご列席の皆さんは、どちらが勝ったと思われるでしょうか」

会場から笑い声があがる。

「今日は、花嫁に勝ちを譲ることにいたします……」

ぱらぱらと拍手が聞こえた。

派手に着飾り、夫の腕にぶらさがっている和恵の姿が目に浮かんだ。

友達だと思っていたのに。

国分との破局のあと、慶子は和恵にすべてを話し、あまつさえ、彼女の前で泣き伏しさえしたのだ。和恵も傷心の親友を慰めるふりをしていた。

ことの裏側を見せてくれたのは、国分の妹の範子だった。年明けに電話をしてきて、どうしてもお話ししたい、という。

「もうあたしに用はないでしょう？　それに、あたしと会ったりすると、お兄さんに叱られるわよ」

すると範子は、泣きだしそうな声で、こう言った。

「兄のことだけじゃないんです。言い付け口をするのは嫌なんだけど、黙っていられなくて。いえ、黙ってちゃいけないと思って」

そして、範子は話してくれた。すべてが最初から欺瞞《ぎまん》だったことを。

「お友達に、小川和恵さんて人がいるでしょう？　あの人が考えたらしいんです。慶子さんはお金を持ってるから、利用できるって。だけど……そんな計画に乗るなんて、兄さん……あたし……ごめんなさい」

かすれて消えてゆく範子の声に、「いいのよ」と告げて、慶子は電話を切った。

当時慶子が勤めていた商事会社では、関沼慶子と小川和恵の喧嘩の原因を、いったい何だと思っただろうか。我慢し切れずに、慶子はまず職場で言葉を投げ、最終的な対決は、自分の部屋でやった。うっかりすると刺されでもすると思ったのか、和恵は夫を連れてきた。

「乱暴なことはしないわ。ただ、国分さんとのことを、法的にちゃんとするつもりでいるの。だから、あなた方にも予告しておかなきゃと思って。あなた方も関係者ですからね」

「裁判を起こすの？　バカみたい。自分の恥になるだけよ」

和恵は顎をそらして言った。

「あんたみたいな不愉快な女、裁判になったって、味方してくれる人がいるわけないわ。会社でなんて呼ばれてるか知ってるの？　金メッキの豚よ。あんた、キラキラしてるだけで、頭なんかカラッポじゃないの」

「そんなにあたしが嫌いだったなら、なんで付き合ってたの？」

「お金があるもの。あなた、景気よく振りまいてたじゃない？　言っておくけどね、もしも国分さんやあたしが、あなたの言うような最低の人間だとしても、そういう最低の人間を、お金の力で惹き付けて女王さま気取りになってたのは、あなたの方よ。だから、あなたの方がもっと最低なのよ。いっそ割り切って、お金で人を買うことに専念したら？　あなたには、お金目当ての人間しか寄ってこないのよ。ほかに何もないんだもの」

二人を外へ叩きだして、慶子は部屋中のものを手当たり次第に壁に投げ、引っ繰り返し、蹴飛《けと》ばして壊した。

国分に惹《ひ》かれたのは、なぜだったのだろう？　彼が、恋人に甘える癖のあるお坊っちゃんではなく、ちょうど兄がそうであるように、自分の足でしっかりと立ち、世間を見渡している男だったから――そのように見えたからか？　だから、彼のために尽くす気になった？　彼の夢の実現に協力する気になった？　彼なら、兄に代わって慶子を守ってくれそうに思えたから、だから彼の世話を焼いたのか？

和恵と仲が良くなったのも、なぜだろう。あの女の本性を見抜くことができなかったのは、どうしてだろう？　それもやっぱり、たとえ上辺《うわべ》だけでも、彼女が常に慶子のことを気に掛け、慶子を甘えさせ、慶子にかまけてくれていたからじゃないのか？　だから、それが気分が良かったから、彼女と遊ぶとき、彼女と一緒にいるとき、惜し気もなく金を使った――

あたしはただ、あたしのことを大事に思ってもらいたかっただけなのに。

「あなたには、お金しかないんだもの。そういう人間しか寄ってこないのよ」

その言葉が、今も耳について離れない。

法的な手段は、とらないことに決めた。今も、家族は何も知らない。法廷に出て、いったい何を裁いてもらえる？　仮に、彼女が勝って、国分のために費やした金を賠償させることに成功したとしても、それでどうなる？

結局は、自分の存在が金でしかないことを、公《おおやけ》の場で追認するようなものではないか。国分も小川和恵も、笑って、笑って、笑いながら法廷を出てゆくだろう。

慶子は勤めを辞め、何日も、何週間も、ぼうっと壁をながめて暮らした。どう身を処すべきか、どうすれば立ち直れるか、考えながら。それは、獣が洞窟の奥に隠れ、傷口を舐めながら回復を待つことに似ていた。

そんなとき、あの手紙が来たのだ。

差出人の名前を見たとき、慶子は、和恵がとことん彼女を嘲笑《あざわら》うつもりでいることを知った。和恵は、慶子が来るはずはないと思っているのだ。だから、こんなものを送りつけてきて、平気でいるのだ。

それなら、受けて立とう。自分なりのやり方で、決着をつけるのだ。

彼らは気づいていない。彼らが慶子にした仕打ちのうち、何がいちばん酷《ひど》かったかを。国分に、和恵に裏切られたことなど、もうどうでもよくなっていた。慶子を打ちのめしたのは、自分が、あんな連中しか引き寄せることのできない人間であったと思わされたことだ。自分には、なんの価値もないと思わされたことだ。

これから巡り会うことになる人間を、また愛するかもしれない人間を、慶子はもう、虚心に見ることができなくなってしまった。また、国分のような男であるかもしれない——と思う。

なぜなら慶子は、そんな人間にしか選んでもらえない女なのだから。

だから、この計画を練ったのだ。

いつのまにか、泣いていた。誰のために泣いているのかさえわからないまま、涙を流していた。くちびるにとまった涙の塩辛い味に、慶子は自分を取り戻した。

司会者の声が聞こえる。思わせぶりな、美しい音楽にのって。

「それでは、新郎新婦による、ご両親への花束贈呈です——」

まばたきして涙を払い落とすと、慶子は震えた。式はもう大詰めにきている。時間はあとわずかしか残されていないのだ。

あの男が、したり顔で両親に花束を渡そうとしている。親孝行の息子。一族の出世頭。そして、放っておけばそのうち、弁護士になり、慶子のように裏切られた女性の側に立って、相手の男を糾弾する仕事を引き受けるかもしれないのだ。

(被告は原告の信頼を裏切り)

慶子の手に、力が甦《よみがえ》ってきた。

(同女の好意を利用する目的で近づいたもので)

銃を持ちあげることができた。

（許しがたい所業であります）

足が動き、前に出た。

ためらいも怯《おび》えも消えた。アルコールが気化するように、一瞬のうちに慶子の肌を通って雲散霧消し、冷たい決断だけを残していった。

銃を抱え、慶子は個室を出た。洗面所にも、パウダールームにも誰もいない。もう何も聞こえない。小走りに歩きながら、さながら宙を飛んででもいるかのように、自分の髪がうしろへなびいているような気がした。まるで、勝利の女神ニケのように。翼を広げて戦場へ舞いおりる。あの女神像には首がなかった。それもぴったりじゃないか、今のあたしに。

パウダールームを飛び出し、廊下へ出た。音楽は今、最高潮だ。大きく深呼吸をし、慶子はドアへ歩み寄った。披露宴会場へのドアを開き、半歩進み出て、銃を肩の高さに振りあげる。一、二、三。その呼吸だ。

さあ、すべてが終わる。

その時、目の前のドアが向こう側から開いた。

9

ポケットベルが鳴ったのは、別の店に移ろうかと、裕美と二人、腰をあげかけたときだった。

フィッシャーマンズ・クラブの男性社員は、店舗係まで含めた全員がポケットベルを持たされている。ただの釣り道具屋ではなく、釣りコンペの企画やツアーの募集、クルーザーの手配などまでするので、万が一、事故が発生した場合、非常招集をかけるためだ。

もっとも、小さなアクシデントで呼び出されることもあるので、修治はベルを止めると気軽に立ち上がった。裕美も、とくに驚いた様子ではない。

呼び出しているのは店長だった。ポケベルの番号表示を見ると、店からかけてきているようだ。

電話はひどく騒がしい場所にあり、聞き取るのに苦労した。それに、店長も声を落として話している。

「えらい苦情なんだよ。俺も困っちまって」

「どうしたんですか？」

日中、来週のキャスティング競技会に備えて、クラブの有志メンバーが練習会を開いたのだが、その折り、飛距離を測る目印に使う発煙おもりのなかに、湿気《しけ》って火の点《つ》かないものが多数まじっていたというのだ。

「交野《こうの》さんのいるグループで、あの社長さん、それでなくてもうるさいだろう。カンカンなんだよ。来週の本番でこういうことがあったらどうするつもりだ、どんな保管方法をとってるんだ、係のものを出せ、というわけでね」

店長としては、管理責任者は自分であると言い張って、部下の店員たちに累《るい》が及ばないように手を尽くしたらしいのだが、とにかく先方が頑固で、主張を曲げないという。

「本当に申し訳ないんだが、顔だけでも出してくれないか。貧乏くじを引かせて悪いんだけど、日頃から、君は苦情処理がうまいから」

「いいですよ。すぐ行きます」と、修治は答えた。店長の人柄はよく知っている。あの人がわざわざ頼んでくるのは、よほど困っているからなのだ。

苦情を言ってきた交野社長の人物も、修治は把握しているつもりだった。だいたいが針小棒大のお客だから、口で言うほど大きなトラブルではなかったろうと思う。こちらが出向いて頭を下げれば、それで機嫌を直してくれるだろう。

席に戻って、裕美に用件を話した。すると、いっしょに行く、と言う。

「いいよ。わざわざ叱られに行くことないじゃないか」

「自分で今、たいした苦情じゃないって言ったばっかりでしょ？　それに、デートを中断して来たんだってわかれば、お客さんにも誠意が通じるんじゃない？」

それはまた、ちょっと次元が違う――と思いつつ、結局いっしょに北荒川支店へ向かった。

思ったとおりで、実際には、湿気たおもりがザクザクあったというわけではなかった。たった一発だという。ものやわらかに話を進め、よく聞いてみると、それはすぐにわかった。

だが、怒っているお客に向かい、「たった一発」などと言ってはいけない。実際、ドライビング・コンテストは、おもりに着火し、審判が旗を振った時点で競技が始まるのだから、なかなか火が点かなかったら、集中力が乱れてしまう。その結果、実力が発揮できないということは、たしかにあるのだ。

修治は丁寧に謝り、交野社長が証拠として持ってきた湿気たおもりを受け取って、よく検分してみた。見た目に異状があるわけではない。今日の練習会は、房総にある社長の別荘のプライベート・ビーチを使ってやったのだそうだが、あちらは今朝方まで雨が降っていたという。競技の準備段階で、ケースから出したおもりの一部を、うっかり砂浜に放置していたのではないかと思った。花火と同じで湿気りやすいものだから、その程度のことでも、すぐに着火不良を起こすのだ。

話し合っているうちに、交野社長もその辺のことを考え始めたらしく、だんだん勢いが失《う》せてきた。修治は、見本に受け取った湿気たおもりをジャケットのポケットに入れると、あくまで丁寧に、相手の鼻をへし折らないように申し述べた。

「こういうことがありました以上、ご希望どおり、倉庫の方も見ていただいた方がいいかと思います。ご案内しますので、もしお気づきの点がありましたら、おっしゃってください」

これで、（やあ、もういいよ。悪かったね）と言う人なら可愛いのだが、交野社長は、

「じゃあ、見せてもらおう」と言った。修治は内心、（こういうときって、俺、思いっきり米つきバッタになるもんなあ）と苦笑しながら、先に立って歩きだした。

倉庫は店の裏手にある。搬入口へ回るといったん外へ出なければならないので、修治は店舗のなかを抜け、奥のドアを開けた。一メートルほどの幅の廊下の片側に、男子社員用のロッカーが並べて据えてある。立ち止まって明かりをつけ、先へ進んだ。

廊下の端に鍵のかかったドアがあり、倉庫に通じている。「これより先従業員以外立入り禁止」の表示がある。交野社長を真ん中にはさみ、うしろに店長がいたのだが、修治がドアの前に立ち止まると、店長が進み出て来て鍵を開けた。

そのとき、ふと隅の方へ目をやって、修治はあるものを見た。

ロッカーの脇の、大きなごみ箱だ。不燃ゴミ専用のポリケースだが、ほとんどいっぱいになっている。その上に、ズックが一足捨ててあるのだった。

白地にブルーのラインが入っている。まだ新しい。見覚えがあった。店長と交野社長が倉庫のなかに入ったあと、すっとうしろへ下がって、修治はズックをよく見てみた。内底に、「K・Origuchi」と書いてある。やはり、織口のだ。店舗で履いているのを見かけて、覚えていたのだ。

織口は、年代的なこともあるのだろうが、ものを無駄にしない人だ。コピーミスした用紙など、決して捨てない。そんな人が、まだ新しいようなズックを、なぜ捨てたのだろう。解《げ》せない話だった。

唐突《とうとつ》に、「いなみや」での会話が頭に甦ってきた。

(彼女と楽しくな。幸せになってくれよ)

あのとき、俺はこう言ったんだっけ。なんだか、もう二度と会えないようなことを言うんですね。

すると、織口は笑って否定した。ちゃんと戻ってくるよ、と。

でも、靴は捨てられている。織口が、もう要らないと、捨てていった――

言葉より、行動。父親が、昔、一度だけ教訓を垂れたときに言った言葉だった。いいか修治、人間、ものをいうのは行動だ――

「佐倉君、どうした?」

店長の声がした。修治は白いズックから視線をもぎ離して、倉庫のドアをすり抜けた。

「助かったよ。ありがとう」

ハンカチで汗をふきふき、店長は笑っている。交野社長はお引き取りあそばした。時刻は十時をすぎたところだ。

店舗と倉庫の明かりを消して、三人は事務室にいる。無人なのに、雑然として、どことなく活気が感じられるのは、日中の名残りだろう。

「デートの邪魔をして、俺はバチが当たるな」

店長が裕美をからかうと、彼女はくすぐったそうな顔で笑った。

「それだけ佐倉さんが頼りにされてるってことだから、カンベンしてあげます」

「おうおう、ごちそうさま」

北荒川支店の店長は、旅行代理店から引き抜かれてきた人で、釣りに関してはまったくの素人である。もともと、知識や興味の度合いが、好きで働いている店員たちとは違う。みな、それをよく承知しているし、店長も人使いは巧《うま》い人だから、人気があった。

「邪魔をしたお詫びに、今夜は俺がおごるよ」

「こんなに遅く、開いてるお店がありますか？　今日は日曜日ですよ」

「それが、あるんだな。すぐ近くだよ。俺の行きつけの店なんだ。いっしょに行こう」

「どうしようか？」と言いながら、裕美は腰掛けた回転椅子をくるりと回した。

修治はなんとなく壁のボードを見上げた。火曜日からの勤務スケジュールが貼りだしてある。そこに、織口の名前も載っている。

「何回目のデートだ？」と、店長が訊いた。「君らが付き合ってたなんて、俺は全然気づかなかったぞ」

裕美が肩をすくめた。「実は、今日が初めて。ね、佐倉さん？」

「うん？」

修治が生返事をしたので、彼女の顔が少し曇った。

「どうしたの？　さっきからヘンね。なに考えてるの？」

すると、修治が答える前に、店長が割り込んだ。

「なあ、裕美ちゃんよ。君はホントに美人で可愛いが、まだ幼いからな。おじさんがひとつ忠告しよう。男を問いつめちゃいかんぞ。男はな、問いつめられるのが苦手なんだ」

「ホントかしら」

結局、三人で店長お薦《すす》めの店へと移動することになった。

出掛けに、修治はもう一度だけ、ロッカーの方へ、捨てられたズックの方へと振り向いた。それで何がわかるはずもなく、気にするだけ無駄なのだが。

「おい、行くよ」

店長が声をかけ、天井の明かりを消した。真っ暗になった。

おかしな話だが、織口のズックから離れてゆくとき、上野で彼と別れたときよりも強く、胸騒ぎがするほどに激しく、彼を一人置き去りにしてゆくような後ろめたさを感じた。

10

すべてがスローモーションに見えた。

ドアが開く。ゆっくりと。まるで布がひるがえるかのようだ。大きく開くにつれて、そこから漏れてくる音楽も音量を増し、はっきり聞き取れるようになってきた。ああ、パッフェルベルの「カノン」だ。一瞬、そう認識した。

ほとんど反射的に、慶子は銃をあげ、肩へと担《にな》った。出てきた人物を撃とうとか、騒がれては困るから脅《おどか》そうとか、明確な意図があったわけではない。ただ、かけ声に応じて放出台から打ち出されるクレイ目がけて銃を構えるように、少しの迷いもなく流れるような動作でそれをやってのけた。

開いたドアが閉まった。それを合図に、現実がスローから抜け出して戻ってきた。

目の前に立っているのは、振り袖を着て髪を結《ゆ》いあげた娘だった。とっさには、誰だかわからなかった。目を見張り、唖然《あぜん》と口を開けて立っているその娘が、こう呟くまでは。

「慶子……さん?」

銃を構えたまま、慶子も相手を凝視した。娘は片手で口を覆うと、ささやくように言った。

「あたし、範子です。慎介の妹の。覚えて――覚えて――」

残った片手も上げ、両手で頬を押えると、範子は言った。

「その銃で兄さんを撃ちにきたの？」

そのとき、ドアの向こうの宴会場で、どっと拍手が起こった。花束贈呈が終わったのだろう。

「撃ちにきたんですか？」

範子の問いを無視して、慶子は言った。「そこをどいて」

「兄さんを撃ちにきたのね？」

「どいてと言ってるでしょう」

低いスピーチが始まった。おそらく、国分の父親だろう。途切れがちに、とつとつと語りだす。しきりと礼を述べている。

範子はそっとドアの方へ目をやり、慶子に向き直った。

「あれ、うちの父です」気弱な、小さな声だ。

「お兄ちゃんがあんまりいい家からお嫁さんをもらうことになったので、ずっとあんなふうなの。お礼を言うか、謝るか、それぱっかりしてます」

（聞いちゃ駄目）慶子は目を閉じた。（耳を貸しちゃ駄目よ）

「どきなさい」

もう一度言うと、範子はうつむいた。

「小川さんの――和恵さんのことも撃つんですか」

スピーチはまだ続いている。ちょっと吃《ども》り、あわてながら。

「あなたに、今日の式のことを報《しら》せたから、撃つんですか？」

慶子はぐっとくちびるをひきしめ、半歩範子に近づいた。範子は動かなかった。

「お兄ちゃんはいつも、偉くなることばっかり考えてる人だったから」そう呟いて、顔をあげた。「慶子さんにあんなひどいことしても、それをひどいと感じることができないんです。自分のことしか見えない人だから」

筒先が揺れ始めた。銃が重い。ひどく重い。

「ごめんなさい」と、範子は言った。泣き声になっていた。「慶子さんに手紙を出したの、わたしです。だから、撃つならまずわたしを撃ってください」

そのまま、範子は目をつぶり、下を向いてしまった。結いあげた髪の一本一本までが、ぴりぴりと震えているように見える。振り袖の端からのぞく小さな両手は、きつく握り締められたままだ。

慶子の腕から力が抜け、銃身が下がった。筒先が床のカーペットに当たり、鈍い音をたてた。

「どうして披露宴を中座してきたの？　叱られるでしょうに」

二人は洗面所に戻っていた。慶子は、銃のケースを置き去りにしてきた個室に入り、そこで弾を抜き、銃を分解した。範子は個室のドアの前に立ちふさがり、万が一誰かが入ってきても、慶子の姿が見えないようにしていた。範子の背の、大きくふくらすずめに結んだ帯のおかげで、慶子はすっぽり隠されてしまう。

だが、披露宴はまだ終わっていなかったから、人目をはばかる必要はないようだった。今度は新婦の父親があいさつをしているのが聞こえてくる。それもまた、両家の力関係を示しているものだ。普通は、新郎側が代表であいさつするだけなのだから。

「見ていて気分が悪くなっちゃったから」範子は言って、小さく笑った。「お兄ちゃんが得意そうにしてるの、見たくなくて。おまえはひがみ根性が強いんだって、よく言われます」

最後に、慶子がケースの蓋をぱちりと閉めると、範子は訊いた。

「もう、撃たないの？」

「わたしを撃ってからにしてくださいなんて言われたら、できないわ」

「じゃ、いつかまた、撃つ気持ちになりますか」

慶子は振り向いて範子を見つめた。

顔立ちは可愛い娘だ。ふっくらした頰に、きめの細かい肌。もう少しうまく化粧をして、そして、いつもそばで見つめていてくれる人ができたなら、すぐに見違えるほど綺麗になるだろう。

答える代わりに、慶子は訊いた。「どうして、あたしにあんな手紙をくれたの？」

かなりためらってから、範子は答えた。

「慶子さんに、お兄ちゃんを責めてもらいたかったんです。みんなの前で――大勢の人たちの前で」

国分慎介は、この娘の兄なのだ――今さらのように、慶子は思った。この娘はあたしのために、自分の兄を憎んでくれた。兄を非難して欲しいと言った。だけど、いざ慶子が彼を撃ち殺そうとしていると思うと、土壇場《どたんば》で彼をかばい、銃口の前に立ちふさがった。

お兄ちゃん――か。

慶子は静かに訊いた。

「なぜ、和恵の名前で手紙を出したの？」

「わたしの名前じゃ、慶子さん、信じてくれないと思って。きっと、わたしもお兄ちゃんとグルだと思ってるだろうから」

慶子は優しく言った。「そういうふうには考えなかった」

自分でも、久しぶりに優しい声を出せたと思った。

「あなたは、あたしに良くしてくれたもの」

国分のアパートで初めて顔を合わせたあと、範子と二人だけで、二度ほど会ったことがある。一度は、慶子が映画の招待券を二枚もらったので、国分を通して範子を誘ってもらったのだ。もう一度は、範子が、彼女の勤めている物流会社の主催するバーゲンセールへ誘ってくれたのだった。

二度とも、楽しいひとときを過ごした。少しおとなしいけれど、範子は決して暗い性格ではない。ただ、少しばかり自己表現が下手《へた》なのだ。

気がつくと、範子は目にいっぱい涙をためていた。叱られた子供が母親に弁解するように、大急ぎで言った。

「ごめんなさい。わたし、自分で言えばよかったのに。披露宴の途中で立ち上がって、みんなに、お兄ちゃんがどんなひどいことをしたか、大声で言えばよかったのに。それを自分でする勇気がないから、慶子さんのこと焚《た》き付けたりしたんです」

言葉をこぼすようにそう言うと、あとはただポロポロと泣いている。その涙を見ているうちに、少しずつ、慶子は救われたような気がしてきた。

そっと範子の肩に手を置くと、ささやいた。

「披露宴に戻りなさい。叱られるわよ」

スピーチがやみ、拍手が起こっている。

「泣きべそ顔で、ちょうどいいわ。感激のあまり座っていられなかったんだって言いなさいな」

範子は袖で涙をふいた。「慶子さんは？」

「あたし？　うちに帰るわ。帰るだけよ」

範子が問いかけるようにこちらを見上げたので、微笑した。銃のケースを持ちあげた。

「こんな乱暴なことをしなくても立ち直れるかもしれないって気がしてきた」

「まだ話したいことがあるんです。まだ――でも、もう駄目かな」

慶子は腕時計を見た。九時二十分をすぎたところだ。

「範子さん、あたしのマンション、覚えてる？」

「はい」

「あたし、まだあそこに住んでるの。理由を言わずに引っ越すと、兄がうるさいから。ねえ、お式が終わったら、あなた着替えるの？」

「はい。ホテルの美粧室で」

「じゃあ、着替えたら、あたしのマンションにいらっしゃいな。そこでゆっくり話しましょう。あたしも――あなたと話したい。いろんなことを」

範子が戻り、慶子が廊下へ出て足早に歩き始めたとき、ホテルの会場係が芙蓉の間のドアを全開にした。すぐ手前に緋もうせんが敷かれ、金屏風が立てられている。退席する列席者を、新郎新婦が見送るという、最後の儀式だ。

それを横目に、慶子は歩いた。途中から小走りになった。エレベーターのところで、ここへやってきたときに化粧室の場所を尋ねた係員に出くわした。彼は慶子の革ケースをちらと見て、「ご苦労さま」と、短く言った。

彼がいなくなってから、慶子はふっと笑った。だが乗りこんだエレベーターの箱のなかで、鏡に映った若草色のワンピースを着た女は、泣き笑いをしているように見えた。

11

店長行きつけの店は、北荒川支店からタクシーで五分ほどいったところにあった。小さな共同ビルの地下にある居酒屋である。

ワイン・バーではグラスワインしか飲んでいなかった裕美は、店長に勧められ、冷酒のグラスを手にしている。

「時間があいてるから、ちゃんぽんにはならないもん」

大丈夫かなと、修治は危ぶんだが、これまでの飲み会で、裕美が顔に似合わぬプチ酒豪であることは知っている。空腹のままアルコールばかりとっていると、こっちの方が悪酔いしてしまいそうだったので、せっせと料理を口にした。魚料理の旨《うま》い店で、なるほど店長がひいきにするだけのことはあった。

話題がそんな方向へ流れたのは、店長の誘導か、あるいは裕美の計らいか、正確にはわからない。ただ、気がつくと、修治と裕美が結婚したらうまくゆくか——という話になっていた。

「そこまで考えるのはまだ早いんじゃないかなあ」

修治が冗談めかしてそう言ってみると、裕美は口をとがらして店長の袖をつかんだ。

「佐倉さん、さっきからずっと冷たいんですよ。店長、わたし、そんなに魅力ない？」

「とんでもない。裕美は魅力たっぷりだよ」

「店長に言われてもしようがないわ」

「なんだよ、おい」

裕美は頬杖をつくと、くだをまく酔っ払いよろしくグラスのなかをのぞきこみながら、

「わたしって内気だから、佐倉さんのことだって、自分からは誘えなかったの。織口さんに頼んだのよ」

店長は喜んだ。「そうか、〝お父さん〟に仲人《なこうど》してもらったってわけか」

「仲人はオーバーですよ」

「でも、お父さん、喜んだろう。あの人は身寄りがないから、君らが可愛くてしようがないんだ。自分の娘や息子みたいな気がするんだろう——」

言いかけて店長はちょっと言葉を切り、首を傾《かし》げた。

「織口さんて言えば、さっきな、苦情を受けて店へ行く途中で、彼によく似た人を見かけたよ。まあ、人違いだろうけどな」

修治は飲みさしのグラスをどんと置いた。

「どこで見かけたんですか？」

その勢いに、店長は面食らったようだ。「いや……その、どのヘンだったかな。二丁目に小さい公園があるだろ？　あの近くだったかな。こっちも車で通りすぎただけだから」

修治の表情が変わったことに気づいたのか、店長は真顔になった。

「どうした？」

「それ、確かですか？」

「うん……まあな。なにか問題があるのか？」

少し迷ったが、修治は言った。「それって、関沼さんのマンションの近くなんです」

関沼慶子の名前を聞くと、とたんに裕美が飛び上がった。うしろの席の客が驚いて振り向いた。

「コラ、佐倉修治！　あなたって、やっぱりあの美人が好きなわけね？」

顔に出ないからわからないが、裕美は結構酔っているのだ。修治は店長と顔を見合わせ、いっしょに吹き出した。

「おい、裕美、気をたしかに持て」

「だって店長、あたし悔しいんだもん。そりゃ、あの関沼さんは美人だけど、あたしだって捨てたもんじゃないでしょ？」

「わかってるって」

修治は二人をながめながら、笑みを消し、ひそかに頭を働かせた。

織口らしい人物が、慶子のマンションのそばにいた？

店長や裕美が、織口の行動に不審を覚えなくても、それは無理もない。二人は知らないのだ。織口が今頃、明日の裁判を傍聴するために、金沢めざして夜行に乗っていることを。

いや、乗っているはずであることを。

「ね、あたしわかった！」と、裕美が声をあげた。

「織口さんは、あの関沼慶子さんの恋人になったのよ。年の差なんて関係ないもん。ね？だから佐倉さん、あきらめなさい」

そうだろうか？　修治は考えた。そういうことか？

でも、それなら、わざわざ今夜を選び、夜行に乗るなんて嘘をつく必要はない。それに、慶子と修治の付き合いが、恋人同士のようなものではないことを、織口はよく知っているはずだ。だから、彼が慶子と交際を——それこそ、年の差など関係ない——始めたのだったら、ひと言そう告げてくれればいいだけのことだ。

たしかに、少しばかり残念ではある。慶子は美しいし、世馴れているし、魅力もある。だが、修治が惹かれたのは、彼女の笑顔の裏側に隠れている、頑《かたく》なほど他人を寄せ付けない、淋しい部分だった。なるほど彼女はよく笑い、よく楽しむが、それは、早くそうしておかないと、もうそんなことをする機会がなくなってしまうと焦《あせ》っているからであるような気がした。

二人きりで会ったことは、まだ一度しかない。今夜誘いに応じてもらえれば、二度目になるはずだった。

一度きりのデートでは、野球を見にいった。修治の住んでいるアパートの近くで、少年野球の地区予選をやっていたのだ。だから、真っ昼間のことだった。慶子はランチをこさえて持ってきた。

「こんなことしたの、久しぶり」

そう言って、遠い目をした。草っぱらに腰をおろし、見事なフォーメーション・プレイをする子供たちを見つめながら、彼女がぽつりと呟いた言葉を、修治は覚えている。

「あたし、今度生まれ変わったら、男になりたいわ」

ほかにはどんなことを話したろう？　慶子は、あまり自分のことを語りたがらなかった。応援席で歓声をあげている父母たちを眺めて——話題が家族のことに移って——そう、親父のことも話したっけ。

「お父さんのこと、お気の毒ね。淋しいでしょう」

そう、言ってくれた。

「だからなのかしら。あなたが織口さんと仲がいいのは」

どうかな？　と修治が笑うと、慶子もにっこりとした。

「あなたたちのお店では、みんなで織口さんのことをお父さんて呼んでいるでしょ？　あれ、なんとなくわかるわ。あたしの父は織口さんとは全然タイプの違う人だったけど、あの人、いかにも〝お父さん〟ていう感じがするのよね。優しい、ニッポンのお父さん」

あれが、織口に対する慶子の好意の表明だったのだろうか。父親のような人だから、好きだ、と。

わからないな——と思った。織口さん……慶子さん……気になって仕方がない。やっぱりこれも嫉妬の一種だろうか。裕美の言うようなことはありそうにないと思いながらも、やっぱり妬《や》いているのだろうか。

考えてみれば、二人とも、よくわからない部分を持っている人間なのだ。

「ほら、佐倉、おまえも飲め！　裕美、乾杯！」

店長の声が、遠く聞こえた。

そのころ――

レンガ色のマンションの地下駐車場に、一台のベンツ190E23が滑るように乗り入れ、壁に「関沼」の表示のある区画で停車した。やがて、運転席から若草色のワンピースを着た女性が降りると、後部のトランクへと向かった。

彼女がトランクの蓋を開けたとき、コンクリートの柱の陰から現われた人影が、彼女に覆いかぶさるようにして襲いかかった。

女は必死に逃れようとして、一度は男を突き飛ばした。再度つかまってしまう前に、女は薄暗がりのなかで男の顔を見た。信じられないという口調で、彼女は言いかけた。

「織口さん？　どうして――」

そこで、彼女の声は途絶えた。今度のもみあいは短時間で終わった。悲鳴もあがらなかった。彼女は気を失い、ボンネットの上に、上半身を俯《うつぶ》せに倒れかかった。

静まりかえった駐車場のなかで、なにか金属的なものが地面に落ち、甲高《かんだか》い音が響いた。女を襲った黒い人影が、かがんでそれを拾いあげた。

キーホルダーだった。鍵がいくつもついている。男はそれを、ゆっくりと点検し始めた。停まったばかりのエンジンが冷えてゆくときに放つ、かすかなキン、キンという音のほかに、聞こえるものは、男の息遣いだけだった。
時刻は午後十一時十二分。夜空には、月も見えない。

第二章　暗い助走《じよそう》

1

電話がかかってきたとき、神谷尚之《かみやなおゆき》は、そろそろ寝ようかと思っていたところだった。反射的に時計を見上げる。午後十一時半になるところだ。テレビではスポーツニュースをやっている。プロ野球やゴルフの勝敗だけが話題の、のどかな日曜の夜。

足早にリビングを横切って、三度目のベルが鳴り終わる前に、神谷は受話器をつかんだ。何も言わないうちに、相手の声を聞きさえしないうちに、なんの電話か見当はついていた。

「ああ、神谷さん？」

義母《はは》の声が、早口に彼の名を呼んだ。神谷が、彼女の一人娘である佐紀子《さきこ》と結婚して、今年で丸十年になろうとしているのに、義母は今以《いまもつ》て、彼を堅苦しく名字で呼び続ける。あなたが頑固に東京にとどまって、佐紀子を故郷へ返してくれようとしないうちは、あなたが折れて、うちへ婿養子として入ってこないうちは、断じて名前で呼んではやらない——そう決心しているのだろう。

「佐紀子がまた入院したの。夕方、発作を起こしてね」

義母の口調は鋭かった。難詰《なんきつ》調に近い。佐紀子の今夜の発作の責任も神谷にある、と非難しているかのようだ。

「今度は本当に良くないの。竹夫《たけお》を連れてきてくれないかしら」

「これからですか?」

思わず問い返してから、しまったと思った。義母はこういう失点を見逃す人ではない。

「だって佐紀子が会いたがってるのよ。本当に苦しそうで——今さっきやっと意識が戻ったんだけど、ずっと、竹夫に会いたいって泣いてばかりいるのよ。それなのにあなた、連れてこれないっていうんですか?」

「いえ、そういう意味じゃ」

神谷はもう一度時計をにらんだ。この時刻では、もう飛行機は飛んでいない。寝台列車もないだろう。

和倉《わくら》まで行くには車を使うしかないが、そういうことになれば、運転手は自分しかいない。とんぼ返りで戻ってくるとしても、明日の午前中いっぱいは会社を空《あ》けることになる。そっちの段取りもしてからでなければ、出かけるわけにはいかなかった。

「すぐにこちらを出ます」神谷が答えると、義母は、当然だというように鼻を鳴らした。

「病室はいつものところですね？」

「そうですよ。たった今、緊急処置室から戻ったの。酸素テントのなかにいますよ」

そう言って、意地悪く付け加えた。

「あなた、ちっとも佐紀子の様子を訊こうとしないのね。心配じゃないの？　おおかた、仕事の方が大事なんでしょうけどね。これだから、あの子をあなたに任せておくわけにはいかないんですよ」

義母の言う「あの子」とは、彼女のたった一人の孫である、八歳になったばかりの竹夫のことではない。その母親である、三十五歳の佐紀子のことなのだ。義母にとって佐紀子は、いつまでたっても「あの子」でしかないのだった。

佐紀子の度《たび》重なる心臓発作も、彼女が訴える頭痛、めまい、不眠も、その原因は、この義母の過干渉にある。それを、神谷はよく知っていた。一年ほど前に、大学時代の同窓生で、現在は少しばかり名の知れた神経症患者のためのクリニックを開いている男に、数カ月間時間を割《さ》いてもらい、佐紀子を診《み》てもらったことがある。そのとき、そう言われたのだ。

「奥さんが病んでいるのは、心の病いだね。疲れ果ててるのさ」

「疲れてる？」

「そう。おまえとおふくろさんのあいだに立って、どっちの顔もつぶさず、どっちの希望もかなえてやりたい——いや、かなえてやらねばならぬという責任感に押しつぶされて、ヘトヘトなんだよ。内科的な問題があるわけじゃない。身体は健康そのものさ」

「——どうしてやったらいいんだろう」

「難しいね。いちばんいいのは、おふくろさんとよく話し合って、もう結婚して独立して、子供までいる娘の手を、あんまり強く引っ張らないように頼んでみることだけど……」

それが簡単にできることならば、佐紀子も病気にならずに済んだ。そして現実には、神谷が有効な手を打つことができずにいるうちに、

「東京においておいたら、早死にさせちまいますよ。しばらく実家であずかるわ」という一方的な宣言が下り、佐紀子は義母に連れられ、半《なか》ばひったてられるようにして和倉の家に帰ってしまった。それが三カ月前のことだ。

石川県七尾《ななお》市和倉町は、七尾湾に面した温泉郷として名高い土地だ。佐紀子の実家は、そこで代々旅館を営んでいる。家は非常に裕福だし、たしかに東京よりも環境はいい。佐紀子が本当に身体の病いをやんでいるのなら、そこへの転地は大いに効果があるだろう。

だが現実には、なにひとつよくなっていなかった。神谷は何度か和倉に足を運び、佐紀子と話し合い、戻ってくるように説得していた。だが、彼女自身、今は本当に疲れ果ててしまっているのだろう、ただ泣いてばかりで、うなずいてはくれなかった。

佐紀子を取り返した当時、義母は、竹夫も一緒に連れて帰るつもりだったのだろう。それが当たり前の処置だと思い込んでいた。だから、神谷がそれに反対すると、まるで卑猥《ひわい》な言葉でも投げつけられたかのように、顔を紅潮させて怒ったものだ。

「どうして駄目なんですよ？」

「竹夫はもう小学校の二年生ですよ。友達もいるし、学校の都合もある。そう簡単に、長いあいだ休ませるわけにはいきません」

「休ませるなんて誰が言ってるの？　転校させるんですよ。当然じゃないの」

「しかし、佐紀子が治れば、また東京へ戻ってくるんですよ」

「いつ治るか、見込みがついてないじゃないの。それに、竹夫にとっても、忙しくてろくすっぽ家に帰ってこない父親といるよりも、母親やあたしたちといる方がずっと幸せに決まってますよ」

この時の論争は、竹夫自身が「東京にいたい」と答えたことで、終止符が打たれた。佐紀子もこれには少なからずショックを受けたようだったが、義母の怒りはもっと激しかった。八歳の子が自分の判断であんなことを言えるはずがない。あれは父親がたきつけているのだと、親戚や知人の家などを回っては、熱を入れてしゃべっていたようだ。

その無分別な怒りが、回り回って竹夫にどんな影響を及ぼしたか——

神谷はいったん居間を出ると、手帳を持って電話のそばへ引き返し、電話を二本かけた。

一人は同僚であり、一人は部下だ。明日の午前中、彼がいないあいだのことを頼めるのは、この二人しかいなかった。

「奥さん、危ないのか？」

同僚の心配そうな問いに、「いや、それほどじゃないんだが」と答えたとき、ほんの一瞬、ごくわずかな時間だけではあったものの、（本当の重病なら、俺もこれほどきまりの悪い思いをしなくて済むんだがな）と思ってしまった。

義母に言われるまま、「竹夫を連れてこい」という命令に従うのは、これで三度目のことだった。毎回、神谷は思う。連れていかなくたっていいのだと。佐紀子は本物の死病に取りつかれているわけではない。あれはすべて気の病いだ。しゃんとして、亭主と子供のために東京へ戻って来いと言ってやることもできるのだと。

だがそれはいつも、彼の頭のなかだけのことだった。たとえ気の病いだとしても、現実に激しい呼吸困難を起こして入院している妻に、そんな台詞《せりふ》を吐くことはできない。子供に会わせないで放っておくこともできない。

怖《こわ》いのだ。そんなことをして、もしも——もしも万が一、佐紀子が本当に死んでしまったら。そのとき、竹夫は俺をどう思うだろう？　それを考えると、いつも身動きがとれなくなってしまう。

賢い義母は、それを見抜いている。見抜いていて、佐紀子がそれと望んでいないときでも、わざと神谷を呼び付けているような節《ふし》もあった。多忙な彼が、このピンポン・ゲームにくたびれて、「わかりましたよ、竹夫をしばらくあずかってください」と言い出すのを待っているのだろう。

電話を終えると、子供部屋に向かった。竹夫はベッドのなかにいる。小さな布団《ふとん》が丸くもりあがっており、頭はすっぽりとその下に隠れている。いつごろからだったろう？　この子が、眠るとき、こんなふうに、なにかから身を隠すような姿勢をとるようになったのは。

揺り起こすのに、たいした手間はかからなかった。いつもそうだ。子供は柔軟だから、どういうことにでも慣れてしまう。

「おかあさんの具合がよくないんだよ。病院へ行くから、支度しなさい」

竹夫は眠そうに目をこすりながら起き上がった。「また？」とか「おかあさんはだいじょうぶなの？」とか、尋ねるわけではない。黙って起き、黙って着替える。そして、黙って和倉まで連れていかれる。

佐紀子が実家へ戻って以来、竹夫はぴったりと口を閉ざし、文字どおりひと言《こと》も口をきかない子供になってしまった。義母は、母親のいない淋しさからそうなったのだと言い、なおさら強く竹夫を引き取りたがるようになった。だが、竹夫の担任の教師や、佐紀子を診てくれた同窓生と話しあい、彼らの援護を受けて、神谷は断固、それを拒《こば》み続けている。

「子供まで渡したら、もうおまえの家庭はバラバラだぞ」と、同窓生の医者は言った。

「いたずらにお友達から引き離すことに、わたしは反対です」と、担任教師も言った。

「いちばんいいのは、奥さんに早く気づいてもらうことだよ。奥さんの家庭は東京にあるのであって、実家にあるんじゃないってことをな。奥さんの人生は奥さんのものなんだから、奥さんが好きなようにすればいいんだ。もう、親の顔色を窺《うかが》う必要はないんだってことをな」

「竹夫ちゃんには、もう竹夫ちゃんの社会生活があるんです。それを大事にしてあげてください」

神谷が感じているのより、もっと強い重圧を、罪悪感を、閉塞《へいそく》感を、竹夫は感じているに違いない。そしてそれに負けないために、余計なことを口に出さないために、自分の意志を口にして（あのとき、〝ボクは東京にいたい〟と言ったように）、そのために母親や祖母を悲しませ、あとあとまで責められることのないように、竹夫は沈黙という手段を選んでいる。神谷が、佐紀子が、しっかりとこの家をたてなおさないかぎり、この子はけっして口をきこうとはしないだろう。

それなのに、神谷は、今夜もまた、表面的な出来事に流されるまま、東京を発《た》とうとしている。練馬《ねりま》から関越《かんえつ》自動車道に乗り、長岡《ながおか》で北陸《ほくりく》自動車道へ。能登半島の付け根にある和倉まで、一晩がかりのドライブだ。

長い夜になりそうだった。

2

不安はなかった。ベンツは滑らかに走っている。夜気が澄んで感じられるのは、気分が高揚しているためかもしれない。

運転席の織口は、まだわずかに息をはずませていた。土壇場になるまで、自分でも、あんなことが本当にできるかどうかわからなかった。それをやってのけたのだ。

慶子には申し訳ないことをしたと思った。怪我《けが》をさせたつもりはないが、気絶したあとの彼女は、思いのほか体重が重くなり、扱うのに骨が折れた。六階へ運びあげるまでのあいだに、ひょっとすると、どこかぶつけたりひねったりしているかもしれない。

「織口さん？　どうして――」

驚愕《きょうがく》。いっぱいに見開いた目が、まっすぐ織口を見つめていた。

それにしても、不思議だ。彼女は知人の結婚式に出席して帰ってきたところであるはずなのに、なぜ、トランクに銃を積んでいたのだろう？　おまけに、盛装用の華奢《きゃしゃ》な飾り物のようなバッグのなかには、赤いカップの装弾が一発入っていた――

慶子を抱きかかえて運ぶとき、どうやってつかまえても、彼女のたっぷりとしたワンピースの裾《すそ》が手のなかから滑り出て広がってしまい、歩くときにじゃまになるので、軽く縛るものを探して、トランクを開けたのだ。すると、そこに黒革のケースがあった。あまりに意外だったので、すぐにはそれが銃のケースだとわからず、慶子は楽器の演奏もするのだろうかと思ってしまったほどだった。

慶子は何を考えて銃を持ち歩いていたのだろう？

彼女の部屋のガンロッカーを調べてみると、もう一挺、似たような仕様《しよう》の銃が保管されていた。手入れの行き届いた、いい銃だった。あの状況では、どう考えても、彼女が、自分の所持している二挺の銃のうち一挺を、何かの目的のために持ち出したとしか思えない。だが、何のために？

しつこい疑問を、織口は強《し》いて頭から追い出した。その答えを聞くことも、彼女に詫びる機会も、もうないかもしれない。だが、頭のいい女性だ。自分の身にふりかかった災難を、上手に処理してくれるだろう。そうであってほしいと、織口は願った。この計画のなかで、彼のためにもっとも大きな迷惑をこうむるのは、彼女一人なのだから。

東京を横切って、西へ。関越自動車道に入るためには、まず練馬まで行かねばならない。日曜日の夜のことで、タクシーや乗用車の数は比較的少ないが、トラックの巨体はあちこちで目についた。

急ぐ必要はない。朝までに向こうに着けばいいのだ。焦ることもない。銃は手に入れたのだし、慶子は閉じこめてきた。それではあまりにも残酷なような気がして、玄関のドアには鍵をかけなかったが、慶子が自力で彼の縛ったロープをほどき、ドアまでたどりつくことは、まずないだろうという確信があった。

追ってくる者はいない。不審を抱く者もいない。邪魔は入らない。織口はただ、自分の目的を果たすことだけを考えていればよかった。

制限速度を守り、おとなしく、車の流れに従って走った。都心を走り抜けて行くときには、ネオンサインに見惚《みほ》れる余裕さえあった。すれ違うトラックやタクシーの運転手の、忙《せわ》しげな顔、くたびれた顔、仕事に嫌気《いやけ》のさしている顔、運転に集中している顔——たくさんの表情を、ひとつひとつ観察することさえできた。

心に焼き付けて、忘れないでおこう——そう思った。これからやろうとしていることが終わったとき、その正邪を判定してくれるのは、ああいう人間たちなのだ。ごく当たり前の常識と感性と、守るべき仕事や家庭を持っている、大勢の善良な生活者たち。

そう、そのことを考えよう。思い出してはいけない。頭を撃ちぬかれたあのふたつの遺体のことは。冷たい手を取り上げたとき、必死の祈りを捧げていたかのように、その指がねじ曲がっていたことも。

「即死状態ですから、苦しんではいないはずです」

医師はそう言った。それでいて、けっして正面から織口の目を見ようとはしなかった。

「死の瞬間は苦しまなかったとしても、それまでに恐ろしい思いをさせられていたなら、同じことです」

織口がつぶやくと、医師は背中を向けてしまった。

「お気の毒です」

お気の毒——そう、お気の毒でした。誰も、それしか言うことができない。

娘はまだ二十歳だった。窓を閉め切ってもどこからともなく忍びこんでくる隙間風のように、織口の脳裏を、その思いがよぎった。

まだ二十歳だった。二十年間しか生きていなかった。たった二十年間では、まだ「生きた」という実感さえ持つことはできなかったかもしれない。

目の前で、まず母親が撃ち殺されるのを見ているとき、あの娘は何を考えていただろう？　こんなことは悪い夢だと思っていたろうか。すぐに目が覚める。こんなことが自分の身に起こるはずがない——と。

なぜなら、殺されなければならないような悪いことは、何もしてないのだから。

「連中は、なぜ母親から先に殺したんでしょう？　何か話していませんか」

織口が問うと、あの、泊《とまり》という名前の担当の刑事は、片方の頬をひくひくさせた。ずっと一緒に公判を傍聴しているうちに、織口は、あれが彼の癖なのだと知った。答えたくない質問を投げ掛けられたとき、あんなふうに頬が震える。

「足手まといだと思ったんでしょう」

織口は、じっと彼の目を見つめていた。すると刑事は、ますますひどく頬をひくつかせながら、ぼそりと答えた。

「母親を撃ち殺すとき、お嬢さんのほうに、『子供が親より早死にするのは親不孝だから、ババアから先に殺してやる』と言ったそうです」

織口は彼の顔から目をそらした。しばらく、ただその場につっ立って呼吸をしていた。刑事の言葉が頭のどこかにしみ込んでしまうまで。声を出すことができるようになるまで。不用意に動けば、警察署のなかを駆けぬけ、表へ飛び出して大声で叫びたくなってしまうと思ったから——

ふと気がつくと、誰かの首を絞めてでもいるかのような強さでハンドルを握り締めていた。押し込めても押し込めてもよみがえってくる映像は、それほどに強烈な感情をともなっていた。

犯人たちは、生きて、ピンピンして、二本の脚で法廷の床を踏みしめている。自分を弁護し、情状酌量を請《こ》うためにしゃべっている。しゃべりまくっている。あまつさえ——

思わず身体に力が入り、アクセルを踏み込んでしまった。一台、二台と先行車を追い越し、三台目の車に（若者の運転するサーフだった）クラクションを鳴らされて、ようやく我にかえった。

興奮が醒めてゆくのと入れ替わりに、淡々とした決意が戻ってきた。何も特別なことをしようとしているわけではない。放っておけば、今のまま何人も犠牲者が出続けたなら、彼がやらなくても、そのうちきっと誰かが同じことを試みるだろう。頭に血を逆上《のぼ》らせることはない。冷静に、自分の思うところのことを行動に移すだけの話だ。

助手席のシートの上には、三つに分けて風呂敷に包んだ慶子の散弾銃が置いてある。彼女のところから持ち出した弾は、箱から出して、ウエストポーチに収め、身体にまきつけてあった。

必要なものは、すべて手に入れた。あとは、この夜の下を走り抜けてゆくあいだに、勇気が挫《くじ》けないようにと願うだけだ。

織口はハンドルを握り直し、身体の力を抜いた。午前零時になるまでには、関越自動車道に入ることができるだろう。

3

修治たち三人が店を出たとき、いちばん酔っ払っていたのは店長だった。陽気な酒であることはよく知っているが、今夜はまた特別だ。大声で歌ったり歓声をあげたりするのには参ってしまった。

「裕美、俺が仲人《なこうど》をしてやる！」などと、夜空に向かってぶちあげる。「安心して修治と付き合えよ。いいな？」

「いいけど、店長はまだ独身でしょ？　どうやって仲人をするの？」

「じゃ、まず俺の嫁さんを探してくれや」

店長に肩を貸して歩きながら、修治は冷や汗ものだった。

「店長の家、どっちだっけ？」

「たしか西船橋《にしふなばし》だったはずよ」

「じゃ、ＪＲに乗せればいいんだな。今、何時？」

「十一時——十五分すぎ」

「まだ電車はあるな。駅はどっちだろ」

すると、急に店長が正気づいて怒った。

「おい、誰が帰るなんて言ってるんだよ？」

「店長、飲みすぎですよ」

「もう一軒付き合えよ。明日は休みじゃないか。な？　裕美もまだ飲み足らないような顔してるぞ」

なんとか、だましだまし新小岩《しんこいわ》駅の近くまで連れていったのだが、店長は帰らないと言

い張っている。裕美も半分呆《あき》れてはいるようだが、

「ね、いいじゃない。佐倉さん、とことん付き合ってあげようよ」

結局、二十四時間営業の居酒屋の座敷へとあがる羽目になった。おしぼりを使いながら、裕美が修治の目のなかをのぞきこむような顔をした。

「佐倉さん、今夜ぐらい、書きかけの小説のことなんか忘れてよ」

べつに、そのために帰りたがっているわけではないのだ。原稿は、このところ一行も書いていない。書けないのだ。一時期、怖《こわ》いほど書けて書けて仕方のないこともあったのだが、今はまったく逆の状態だった。一日机に向かっていても、一行も進まないことさえある。

だが、今、修治の心に重く沈んでいるのは、原稿のことではない。織口のことだった。店長が、関沼慶子のマンションの近くで、彼に似た人物を見かけたというからだ。織口が、今夜乗ると言っていた寝台車に乗っていない様子があるからだ。真新しいズックが捨ててあったからだ。

オーダーを終えると、二人を席に残して、修治は電話を探した。

まず、織口のアパートにかけてみた。番号はそらで覚えている。すぐにつながったが、呼出し音が鳴り続けるだけで、応答はない。二十回鳴らしたところで、切った。

次は慶子のマンションだ。こちらの番号は、手帳を見ないとわからなかった。コインを

落とし、ダイヤルに指をかけたとき、修治の心のなかに、ふと怯《おび》えが走った。

(織口さんが出るなんてことは……ありそうにないな。でも……)

慶子のことは、まだよく知らない。こんな時刻に電話をかければ、礼儀知らずな行動だと思われるだろう。それほど親しい関係であるわけではないのだから。彼女は気を悪くするかもしれない。彼女の声のうしろに、誰かほかの人物の気配を感じるかもしれない。それはつまり、慶子に関心を持っても興味を抱いても、好意を寄せても無駄になるという証拠だ。

ちょっとくちびるを噛んで、修治は思い切ってダイヤルを回した。呼出し音が二回で、録音された応答が聞こえてきた。

「関沼は本日留守にいたしております。ご用のかたは発信音のあとにメッセージをどうぞ――」

事務的な口調だった。発信音を聞いて、修治は受話器を置いた。

考えすぎだ……と思った。酔っ払ってるんだ、俺は。

そのとき、電話台の下の棚に乱雑に積まれた電話帳のあいだから、表紙のとれた時刻表がのぞいているのに気づきさえしなければ、修治はそのまま席に戻り、店長と裕美と酎《ちゅう》ハイで乾杯して、そのまま飲み続けていただろう。だが――

時刻表は、東京都内の主要私鉄線のページのところで、大きくめくれるクセがついていた。この居酒屋で、始発まで飲み続ける若者たちが使いつけているのだろう。修治は急いでページをめくり、織口が乗っているはずの急行を探した。

「急行能登《のと》」。二十一時ちょうどに上野駅を出る。そういう列車はたしかにあるのだ。金沢駅着は明朝五時四十二分。順調に走っているならば、今頃は軽井沢《かるいざわ》と小諸《こもろ》のあいだあたりにいることだろう。夜の早い織口は、もう眠っているかもしれない。B寝台は狭いから、小太りのあの人には少し窮屈だろう。

考えすぎだ。織口はちゃんと列車に乗っているに決まっている。俺たちのことを気遣って、眠る前に電話をかけてきてくれたんだ。電話の声は、いつもと全然変わらなかった。落ち着いていて、穏やかだった。

電話の声は。

一瞬、ぎょっとした。ひどく単純な疑問が浮かんできたのだ。

もう一度時刻表を開き、引き千切《ちぎ》らんばかりの勢いでめくってみたが、駅の電話番号は載せられていなかった。104を呼び出す。

「上野駅のどこの番号でしょう」

「列車について問い合わせしたいんです。どこでもかまいません」

教えられた番号をダイヤルすると、くぐもった男の声が応《こた》えた。

「こんな時刻にすみません。教えてもらいたいことがあって。緊急なんです」

実際には、あわてるようなことではない。ごく単純な質問だ。答えも簡単、イエスかノーか。

応答に出た駅員は、ノーと答えた。

「急行能登には、乗客が使うことのできる電話はついてないですよ」

反射的に「ありがとう」と答え、修治は受話器を置いた。返却口からコインを取ったが、指がもつれ、それをポケットに入れ損《そこ》ねて、床に落とした。

そのまま拾わずに、出口へと向かった。

4

神谷の暮らしている練馬区富士見台《ふじみだい》から北陸方面に行くには、まず関越自動車道に乗ればいい。しかも、マンションの駐車場から有料道路の入口まで、十五分足らずの距離だ。

今のマンションを買ったのは三年前のことだが、そのとき、いくつかの物件を物色《ぶっしょく》していた神谷に、「富士見台のにしなさいよ」と強引に主張したのは、義母だった。神谷の目からみれば、ほかにもっとよさそうなものがあったのだが、義母と、彼女に逆らうことのできない佐紀子とに、そろって富士見台がいいと言われては、そう強硬に反対するわけにもいかず、結局折れた。今になって考えてみると、義母としては、佐紀子が関越の入口のすぐそばに暮らしていれば、和倉への往来に便利だと思っていたのだ——ということがわかる。まさか、現在のような状況になることまで予想していたわけではないだろうが……。

いや、案外そうかもしれない。義母は、娘の人生のすべてを支配し、可能なかぎり遠隔操作することを生きる目的にしている女性なのだ。

神谷の側にはもう両親がおらず、兄が故郷の札幌《さっぽろ》の実家を継いでいる。実家といっても代々サラリーマンだし、それぞれに家庭を持っていると、男の兄弟なんて、すぐに疎遠になってしまうものだ。兄とは、年に一、二度電話でやりとりする程度の関係になってしまっている。神谷家の側に、もう少し自己主張の強い存在がいれば、義母と渡り合うこともできるのかもしれないが——

(いや、そうじゃないな。他人のせいにしてはいられない。ほかの誰より、俺が自己主張を強くするべきなんだ)

だが、それができない。もともと、声を張り上げて人と議論したり、自分の主張を通すために闘ったりするのは苦手だ。子供の頃からそうだった。

大学を出て、これという目標もないまま、現在勤めている製紙会社に入ったのだが、神谷は運良く、そこでいい上司に恵まれた。当時、総務部の統括部長を務めていた人物だった。

「会社ってところには、十年に一度ぐらいの割合で、君みたいな人間が入ってくるんだよな」

そう言って、神谷が最初に配属されていた財務管理の部署から、すぐに総務へ引き抜いてくれたのだ。

「僕みたいな人間というのは？」

「潤滑油役というのか、雑用承《うけたまわ》りますという役というのか、要するに、出張や宴会の手配からトイレットペーパーの管理まで、なんでもやってのけるプロの総務屋さ」

そんな次第で、その上司の薫陶《くんとう》よろしく、神谷は社内の雑用から祭りごと一切《いっさい》を引き受け、部下を動かして指図するような立場にまでなってきた。総務関連では、どれほど出世してもたかが知れていると敬遠する人間も多いし、なかには、雑用的な仕事で給料をもらうなど、男として屈辱だとまで言う同僚もいるが、神谷にはちっとも苦にならない。つまりは天職、適職なのだろう。

だが、そういう資質が、どれほど会社のなかで重宝《ちょうほう》がられていようと、部下たちに好かれようと、頼りにされようと、一方では家庭を壊しかけていることも事実だ。「ことを荒立てない」という神谷の生活指針が、義母の専横を許し、佐紀子を悩ませ、竹夫の口をつぐませている。そして、それとわかっていながら、一歩でも強く踏みだすことができない。せいぜい、呼び付けられて和倉まで出かけてゆくとき、やたらに急がず、のんびり走ってゆく——という形の反抗を試みるだけで精一杯だ。

日曜日の夜ということで、道はすいていた。それでも、神谷は、飛ばしてゆくほかの車を気にせず、ゆっくりと走っていた。

後続車が車線を移し、ゆるい半円を描いて神谷の車を追い越し、またエンジンをふかして遠ざかってゆく。その様子を、フロントガラスの方へ顔を向けたまま、竹夫がじっと見つめている。助手席のシートに座らせると、ひときわ小さく見える身体の周りで、シートベルトがぺったりとたるんでしまっていた。

「眠くなったら、寝ていいよ」

声をかけても、返事は戻ってこない。そのことに、神谷も慣れてきた。例の同窓生の医者からは、「しゃべることを強制してはいけない。叱ってもいけない。また、いつか何かの拍子に竹夫くんがしゃべったときには、そのことで大騒ぎをしてもいけない」と、きつく言い渡されている。

機能的な障害があるわけではない。それを確かめるために、竹夫が何度か辛《つら》い検査を受けた。知能も聴力もまったく正常だし、喉《のど》に異常があるわけでもない。ただ単に、この子はしゃべることをやめてしまった——それだけのことだ。

だが、外界への興味や関心を失ってしまったというわけでもないらしい。だから現にこうしてここにいるのだし、今、点滅するライトや飛びすぎて行く標識を眺めている瞳は、ほとんど表情を浮かべこそしないものの、濁ってもいなければ、死んでもいなかった。

「おかあさんの身体がよくなったら、みんなでドライブに行こうか」

そう言って、ちらっと目をやると、竹夫がひどく興味深そうな顔で、すぐ前にいる四トントラックを眺めていることに気がついた。

「すごい車だね、何を積んでるのかな」

コンテナ車で、脇腹に大きなロゴが描いてあった。いかにも馬力《ばりき》がありそうな太い排気管が二本、にょっきりと見えている。信号が変わってスタートすると、そこからぶおんと排気が噴き出した。

トラックは、すぐ先の角を左折して走り去っていった。空《あ》いた車線に別の車が割り込んでくる。そうやって次々と現われては消える車を、竹夫は熱心に見つめていた。

織口のベンツが、目白《めじろ》通りを谷原《やはら》の交差点まできたところで、アクシデントがあった。どうやら衝突事故のようだ。彼は顔をしかめた。前方にパトカーの赤色灯が見える。救急車は来ていないようだし、大きな事故ではなさそうだ。当事者であるらしい若者が、歩道ぎわに乗り上げるようにして停《と》まっている乗用車のボンネットを叩きながら、興奮した様子で制服姿の巡査と口論している。数は少ないが目ざとい野次馬が――野次車とでもいうか――集まり始め、そこにだけ、小さな渋滞が起こっている。制服の巡査がもう一人いて、赤いバトンのようなライトを左右に振りながら、後続車を促していた。

(どうするか……)

知らん顔で走りすぎてしまうことはできる。できる——と思う。だが、ライトを振っている巡査の、通りすぎる車を一台一台チェックしているかのような態度が、どうにも気になって仕方がなかった。思い過ごしに決まっている。あの警官は、後続車を整理しているだけのことだ。追ってくる者がいるはずはないし、このベンツが盗難車であると気づかれるはずもない。だが、後ろめたさが織口を不安にした。

何よりも、自分に自信が持てないのだ。警官の前に出たとき、どういう態度をとってしまうか。それが相手にはどういうふうに見えるか。

そう考えながら見回すと、この車の内装が、いかにも女性らしい感覚で統一されていることに、改めて気がついた。レースのシート。可愛らしいマスコット。それなのに、運転しているのはすすけた顔の中年をすぎた男だ。

すぐに咎《とが》められはしなくても、質問はされるかもしれない。そのとき、なんということもない顔で、「娘の慶子の車なんです」と答えることができるだろうか?

巡査の立っている場所まで、あと五、六台の車が、前につかえている。織口は心を決め、ウインカーを出すと、ちょうど左手に見えてきた細い横道に入りこんだ。目白通りの喧騒《けんそう》が後ろに流れ去り、静かな住宅街のなかに、一本道が続いている。思わず、声を出してため息をついた。これでいい。迂回して行けばいいのだ——

だが、そうではなかった。

5

重い振り袖を脱ぐと、範子は、ほっとするのと同時に疲れを感じた。急に空腹にもなった。さっきまで目の前にご馳走がならんでいたのに、おかしなものだと思った。

式のあと、新婚の兄夫婦は、予約してあるスイートにあがり、友人たちと一緒に二次会をする予定になっていた。範子も強く誘われたが、少し気分が悪いと断わって、そっと抜け出してきたのだ。

先に帰宅する両親には、二次会に出ると言ってある。両方向への嘘だが、お祝い気分でごったがえしている時だ。バレることもないだろう。脱いだ振り袖をしまった和装用の携帯バッグを父に預け、身軽になってタクシーに乗りこんだ。

慶子のマンションの場所は、うろ覚えにしか記憶していない。一度、一緒にバーゲンセールにいったとき、彼女を迎えに行ったことがあったが、そのときは最寄りの駅から歩いていったのだった。あれは、ＪＲ総武《そうぶ》線の小岩《こいわ》駅だった。

だから、今夜も小岩駅前でタクシーから降りた。記憶をたどりながら歩いていく。駅前には大きな繁華街があるが、日曜日の午前零時近くのことだ。どの店もシャッターをおろして静まりかえっている。途中でコンビニエンス・ストアを見つけたので、林檎《りんご》をふたつと、ワインを一本買った。もう少し気のきいたものがほしいところだが、仕方がない。手ぶらで訪ねるよりはましだろうし。

繁華街を抜け、静かな住宅街を歩いてゆくうちに、方向がわかってきた。見覚えのあるレンガ色のマンションの前に立って、腕時計を見た。ちょうど零時五分すぎだった。

正面のドアを押して、範子はロビーへ入った。管理人室のガラス窓には、内側からカーテンがおりている。しんとして、誰もいない。少し不用心だな、と思った。慶子も以前、セキュリティ・システムのついているマンションにすればよかったと言っていたことがあるのを思い出した。

エレベーターで六階にあがる。着いたところは左右に開けた廊下で、やはり誰もいなかった。範子は靴音をたてないように気をつけて歩いた。

「関沼」の表札が出ているドアの前に立つと、急にどきどきしてきた。なんだか、あらためて大きな秘密を分かちあうような気がする。芙蓉の間の外で銃を構えていた慶子の顔を思い出すと、今夜、あの場に集まった人たちが知らないうちに起こった出来事の大きさが、今さらのように身にしみた。慶子は大変なことをやろうとしていたのだし、彼女をそんなふうに仕向けたのは、範子の書いた一通の手紙だった。

その二人が、二人だけで二次会をやろうとしているのだ——そう思った。兄夫婦がホテルで盛大に祝っている二次会よりも、こちらのほうが、ずっとふさわしい、そして必要な二次会なのだった。

範子はチャイムを押した。

応答はなかった。

もう一度、今度は二回押してみた。

返事はない。

範子は周囲を見回した。常夜灯に照らされたコンクリートの廊下には、誰もいない。六階から見おろす住宅街の夜景は思いがけないほどきれいだったが、明かりの消えている窓も多い。みんな眠ってしまっているのだ。

林檎とワインの入ったビニール袋を持ちかえて、もう一度チャイムを押してみた。部屋のなかで鳴っているのが聞こえる。だが、慶子は応えてくれない。

帰ってないのだろうか？

急に気弱になって、半歩さがると、範子はドアを見上げた。

慶子は怒っているのかもしれない。いや、怒って当然だ。あの時はああ言ったけれど、範子とゆっくり話し合う気になんて、とうていなれないのかもしれない。それが自然だ。慶子と話し合い、心のなかのものをぶちまけて許してもらおうなんて、図々しい料簡《りようけん》だったのかもしれない。ワインなんか買ってきて、あたしはホントに馬鹿なんだ。

もう一度だけ、チャイムを押した。

応えはない。範子はため息をついた。

ひょっとしたら、お風呂にでも入っているのかも……

未練がましく、そっとドアのノブに触れてみた。開いているはずがない。鍵はかかってるに決まってる。慶子はいないのだ。

だが、ノブは回った。鍵はかかっていなかった。

恐る恐るドアを開けると、玄関の明かりがついているだけで、奥は真っ暗だった。カーテンがしめきってあるのが見える。

「関沼さん」

呼びかけても、返事はない。

「慶子さん。範子です」

靴脱ぎのスペースに踏み込み、後ろ手にドアを閉めた。今度はもう少し大きな声をだした。

「慶子さん、お留守なんですか？」

短い廊下のすぐ右手には、たしか洗面所があったはずだ。正面はＬＤＫで、その脇に寝室がある。一人住まいには贅沢《ぜいたく》な部屋だが、声が届かないというほどの広さではない。

ビニール袋を持つ手が汗ばんできた。ビクビクするほどのことではないはずなのに、範子は緊張して唾を飲み込んだ。

靴を脱ぎ、「慶子さん、あがります」と声をかけてから、玄関マットを踏みしめた。

静かに廊下を進む。覚えていたとおり、LDKに出た。観葉植物の鉢がいくつもあり、更紗《サラサ》のカバーをかけたフロアソファがある。壁をさぐってスイッチを見つけ、明かりをつけた。白い光が目に刺さり、範子は顔をしかめた。

慶子が几帳面《きちようめん》できれい好きであることは知っている。部屋のなかはきちんと片付けられていた。システムキッチンの蛇口が光っている。

慶子はいない。

「慶子さん、範子です」

呼びながら、ゆっくりと部屋のなかを歩いた。角々《かどかど》をのぞきこみ、寝室に通じるドアのところで、かなりためらってから、

「すみません、開けますよ」と大きな声を出してから、ドアを開けた。

寝室にも、誰もいない。

(やっほー)

空《から》っぽだ。

きれいにメイクされたベッド。枕元にスタンドがあって、ナイトテーブルの上に本が一

冊伏せてある。リビングからの明かりで、それを見ることができた。左手には、つくりつけの大きなクロゼット。そして、その手前に、ちょっと見たところでは細長い金庫のような造りの箱があって――

その扉が開けっぱなしにしてあった。

きれいな部屋のなかで、妙なところと言ったらそれだけだ。ちょっと踏みだしてよく見ると、大きな黒革のケースが入れてある。楽器だろうか。慶子は音楽を習っているのだろうか。

そこまで考えて、はっとした。あのケース、さっき、慶子が銃を分解してしまっていたケースのようだ。じゃ、慶子はやっぱり帰っているのだ。

それを思うと、急に、無断で入りこんだことが、ひどくいけないことのように思えてきた。範子は急いで身を引き、寝室のドアをしめ、リビングから出た。

廊下を小走りに、玄関へ向かう。そのとき、さっきは気づかなかったが、洗面所のドアが開いており、入口のところに、スリッパが片方裏返しになって転《ころ》がっているのが見えた。これは慶子らしくないことだ。それとも、気分が悪くなったかどうかして、あわててトイレに駆け込んだのだろうか。

洗面所に入り、明かりをつけた。トイレには明かりがついていない。範子はそっとノックした。

「慶子さん？　いるんですか？」

応答はない。もっと強くノックすると、はずみでドアが揺れた。鍵がかかっていないのだ。範子は目を見張り、さらにノックしようとして手をあげた。そのとき、ドアがゆっくりと外側に開き、ぐったりと頭を垂れ後ろ手にしばられた慶子が、ゆらりと範子の方へ倒れかかってきた。

6

小さな悲鳴を聞いたのは、603号室のドアの前にさしかかったときだった。

悲鳴というよりも、大きな呼吸音と言ったほうが正しいかもしれない。かすれた、ひゅっとあえぐような声だった。それを聞いたとたん、修治は走りだしていた。短い距離だが、ほとんど一歩で駆けつけたような感じがした。

慶子の部屋のドアを開けると、すぐに目に入ったのは、床にへたりこんでいる若い女の顔だった。とっさに慶子かと思ったが、髪型が違う。その女性は、床に座り込んだまま、なにかを抱きかかえるような格好をしていた。

彼女は、土足で飛び込んできた修治を見ると、また息を呑んだ。いっぱいに目を見開いて、激しくうしろに下がったので、頭が壁にぶつかり、大きなゴンという音がした。修治も何がなんだかわからず、その場に棒立ちになってしまった。

わかったのは、この見知らぬ若い女が抱きかかえているのが関沼慶子であるということだけだ。身体をふたつに折り、髪は乱れ顔は蒼白で、腕がうしろに回されている。

「あ、あ、あ」座り込んだ若い娘が、つっかえつっかえ言い始めた。「あた、あたし――あなた――これ、いったい――」

彼女のあまりの動転ぶりが、逆に修治を冷静にした。急いでドアを締め切ると、修治は二人の女のそばにかがみこんだ。

「どうしたの？　え？　いったい何があったんだ？」

若い娘は顎《あご》をがくがくさせているばかりで、口がきけない。彼女も真っ青になっており、ふたつの瞳が激しく動いていた。ほとんど慶子の身体の下敷きになってしまっており、動けないらしい。

修治は慶子を抱き起こしながら、若い女に訊いた。

「きみは、関沼さんの知り合い？」

相手は大きくうなずいた。

「きみが見つけたの？　関沼さん、ここで倒れてたんだね？」

娘は激しくかぶりを振った。震える手でトイレを指差すと、

「ここに――閉じこめられて――」

慶子は手首と足首を縛られていた。やわらかな布製の紐だ。ひと目見て、その結び目が、ヨットマンや船釣りをする人間が使う、もやい結びであるとわかった。修治は背中が寒くなった。

「とにかく、向こうへ運ぼう」

慶子を抱えてリビングへ運ぶと、若い娘は這《は》うようにしてついてきた。

「き、救急車、呼ばなきゃ」

「ちょっと待って、それはあとだ。関沼さん！」

ソファに寝かせて、いましめを解き、手のひらで頰を叩きながら呼びかけると、慶子はうっすらと目を開いた。一見したところ、怪我はなさそうだ。それに勇気づけられて、修治はさらに呼び続けた。

慶子のまぶたが開き、どんよりとした目の焦点が、ゆっくりと合わされてゆく。修治はふと、オーバーロードでダウンした店のコンピュータを修理してもらい、再始動したときのことを思い出した。大丈夫かな、ひとつひとつマニュアルに沿ってスイッチを入れて、支障はないかな——慶子の意識が戻ってゆく様は、それを思わせた。身体のなかの慎重な司令塔が、今意識を戻しても大丈夫かどうか、確かめながらスイッチを「オン」に入れてゆく——

最後に、「外部とのコンタクト」というスイッチが入ったのか、慶子は目を動かし、修治を、そして、一緒にのぞきこんでいる若い娘を見た。そして軽く咳《せ》き込むような声をたて、喉を押え、それからやっと呟いた。

「あたし……あなたたち……どうして？」

「ああ、よかった」若い娘が泣きだしそうな声を出し、慶子の肩にすがりついた。「訊きたいのはこっちのほうです。何があったんですか？　どうしたの？」

その声が、慶子の意識をさらにはっきりさせたらしい。彼女の目が晴れ、同時に、整った顔が急に歪《ゆが》んだ。起き上がろうとして、彼女はもがくようにソファの背もたれにすがりついた。

「銃を」と、彼女は修治に言った。「ああ、どうしよう――銃を盗《と》られたの」

言葉の意味がわかるまで、修治の頭がふっと空白になった。これもちょうど、店のコンピュータの画面が、「検索中」という単語だけを点滅させて、静止状態になっているときのように。だが次の瞬間には、いっぱいの情報が溢《あふ》れ出てくる――

そしてその情報は、どれほど望ましくないデータであれ、現況では真実だ。

直感がそのまま言葉になった。口を開いたことさえ意識しなかった。自分の声が、他人の声のように遠く聞こえた。

「織口さんですね？」

(彼女と楽しくな。幸せになってくれよ)

「銃を奪っていったのは、織口さんでしょう？」

慶子を起き上がらせ、水を飲ませ、一通りの話を聞き、開け放たれているガンロッカーを見たときには、もう修治の腹は決まっていた。

追いかけよう。なんとしても織口を止めなければならない。

「なぜわかったの？」と、慶子は訊いた。まだ蒼白で、飲んだ水も半分は吐いてしまった。ひどく気分が悪いらしい。彼女が「範子ちゃん」と呼んでいるあの若い娘に支えられて、やっと身を起こしている。

薬臭いものを嗅がされたというから、クロロフォルムだったのだろう。その効き目と、倒れたときにどこかで頭を打ったためか、慶子はひどい頭痛を訴えていた。それに、調べてみると、どうやら右足を捻挫《ねんざ》しているようだ。立ち上がることができなかった。

織口は、帰宅する慶子を駐車場で待ち伏せ、意識を失わせて、この部屋まで連れてきて閉じこめた。そしてガンロッカーを開け、銃と弾を奪って逃げた。

彼の行動は、ちゃんと辻褄《つじつま》があっている。予想し得るうちの最悪の事態になってしまったが、ひとつの救いは、修治には彼が何をしようとしているかわかっているということだった。

だけど、なぜだ？　なぜ今になってこんなことを？

「なぜ、あたしが何も言わないうちに、織口さんだってわかったの？」

「あの人には、銃を欲しがってもおかしくない事情があるんです。詳しく説明してる暇はないけど」

「どうするの？」

「追いかけます。行き先はわかってるから」

「駄目よ！」と、範子が叫んだ。「警察に報《しら》せた方がいいわ。銃を盗んでいくような人を、素人が追いかけたって無駄でしょう」

「大丈夫、かならず追いつくから。慶子さん、車は？」

慶子は辛そうに頭を押えながら首を振った。

「それが、キーが見当たらないの。ひょっとすると車も持っていかれたのかもしれない」

修治は舌打ちした。あり得ることだ。織口としては、なんとしても明日の午前中、開廷時間までに金沢に着いていなくてはならない。この時刻では、交通手段はもう車しかない。慶子から銃を奪う計画を立てたとき、車のことも頭に入れてあったはずだ。

「じゃ、なんとかします。それより、お願いです、今夜ひと晩、警察には報せないでください。銃はかならず僕が取り返すし、関沼さんには迷惑をかけません。頼みます」

「わかってる」大きくうなずいて、慶子は身を乗り出した。「あたしも行くわ。織口さんを追いかける。あなた、本当に彼の目的地を知ってるのね？」

「知ってます、でも……」

「慶子さん、無理よ！」

範子の言葉どおり、慶子はよろめいてソファに倒れた。

「ふらふらしてるわ。病院へ行きましょう。それに、やっぱり警察を呼んだほうがいい」

「駄目なのよ、範子ちゃん」

「どうして？　言ってることが全然わからないわ。この人は誰ですか？　織口さんて誰？　何の話をしてるんです」

涙声でしがみつく範子に、慶子は静かに言った。

「ね、よく聞いて。佐倉さんも」

修治を見上げると、慶子は血の気の失《う》せたくちびるをなめた。

「織口さんのこと、あたしはよく知らないけど、少なくとも、強盗するために銃を盗《と》っていくような人じゃないってことはわかるわ。なにか事情があるんでしょ？」

修治はうなずいた。「ええ。すごく大きな事情が」

「だったら、どうしても彼を追いかけて、銃を取り返さなきゃ。絶対に」

「どうして？　慶子さん、どうしてよ」

「範子ちゃん」慶子の声が低くなった。「今夜ね、あたしは、あなたのお兄さんを撃つために銃を持っていったんじゃないの」

修治は目を見張って慶子を見つめた。範子も頬に涙を残したまま啞然《あぜん》としている。

「披露宴会場に銃を持って乗りこんで、あたし、慎介さんの目の前で自殺するつもりだったの。そうすることで、あの人にひどい恥をかかせて、あの人の将来を台無しにしてやろうと思ってたのよ。そうなの。そういう形の無理心中しようとしてたのよ、あたしは」

「だけど……」範子は首を振った。「いったいどうやって？」

「あの銃はね、銃口がふたつあったでしょ？　覚えてる？　あれは、下・上の順で弾が飛び出すんだけど、あの下の方の銃身の真ん中あたりを、あたし、鉛でふさいでおいたの。そうしておいて撃てば、撃ったあたしが死ぬことになるから」

慶子を抱きかかえていた範子の両腕が、がくんと下がった。

「そんなこと……できるんですか？」

慶子はうなずき、修治を見上げ、かすかに目元に苦笑をにじませて、言った。

「買った鉛の使い道も、それだったのよ。佐倉さん、あなたの勘は当たってたってこと。鉛を使って銃身のバランスをとるなんて、嘘八百よ」

修治は両手で顔をぬぐった。「なんて馬鹿な……」

「そうよ。あたしは大馬鹿。だから、どうしても織口さんから銃を取り返さなきゃ。撃ったら、彼が死ぬことになるもの」慶子は起き上がろうとした。「あの人、ガンロッカーにストックしておいた弾だけじゃなく、あたしがバッグに入れて持っていた弾も取っていったわ。余計に危ないのよ。赤いカップの、あれはベビー・マグナムっていうの。私の普段使っていた青いカップの装弾より火薬の量が多いのよ。あたし、確実に死ねるように、わざわざそれを買って持っていったんだもの」

「撃てば――どういうふうになるんです？」

慶子は目を伏せた。口元が引き締まった。

「引き金を引いたとたんに、爆発した火薬が機関部をうしろに吹き飛ばして、散弾が飛び散るわ。顔と頭のすぐそばでね」

修治はドアへ向かいかけた。それを慶子が呼び止めた。

「待って、あたしも――」

彼女はよろめき、膝をついた。範子があわてて支え、彼女をソファへと押し戻した。

「無理よ、慶子さん」

「でも！」

「ここで待っててください。僕一人でいい」

「馬鹿ね、あなた一人が追いかけていって、織口さんを説得できると思う？　嘘をついてると思われるだけよ。あたしが行って、直接話すわ」

「だけど、そんな顔色で、ふらふらしてるじゃないですか！」

すると不意に、今までいちばん大きな声を出し、範子が言った。「じゃ、あたしが行きます」

すぐには、修治も慶子も何も言えなかった。範子はしゃんと背中をのばした。

「あたしが行きます。慶子さんの代わりに。もともと、慶子さんがそんな危ないことをしたのも、あたしのせいなんだもの。慶子さんに代わって、あたしが説明するわ。赤の他人のあたしの言葉なら、その織口さんて人も、かえって信用する気になってくれるかもしれない」

慶子を寝かせると、彼女は素早く立ち上がった。もう、修治を追い越して外へ出てゆくような勢いだった。修治は慶子を振り返り、黙って短くうなずいてから、歩きだした。

「待って！」

再度呼び止められて、二人は足を止めた。慶子は強《こわ》ばった顔をして、くちびるを噛みしめていた。

「あなたたち、手ぶらで行くつもり？」

「手ぶら？」

「そうよ」慶子は寝室のガンロッカーの方へ目をやった。「もう一挺あるの。20番だから、盗られた方より口径は小さいけど、近距離だったら同じよ。持っていきなさい」

修治は半歩あとずさりした。慶子の正気を疑いたくなった。

「何に使うんです？　俺に、織口さんを撃てっていうんですか」

「撃てとは言わない。だけど、銃を持っている人間を、素手《すで》で説得するなんて無理よ。よほどのことがなくちゃ駄目。まして、相手はあたしをこんな目にあわせてまで銃を欲しがってた人よ。よほど思い詰めてるんでしょう。対等にやりあうには、あなたも銃を持ってなきゃ。銃にはそういう怖さがあるの。あたしはよく知ってるもの。お願いだから、騙《だま》されたと思ってあたしの言うことを聞いて、持っていきなさい」

「要《い》りませんよ」

だが、範子が早足で引き返してきた。「貸してください。使い方も教えて」

「おい！」

範子は震えながら振り返り、修治を見つめた。「慶子さんの言うとおりにして。なんでも言うとおりにして。絶対に取り返さなきゃいけないんだもの」

無言の押し問答に、修治は勝てなかった。範子は慶子を助け起こすと、ガンロッカーの方へと連れていった。

7

あっと声を出す間もなかった。ベンツの車体の下側に衝撃が走り、ハンドルをとられ、コントロールがきかなくなった。細い脇道を走っていたので、さほどスピードは出していなかったが、それでも織口はパニックに陥ってしまった。車は彼のいうことを聞かず、どんどん道の端の方へとそれてゆく。コンクリートの塀が目の前に迫り、かろうじてそれを避けたとたんに、電柱に衝突した。

頭がくらくらした。ダッシュボードに膝をぶつけたらしく、脚をのばそうとしたら、思わず声をあげるほどの痛みが走った。

車から這い出すと、あたりの様子を見回した。

道の右側には、ちょっと上等なプレハブ建築という感じの、壁が薄そうな倉庫が立ち並んでいる。「三友商事《さんゆうしょうじ》KK 物流センター」という看板があがっており、地上三階のあたりに明かり取りの窓が開いているが、あとはのっぺりとした壁だけだ。人の気配もない。左側に続いているブロック塀は、少し先でなしくずしに崩れて失くなり、杭《くい》に有刺鉄線を張り渡しただけの、ぞんざいな仕切りに変わっていた。その向こう側は青空駐車場だ。ほとんど隙間なく車が停《と》めてある。

周囲には人影はなかった。それにはとりあえず、ほっとした。野次馬が寄ってきて、パトカーでも呼ばれたら、ひどく面倒なことになる。

かがみこんで、ベンツの状態を点検した。左の前輪がパンクしている。見事なパンクだ。路面に触れている部分が平らになってしまっている。前のバンパーが折れ曲がってくの字になった部分に、コンクリート製の柱がくいこむような形になっていた。車の鼻先がつぶれ、ライトがふたつとも割れてしまっている。ひどいものだ。

やっと頭のふらつきが治まってきた。目をあげると、二、三メートル先の杭に看板が打ちつけてあるのが見えた。街灯の光があたるように、少し角度をつけてある。

「最近、車に傷をつけたり、道に鉄クズをまいておいてパンクをさせるような、悪質ないたずらが増えています。盗難も多くなっています。被害にあった場合には、警察に届けてください。当方は責任を負いません」

怒りにまかせて書き殴ったような太い手書きの文字で、最後の「責任を――」のところは赤いペンキで書いてあった。

どうやら、このいたずらにやられたらしい。よりにもよって、こんなときに。織口は、足元によく注意を払いながら歩き回り、ほかにも鉄クズが落ちていないかどうか探してみた。すぐに、鋭《とが》く尖った破片を、いくつか見つけることができた。いまいましいいたずらだ。なんといまいましい。

どうしよう――

この車は、もう乗り捨てていくしかない。このまま走り続けることなど、絶対にできない。しかし、そのあとの足になってくれるものを、どうやって都合しよう？

ベンツを乗り捨てていく以上、危険を覚悟しなければならない。誰かがこの車を見つけ、おかしいと思って警察に連絡したり、あるいは巡回の警官が直接発見し、ナンバーを照会する——という危険だ。乗り捨てていく以上、いつ、どんな拍子で、このベンツが盗難車であることが露見するか、わかったものではない。

そして、警察がこのベンツの持ち主と連絡をとろうとして、その結果、マンションにいる慶子を発見したら、彼女の口からことの次第が説明されることになる。織口の名前は、すぐに手配されてしまうだろう。織口のアパートの方だって、調べられることになるかもしれない。

ひとつの救いは、慶子が彼の行き先を知らないということだ。それに、アパートの部屋のなかには、行き先についての手がかりになるようなものは残してこなかった。無事に帰ってくることのできる可能性が少ない——いや、帰ってくるつもりなどなかったので、すべてきれいに整理してきたのだ。

だが。

織口がこんなことをした理由を知っている人間が、推察するであろう人間が、一人だけいる。佐倉修治だ。

警察が、散弾銃を盗んで逃亡した同僚についての情報を得るために、フィッシャーマンズ・クラブの社員たちのところへ聞き込みに行くということはあり得る。大いにあり得ることだ。

そうなれば、修治はきっと話すだろう。警察は、織口の行き先を、彼のやろうとしていることを察知するだろう。

まずい。本当にまずいことになってきた。最悪の場合――警察の追っ手がかかった場合でも、それを逃れて目的を果たすためには、いったいどうしたらいい？

織口の名前でレンタカーを借りるか？　しかしそれでは、あとを追ってくる者たちに手がかりを与えてやるようなものだ。東京から北陸まで、タクシーで行けるわけもない。このへんで車を盗むか？　駄目だ。彼にそんな技術はない。ロックされていれば、ドアを開けることさえできない。

どうすればいい？　どうすれば。

ヒッチハイクか。

関越の入口のそばまで行って、北陸方面に向かう車をつかまえ、同乗させてもらうのだ。それなら、追っ手に手がかりを与えることにもなるまい。一緒に乗って行くドライバーにさえ、疑いを抱かせなければいいのだ。

織口は、ベンツのなかに身体を入れ、重い風呂敷包みを取り出した。額《ひたい》に汗が浮く。それをいったん足元に置き、車のキーを抜いてポケットに入れると、包みを抱えた。

歩きだす。ぐずぐずしてはいられない。誰か来るかもしれないのだ。だが、何度も振り向いてしまう。不安でたまらなかった。どうか、誰もこの車を不審に思わないでくれるよう、せめて今夜一晩、誰にも見咎められないで済むよう、祈らずにはいられなかった。

8

修治の腕に、銃はずっしりと重かった。あまりにめまぐるしくことが運んだので、それだけでも目が回りそうだ。エレベーターを降りて走り出すと、すぐに息があがってきた。ケースの把手《とって》をつかんだ手が、汗で滑る。

まず目ざしたのは、北荒川支店だった。駐車場には、店名入りのヴァンとハッチバックが二台ずつある。いったん範子に銃を預け、事務所の鍵を開けると、暗がりのなかで引出しをさぐって、ハッチバックのキーを取り出した。

走って外へ戻ると、範子が青白い顔を強ばらせて立っていた。銃の重みで腕が下がっている。

「お店の車、勝手に使っていいんですか?」

「よくはないけど、仕方ないよ。それに、明日は休みだから」

修治が運転席に、範子が助手席に乗りこんだ。銃のケースは後部座席に置いた。車を急発進させると、ケースががたんと傾いた。

慶子からは、銃の組み立て方と担《にな》い方を教えてもらってきた。それだけで充分だったから、弾は、持っていない。要らないと突っぱねてきた。どのみち、撃つつもりなどないのだ。万が一、どうしてもそうしなければならない状況に追い込まれたとき、形だけ、織口に銃口を見せることができればいい。

そのことでも、慶子と口論になりかかった。彼女が修治に、必要最低限の銃の扱い方を教えてくれているときだ。

「移動するときは、必ず薬室を空《から》にしてね。一応、この銃には安全装置がついているけど、どんなときでも一〇〇パーセント信頼できるとは言えないの」

そう言いながら、機関部の上についている小さな四角いボタンのようなものを指で差し示した。スライド式で、上下に動く。いちばん下の「S」のところにしておくと、安全装置がかかっていることになるのだ、と説明した。

「どうしても撃たなきゃならなくなったときには、発砲したときの反動と、跳弾に気をつけて。特に、跳弾は怖《こわ》いのよ。立ち木とか石ころとか、水面だって、思いもかけない方向へ散弾を弾《はじ》き飛ばすことがあるから。それから、銃口をものに押しつけて撃つのも駄目。絶対に駄目よ。物凄く危険だから」

銃の組み立て方をなんとか頭に入れ、今度は逆にそれを分解してケースに納めながら、修治は言った。

「そんなことはしませんよ」

「いい加減に聞いていないで。しっかり頭に入れて。基本的なことだけでも――」

「いいんです。説明は要らないですよ。僕は弾を持っていくつもりはないから」

慶子はまた脳震盪《のうしんとう》を起こしたかのような顔をした。

「なんですって？」

「弾は要らないって言ったんです。格好だけ付けられればいいんだから。あなたの主張を呑んで、銃は持っていきます。でも、弾は要らない。そういうことです」

本当に見かけだけでいいのだ。それで、もし織口に銃を突き付けられるようなことがあっても、

（そんなことがあるわけがない。あるはずがないけど）

ひるまず対等に話し合いができる。説得ができる。運転には自信があるし、幸い、道の空《す》いている時間帯だ。飛ばせるだけ飛ばすつもりだった。そのためにも、素人が弾など持ち運ばない方がいい。

「つかまってろよ」と範子に言って、修治はアクセルを踏み込んだ。

「本当に追いつけるの？」

「絶対」

「行き先がわかってるって、ホントなの？」

「くどいな。本当だよ」

信号が青から黄色に変わったばかりの交差点を突っ切り、修治は言った。

「シートベルト、締めて。それから、どっかその辺に地図があるはずなんだ。探してくれないか」

範子は言われたとおりにした。折り目から切れてしまいそうな古い道路地図が出てきた。彼女がそれを広げると、修治はさっと視線を走らせた。

「どこへ行くの？」

彼女の問いに、すぐには答えず、修治はちょっと考えた。

「本当に一緒に来たいの？」

範子は頑《かたく》なな感じでうなずいた。「忘れたの？　慶子さんが言ってたじゃない。あなたが何を言ったって、その織口さんて人を説得するのは無理よ。銃口がふさがっている理由を説明するには、やっぱりあたしが行った方がいい」

そう言ってから、彼女は気弱そうに横目で修治を見た。「それに、織口さんて、悪い人じゃないんでしょう？　よほどの事情がなきゃ、こんなことをする人じゃないんでしょう？」

「それは保証するよ」

「じゃ、怖がることないじゃない。危ないこともないわよね」

前方に赤信号が見える。修治はブレーキを踏んだ。

「まったく危ないことがないとは言えないよ。保証できない。俺も、まさかこんなことになるなんて考えたことなかったんだから」

範子は両手でシートベルトをつかんでいる。顔は前を向いているが、夜道も、夜空も、明かりの消えた建物も、彼女の目に映ってはいないようだった。

「それより、そっちの事情を話してくれよ。関沼さん、いったいどうしてこんな馬鹿なことをやらかしたんだ？　自殺しようとしてたとか、銃口を鉛でふさいだとか——国分慎介って誰のこと？」

言いにくそうにくちびるをすぼめてから、範子は小声で答えた。

「あたしの兄なの」

京葉《けいよう》道路を西に向かう車のなかで、範子は事情を説明した。修治は無言で聞いていた。対向車のほとんどは大型トラックで、ハイ・スピードですれ違ってゆく。中央分離帯に立てられた「スピード落とせ」の看板など、誰もが無視していた。

話を続けながら、外気を入れるために少し開けておいた窓を、範子は閉めた。自分の声が聞こえにくくなるからだろうと、修治は思った。話しながら、彼女の声は、どんどん小さくなってゆく。顔もうつむいてゆく。

関沼慶子のなかにあった、容易に他人を寄せつけない部分は、こうした過去から生まれてきたものだったのだ。修治は、ようやく納得した思いだった。

結婚式場での出来事の顚末《てんまつ》と、それを招いたきっかけとなった手紙のことまで話し終えると、範子はいったん、口をつぐんだ。

「このこと、他人に話すのは初めてかい？」

修治が尋ねると、彼女は「うん」とうなずいた。

「話せることじゃないもの」

ひどく惨《みじ》めそうな顔をしている。

「だけど、悪いのは君の兄貴だろ？　君がそんなにちぢこまることないじゃないか」

「……兄妹だもの」

そんなものかな、と修治は思った。

「僕にも妹がいるけど、もし、あいつがきみと同じ立場に立たされたら、僕をかばってくれるとは思えないな」

思いがけず、範子はきつい口調で言い返してきた。「かばってなんかいない」

そして、また目を伏せた。この娘は下ばっかり向いてるなと、修治は思った。

「それに、慶子さんがあんなやり方で自殺しようとしたきっかけをつくったのは、あたしだもの」

「そうとも言い切れないさ」

「ううん。少なくとも、あたしの手紙が引き金になったことは確かよ」

範子はそのまましばらく黙り込み、やがて、ささやくように言った。

「ねえ……もし、もしもよ、銃口のふさがった銃のために、その織口さんて人が死んだら――」

修治は素早く言った。「そんなことにはならないよ」

「だから、もしもよ。もしそうなったら」範子は顔をあげ、修治の横顔に目を向けた。真剣だった。「慶子さん、罪になるの?」

修治はちょっと目を見張り、ハンドルに両手をおいたまま彼女を見た。薄暗い車内でも、範子のくちびるの端が震えているのがわかった。

「大丈夫だよ」修治は言って、前方の道路に目を移した。「絶対、そんなことにはしないから。織口さんが一発だって撃たないうちに、追いついて止めてみせるよ」

「絶対ね?」

「絶対に」

範子はシートに深くもたれかかり、またシートベルトに手をやった。そうしていないと振り落とされてしまうとでも思っているようだった。

「どっちへ向かってるの?」

どうあっても彼女がついてくるつもりなら、もう話してもいいだろう。修治は答えた。

「金沢市」

範子は目を見開いた。「北陸の?」

「そうだよ。練馬から関越に乗るんだ。道はそれしかない。だから、追いつくこともできるって言ってるんだよ」

「金沢なんて……観光地じゃない」

あまりに思いがけなかったのか、範子はちょっと頬笑《ほほえ》んでいる。

「織口さんて人、あんなところに銃を持って行って、何をするつもりなの？」

車は水道橋《すいどうばし》駅の近くまでやってきていた。東京ドームの白い輪郭が見える。この時刻になると、さすがに人影は少なかった。行きすぎるのは車だけだ。だから、誰に聞き咎められる心配があるわけでもないのに、修治は自然に声をひそめた。

「決まってるじゃないか。銃を持ってるんだよ。遊びで行くわけがない」

ひどく芝居がかって聞こえるだろうと思った。なんて現実味が薄いんだろうと感じた。だが、織口はやろうとしている。これは実際に起ころうとしていることなのだ。

半ばは自分に言い聞かせるように、修治は言った。

「人を殺すつもりなんだ、あの人は」

9

その男は、歩道の端に立ち、大きな風呂敷包みを足元に置いていた。通りすぎるどの車からも無視され、走り去る車の起こす風に、薄い髪をあおられて顔をしかめながら、それでも一生懸命な様子で手を上げ続けている。目白通りの、あと五分も走れば、関越自動車道の入口が見えてくるという場所だ。

「なんだろうね」

助手席の竹夫にそう言って、神谷はスピードを緩《ゆる》めた。神谷が車を路肩《ろかた》に寄せて停めると、道端の男は見るからにほっとしたような顔をして近寄ってきた。神谷よりだいぶ年配だ。五十も半ばというところか。安物の青いジャンパーに、化繊のズボン。運動靴を履いている。ベルトのところに、何か重そうなものを入れたウエストポーチを巻いていた。

竹夫の方へ身を乗り出して、神谷は助手席の側の窓を開けた。

「どうなさいました？」

声をかけると、相手は額の汗と埃《ほこり》をぬぐいながら、頭を下げた。

「実は、どうしても今夜中に金沢まで行かねばならん用があるんですが」

「金沢？」

ははあ、と神谷は思った。それで、ここでヒッチハイクというわけか。

「ご自分の車はどうかなさったんですか？　故障？」

相手はきまり悪そうな顔をした。「実は、私は免許を持っておらんのです」

神谷が呆気《あっけ》にとられていると、男は説明した。

「一人娘が金沢市内の家に嫁いでまして、子供が生まれるんです。一時間ほど前に、産気づいたという電話をもらったんです。初産《ういざん》でね。私の家内はもう亡くなってるんで、実家に戻ってこないで、向こうで産むことにしたんですが、どうやら逆子《さかご》らしいんですよ。もう、いてもたってもいられんのですが、こんな時間じゃ飛行機も飛んでないし、寝台車も出てしまったあとだし、タクシーじゃ、あんなほうまで行ってくれません。それで、ここでヒッチハイクをすればなんとかならないかと思いまして……」

神谷は思わず吹き出した。すると、相手の男も、つられたように笑顔を見せた。いい顔だった。温和そうな細い目と、その上にゆるい半円を描いている、白髪混じりの眉。

「そりゃ、たいへんだ」神谷は笑顔で言った。

「いいところで、いい車を停めましたよ。私はこれから和倉まで行くんです。能登半島の和倉温泉。金沢の先です」

初老の男の顔に、驚きと希望の色が広がった。それを見ると、すぐにドアを開けてやりたくなったが、神谷は慎重を期した。

「失礼ですが、あなたのお名前は……」

すると、男はジャンパーの胸ポケットを探り、身分証明書のようなものを取り出し、街灯の下で、神谷に見せた。

「私はこういうものです。織口邦男と申します」

それは、釣り道具専門の量販店、「フィッシャーマンズ・クラブ」の社員証だった。神谷は釣りをしないが、この店の名前なら見聞きしたことがある。たしかに、男が名乗った名前が書かれ、顔写真が貼られていた。記載されている生年月日から逆算すると、五十二歳だ。

他人の車に同乗させてもらうために、自分は怪しい人間ではないとわからせようとして、身分証明書を出してくる。真面目な男だと、神谷は思った。微笑が漏れた。これなら大丈夫だ。

神谷は車の後部座席を示した。カローラの4ドアセダン。彼の愛車で、彼と同じくらい平凡だが、使い勝手のいい車だ。

「よろしかったら、どうぞ。困っているときはお互い様ですよ」

織口と名乗った初老の男は、ちょっとためらった。神谷の申し出を受けようか受けるまいかと迷っているというよりも、すぐに「はいそうですか」と言ったら図々しいと思われるのではないか、と案じているようだった。

「遠慮は要《い》りませんよ。私とこの子だけの道中ですし」

重ねて言うと、それで、やっと思い切りがついたようだ。織口は後部のドアに手をかけた。

「そうですか。では、お言葉に甘えさせていただきましょう。助かります。本当に、助かりました」

日付はすでに替わり、六月三日になっていた。朽ちた綿花の束のような雲のかかった夜空を、その夜に流れる時を刻む時計を、さまざまな場所で、さまざまな人間が見上げている。

関沼慶子は、痛む頭に冷たいタオルをあてながら。

結婚直後の国分慎介は、人生のレースに勝ちつつあるという、芳醇《ほうじゅん》な酒のような勝利感に酔いながら。

野上裕美と店長は、中座したきり戻らない修治を案じながら――

そして、織口を拾った神谷父子《おやこ》のカローラと、それを追う修治のハッチバックとは、それぞれにスピードをあげながら、目的地に向かって走り始めている。織口はまだ、修治が彼のあとを追っていることを知らず、修治は織口が一人ではないことを知らない。

そして、時計の針は容赦なく動いてゆく。この夜の、ひしひしと増してゆく体重を感じていないのは、時だけだった。

第三章　夜の底へ

1

織口を拾ってくれたカローラの男は、神谷と名乗った。小さな子供が一人、助手席に乗っている。

「竹夫といいます」神谷は言って、子供に笑顔を向けた。「こちらのかたを、金沢まで送っていくからね」

大きな目で二人を見比べている竹夫に、織口は「こんばんは」と言った。子供は黙って見上げているだけだ。と、神谷がちょっと目を伏せて、

「この子は、うまく言葉が出ない子なんです。気になさらないでください」

「そうでしたか。それは失礼した」

竹夫は、大きな風呂敷包みを抱えて後部座席に乗りこんできた織口を、ずっと目で追い

かけていた。神谷が織口に「よろしいですか」と声をかけ、ゆっくりと車をスタートさせると、ようやく前を向いた。

「いや、助かりました」と、織口はまた言った。

神谷もまた笑顔を見せた。優しげな雰囲気の男だ。いかにも父親という感じだ。四十に手がとどいたばかりというところか。

たぶん、困っている人間を見ると放っておけない、という気質なのだろう。織口は、心のなかで、こういう男に巡り会わせてくれたこの夜の運命に礼を言った。ベンツのパンクの件を帳消しにするわけにはいかないが、それでも、これで、計画のほころびを縫うことはできたわけだ。

目白通りの歩道に立って、虚《むな》しく手を上げていたときには、もう駄目かとさえ思った。こうなったらもう、銃を組み立て、それでタクシーの運転手や長距離トラックのドライバーを脅《おど》すという非常手段に訴えようか――ということさえ考えたほどだ。

「お子さんは眠そうですね」

そのせいだろう、神谷はラジオをつけていなかったし、音楽もかけてはいなかった。

「もう十二時半をすぎてますからね。うちにいれば、とっくに寝ている時間なんです」

「小学校の一年生ぐらいですかな」

「二年です。ちょっと身体が小さくてね」

織口は微笑した。「可愛い坊っちゃんだ」

そのとき、車の右手に見える歩道の上を、自転車に乗ってゆっくり通りすぎて行く巡査の姿を見つけた。車の窓を隔ててはいるが、直線距離にしたらほんの二メートル足らずのところだ。

巡査はこちらを見ていない。歩道の端に並んでいる自動販売機をながめながら、のんびりとペダルを漕いでいる。酒屋の自動販売機だ。午後十一時を過ぎたので、販売できないように、全部のボタンに赤ランプが点灯している。巡査はそれを確認しているのかもしれない。

信号が赤から青にかわり、前の車が動きだした。神谷が車をスタートさせた。無意識のうちに、織口は頭をめぐらせて、通りすぎて行く巡査を目で追っていた。巡査の、帽子をかぶったうなじの辺《あた》りに視線をあてて。

夜間パトロールなのだろう。あのまま行けば、谷原で乗り捨ててきた慶子のベンツを見つけるかもしれない。

傍《かたわ》らの風呂敷包みに目をやる。こうしてあれば、これが散弾銃であることを、誰にも悟られない。弾はウエストポーチに入れてある。同じ車のなかに乗りあわせている神谷でさえ、織口の手荷物——重そうな手荷物に、なんの疑いも抱いていないようだ。当然じゃないか。俺は、娘の初産に駆け付ける父親なのだ——

どうか、このままうまくいってくれと、織口は祈った。もう邪魔しないでくれ。静かに目的を果たさせてくれ。

カローラは滑らかに走り、まもなく関越自動車道に入った。しばらく走って、やがて料金所のゲートを通過するとき、織口は思わず息を呑み身体を硬くしたが、窓から手をのばしてチケットを受け取っていた神谷は、何も気づかなかったようだ。

シートに身を沈め、織口は深く息をした。スタートは切られた。ここから金沢まで、全行程四百九十五キロ、約七時間の旅の始まりだった。

2

一人きりになると、めまいと吐き気が襲ってきた。

緊張の糸が切れたせいだ——と、慶子は思った。張りつめていた気がゆるんだので、今までにかかった過負荷《かふか》に対し、身体が抗議を始めたのだろう。

身を起こすと、額の上に載せていた濡れタオルが、どさりと床に落ちた。彼女の体温を吸って生温かくなったそれは、形の定まらない半端な生きもののように見える。慶子はそれを踏み付けながら、ソファにすがって立ち上がった。

捻挫《ねんざ》した右足首は、腫《は》れ始めていた。熱を持っている。首筋のうしろが板のように硬くなった感じがするのは、足に負担をかけないような格好で横になっていたために、凝ってしまったからかもしれない。寒気《さむけ》のする身体を片手で抱いて、空いた片手で壁をつたいながら洗面所まで歩いていく。途中で何度も休まなければならなかった。

こめかみが痛んだ。後頭部も痛んだ。クロロフォルムのせいなのか、それとも、気を失ったときや、ここへ運びあげられるときに、それとわからないうちにどこかで頭を打ったのだろうか。この執拗《しつよう》な吐き気も、そこからきているのだろうか。

げっぷのような、胸苦しい感じがこみあげてきて、慶子は急いで洗面ボウルの前に屈《かが》みこんだ。間一髪まにあって、悪寒に身を震わせながら、彼女は吐いた。ほとんど、黄色い胃液だけだった。そういえば、今日は朝からまとまったものを食べていないのだ。

「ああ、いやだ」

口に出してそう言い、また吐いた。

うがいをして、ほとんど這うようにしてリビングに戻った。膝がガクガクしている。時計を見ようとして頭をあげると、もつれて乱れた髪が、冷や汗に濡れた額や頬にへばりついた。

修治たちはどうしただろう？　もう午前一時になった。二人はどこまで行ったろう。織口を追って、本当に追いつくことができるだろうか。

本当に危険はないのだろうか。

織口がいったい何を考え、どんな目的で銃を奪っていったのか、慶子には推測することさえできない。あの優しそうな、人生に満足しきったような初老の男の頭のなかに、どんな爆弾が眠っていたのだろう。

修治は、「深い事情がある」とだけしか言わなかった。もちろん、時間がなかったためではあるが、たとえそうでなかったとしても、彼は説明してくれなかったのではないかと、慶子は感じた。

あるいは、修治は、織口のしようとしていることを話したら、慶子が警察に連絡してしまうと考えたのかもしれない。そういう事情とは、理由とは、いったい何だろう？

慶子が知っている織口は、フィッシャーマンズ・クラブにやってきた子供たちに、へぶな釣りの仕掛けをつくってやっている、優しいおじさんでしかない。ちびっ子釣り大会を見に行ったとき、彼女がまったく釣りをやったことがないと話したら、一度は経験してごらんなさいと勧めてくれた。最初は、うちでチャーターした船に、ただ乗ってみるだけでもいい。慶子さんはとてもお綺麗だが、少し太陽と潮風にあたったら、もっと健康的な美人になりますよ――と笑いながら。

健康的な美人か……今のあたし、どんな顔をしてるんだろう。きっと、見られたものじゃないに違いない。

しばらくソファにもたれかかっていると、また吐き気がしてきた。起き上がる気力がないまま、床の上からタオルを拾い、それで口を覆った。今度は吐かなかったが、めまいと悪寒はひどくなる一方だった。

慶子の手からタオルが落ちた。

ひょっとすると、自分はこのまま死んでしまうのかもしれない。こんなに気分が悪いのだもの。

これはたぶん、罰なのだ。一度は死のうとして、死に切れず、範子を傷つけ、そのうえ今は、彼女と修治を危険にさらして、自分がやりかかったことの後始末をつけてもらおうとしていることの。

織口は、今夜あんなことをしでかすまで、どういう思いで毎日を送っていたのだろうか。見苦しい死に方を選び、国分を道連れにしてやろうと決めた慶子が、表向きは平穏に、修治やフィッシャーマンズ・クラブの店員たちと交流を続けていたのと同じように、彼もまた、薄い皮膚を一枚めくってみれば、まったく別の顔が現われてくるような、仮面の暮しを送っていたのだろうか。

だとすれば、それは間違いだ。慶子は思った。今夜、範子が捨て身で彼女を止めてくれたように、織口にも彼を止めようとしている人間がいる。そういう人間がいる以上、織口は死んではいけないし、人に止められるような道を進んではいけないのだ。

身体の向きを変えようとすると、今度は右足首が悲鳴をあげた。慶子は床に横たわり、左の頬を、ぺったりと床板に押しつけた。

薄暗がりのなかに、小さな赤いランプが灯《とも》っているのが見える。出掛ける前にセットしていったきりの留守番電話だ。それに気づいたとき、慶子は初めて泣きだした。

ここを出てゆくときには、国分の面前で死んでやるつもりだったのだ。それなのに、あたしは留守番電話をセットしていった――

本心では、死にたくなんかなかったのだ。そのことが、今やっとわかった。

（織口さん……）

あなただって同じよ――と、慶子は心で呟《つぶや》いた。一時の激情だけで突っ走れば、必ず後悔することになる。

どうか修治が間に合いますように。どうか織口を止めることができますように。

どうか、誰の身の上にもこれ以上危険なことが起こりませんように。

空《むな》しく祈りながら、半ば気を失うように、慶子は眠りのなかに引き込まれていった。

そのころ――
東邦グランドホテルの地上十二階。国分慎介は、ひとかたまりの友人たちのグループと一緒に、エレベーターホールに立っていた。中二階バーは午前二時まで開いている。そこで飲みなおそうというわけだ。

花嫁は、プレジデンシャル・スイートのベッドルームに、一人残してきた。

「おい、本当にいいのかよ?」

友人たちは、からかい半分、真面目半分で尋ねてくるが、国分は笑っていなしていた。彼の新妻は、披露宴が終わって着替えを済ませたときから、今夜はゆっくり眠りたいと言っていた。する気分じゃないわ。いいじゃないの、どうせ初めてするわけじゃあるまいし。顔に似合わない率直な物言いは、国分の気に入っている彼女の美点でもあるし、彼自身、今夜は友人たちと騒いでいるほうが楽しい。そうして、優越感にひたり、勝利を噛みしめていたい。

シャンペン色の絨毯《じゅうたん》を踏みしめて、彼らはエレベーターに乗りこんだ。友人たちはまだ披露宴用の盛装をしているのに、国分一人だけ、上等な仕立てのものだとはいえ、普通のスーツに着替えている。奇妙な組み合わせの一団が、エレベーター内の鏡に映った。

バーに行くには、フロントのある一階でエレベーターを降り、フロアの中央にある大理石の階段を上っていったほうが早い、と教えられていた。一階でエレベーターから出ると、閑散としたロビーを横切る。バーで演奏されているピアノの音が、頭上からこぼれるように聞こえてきた。到着したばかりの外国人客を案内して、コロつきのスーツケースを転がしながら、ベルボーイがすれ違っていく。スイートルームでのバカ騒ぎをそのまま持ち越してきた国分たちのグループも、さすがに声を小さくした。

フロントでのやりとりが、国分の耳に入ってきたのも、あたりが静かだったからだろう。

「ないですか？　ホントですか？　よく探してくれたんですか？」

切羽《せっぱ》つまった口調だ。国分は、声の主の方へ目をやった。

広いカウンターに身を乗り出すようにして、いかにも借り着という感じの盛装をした若者と、豪華な振り袖に身を包んだ若い娘が、フロント係とやりあっている。娘の方は、今にも泣きだしそうだ。

「ちょっと——先に行っててくれ」

すぐ傍らにいた小川夫妻に、そう声をかけると、国分は足を止めた。小川が振り向いた。

「どうしたんだよ」

そして、国分がフロントの方を見ていることに気づくと、にやっとした。

「おいおい、まだ弁護士になったわけじゃないんだぜ。他人のトラブルなんて放っておけよ」

国分も笑った。「べつに首をつっこもうってわけじゃないよ」

興味を惹《ひ》かれただけだ。頭の軽そうな若者が、ひどく真剣になっているので。馬鹿どもの起こすバカなトラブルは、傍《はた》から見物する分には面白い。

そう、彼の目から見ると、世の中にひしめいている人間の九割までは、役立たずのクズばかりだった。残りの一割の人間が社会を動かし、経済を司《つかさど》り、国を富ませているおかげでなんとか生き延びていられる連中だ。そのくせ一人前に偉そうな口をきくが、実際には何ひとつできない。所詮《しょせん》、能力がないのだ。

だが、俺は違う。まだ半ズボンを穿《は》いていたころから、国分慎介はそう思ってきた。ひがな一日印刷機を動かし、騒音で難聴になり、顧客にペコペコ頭を下げ、近所の飲み屋に新品のどぎついヌードカレンダーを横流ししてやる代わりに只酒《ただざけ》をたかるような父親の背中を見ながら育ってゆくうちに、それは確信になっていった。俺はA級だ。薄汚れたプラスチックの麻雀牌《マージャンぱい》のなかに間違ってまぎれこんだ純白の象牙。運命の神というやつがもし本当に存在しているのなら、遅かれ早かれ自分のしでかしたミスに気づいて、俺を正しいテーブルの上に、正しい仲間たちのところへ戻してくれるに違いない。

そして今、その訂正の時がやってきた。彼は正しい階段の前に立ったのだ。すぐに行き止まりのやってくる「クズども」の上る階段ではなく、ひとつ上るごとに空気がよくなり、踊り場には足が沈むほど毛足の長いカーペットが敷きつめてある階段の。

フロントの若者は、まだそこで頑張っている。どうせたいした金額のものでもないだろうに、クソみたいに必死になって。

「哀れだな」と、国分は呟いた。彼の友人たちのグループと、小川の妻の和恵は先に行ってしまったが、彼と小川は、さり気ない立ち話のような様子をつくって、フロントの方を見守った。

「あれがないと、本当に困るんです。彼女がすごく大事にしてるものだから」と、若者は、こぶしを握ってフロント係に詰め寄っている。

「駐車場で落としたことに間違いはないと思うんです。ほかのところは全部探してみたし、エレベーターのなかにいたときは、たしかに髪にさしてたんだから」

どうやら、娘の方が髪飾りを落としたらしい。

「そうおっしゃられましても、お探ししても見つからなかったのですから」

フロント係も困惑している。やがて、少し顔をしかめながら言った。

「皆さんで乗りこんだヴァンのなかは探してみられました？」

若者は怒った。「当然ですよ。それで見つからないからここへ戻ってきたんじゃないか」

「ほかの場所はみんな探してみたんです」と、娘の方も泣き声を出す。フロント係は小さくため息をついた。

「ヴァンを出したとき、ほかに誰かそばにいませんでしたか？」

「誰かって？」

「駐車場にです。そばにいた誰かが、こちらのお嬢さんが落とした髪飾りを、拾って持っていってしまわれたということもあるかもしれません」

国分は小川にささやいた。「やれやれ、ひと騒動だ」

「もう行こうぜ。いいじゃないか、あんなやつらにかまうなよ」小川がうんざりしたように言った。

そうかな？　国分は内心ひそかに思った。そうかな？　俺はああいう連中を大いにかまってやりたいと思うよ。

小川に従って歩きだそうとしながら、彼の背中に、にやりと笑いかけた。――だが、おまえなんかにとっては、ああいう連中の起こす馬鹿な騒動も他人ごとじゃないかもしれないよな。おまえと俺とでは、立場が違う。おまえは、自分でそう思っていないだけで、ああいう連中と同類だからさ。後生《ごしょう》だから、俺と同じレベルの人間だなんて思ってくれるなよ――

そのとき、若者の言葉が耳に飛び込んできて、国分は足を止めた。

「そういえば、僕らがヴァンを出したとき、ベンツに乗った女の人がそばにいました。ベンツの190E23ですよ。若い女の人が運転してるのはめずらしいって言ったんです。なんか、楽器の入れ物みたいな大きな黒い革のケースを持ってるひとでした。あの人が何か見てないかな？　それとも、あの人が拾ったのかな？」

フロント係はもっと困惑した顔になった。

「いえ、今申し上げたのは、たとえ話です。そう簡単に結びつけてはいけませんよ」

国分はその場に凍りついた。先に行っていた小川が、彼の様子がおかしいことに気がついて戻ってくるまで、ずっと凍りついていた。

「おい、どうしたんだよ？」

ベンツ190E23。

黒革のケース。

あれこれ考える前に、国分はまっすぐフロントに近づき、身を乗り出している若者の肩をつかんでいた。

「おい、きみ」

若者は驚いて振り向いた。国分はその顔に顔を押しつけるようにして訊いた。

「そのベンツの女性、どんな顔をしていた？　髪は長かったかい？」

若者はすぐには返事をしなかった。目を見張って国分を観察すると、説明を求めるようにフロント係を見た。

「お客さま――」

とりなすようにフロント係が前に出てきた。国分は若者の肩をゆさぶった。

「おい、どういう女だったと訊いてるんだよ？」

「どんなって――」若者は口籠《くちごも》った。「美人だったけど」

「やせぎすの？」

「うん……そうかな。そうだよ」

「どんな服を着てた？」

「緑色のワンピース」

「たしかに黒革のケースを持ってたんだな？」

国分の勢いに、若者は肩を縮めた。「間違いないよ。オレ、ずっと見てたんだから。すごく重そうなケースだったんだ」

若者の肩を突き放すと、国分は小川の立っている場所へ戻った。目は開いているが、前が見えなくなったような気がした。

「どうしたんだ？」

ただ事でないと感じたのか、小川が声をひそめて訊いた。

「慶子だ」国分はくちびるをなめた。「慶子が来てた」

「え？」

「彼女が来てたんだよ。俺の披露宴に。間違いない」

小川が国分の腕をつかんだ。「しっかりしろよ。そんなことがあるわけないじゃないか。彼女、おまえが結婚することだって知らないはずだろう？」

「調べたのかもしれない」

笑いだそうとする小川を、国分はにらみつけた。

「間違いないよ。ベンツに乗ってる若い美人で、黒革のケースをさげていたっていうんだから」

「黒革のケースって？」

そう言ってから、小川にもその意味がわかったのだろう。のんきそうな笑みが、途中で強《こわ》ばった。国分はうなずいてみせた。

「そうだよ。慶子のやつ、銃を持ってきたんだ」

小川の笑みが拭《ぬぐ》ったように消えた。

「あいつが競技用の散弾銃を持ってることは知ってるだろう？　あいつ、俺を撃つために銃を持ってきたんだよ」

国分と小川は、頭上にシャンデリアのきらめくロビーの真ん中に立ちすくんでいた。国分は鋭く周囲を見回した。急に、自分が標的のクレイになったような気がした。

3

乗り捨てられたベンツ190E23を発見したのは若いカップルだった。午前零時半すぎに、友人の家から帰る途中だった彼らは、狭い道をふさぐようにして停められている事故車に出くわしたのだ。

クラクションを鳴らしてみた。だが反応はない。よく見ると、運転席に人影もないようだ。

カップルはどちらも酔っていた。多少、面倒臭いとも思った。だから少しのあいだ、どうしようかと相談した。結局二人で車を降り、公衆電話から110番通報を入れたのは、午前零時四十五分のことだった。

「またですか？」

黒沢洋次《くろさわようじ》の口をついて出たのは、まずその台詞だった。

「これで何台目でしたっけ？」

「あー、と、ちょっと待てや」と、電話の向こうで桶川勝男《おけがわかつお》がのんびりした声を出す。書類をめくっているのだろう。「ざっと十三台目だな」

そんなに多かったか……あらためて驚き呆《あき》れながら、布団の上に起きあがり、黒沢はぼさぼさの頭をかいた。枕元の目覚まし時計は午前一時をさしている。

商売柄、電話で起こされることには慣れていた。とくに、今夜のように桶川が当直の夜は、「退屈でなあ」などと言って電話してくることがあるので、油断がならないのだ。

もちろん、そんなとき、桶川も長話はしない。ほんの二、三分で切ってしまう。刑事には長電話の習癖の持ち主はいない。時間に急《せ》かされる仕事だからかもしれないが、不思議なことだと、黒沢も思っている。

今夜の電話は、仕事がらみだった。十分ほど前、谷原七丁目の路上で、乗り捨てられた盗難車両と思われるベンツを見つけた——という通報があったというのだ。

「手口は例のと同じですか？」

黒沢が言っているのは、ここ半年ほどのあいだに、二十三区の北西部、練馬《ねりま》、渋谷《しぶや》、杉《すぎ》並《なみ》区内で頻発している自動車窃盗《せっとう》事件のことだ。高級車ばかりを狙う、性質《たち》の悪い犯行である。それが、過去十二件もあるのだ。そのうち、練馬北《ねりまきた》署管内で起こったものは四件。悪くすると、今度のベンツで五件目だ。

手口はだいたい決まっている。ボンネットを開けてコードを直結し、エンジンをかける。さんざん乗り回し、車内にあるものを持ち去るだけでなく、シートにガソリンをまいて放火したり、塗装をめちゃくちゃに傷つけたりして、とんでもない場所に放置して逃げる。自動車電話を積んでいる車の場合は、そのうえに、あとになって、電話会社から法外な請求書を送り付けられるというおまけまでついてくる。もちろん、犯人が使った分の料金だ。

凶悪事件でこそないが、これだけ悪質でしかも数が多くなると、新聞やテレビのニュースでも取り上げられるようになるし、市民生活への影響も馬鹿にならない。警察はあてにできないと、自主的に駐車場の夜回りを始めた団地などもあり、練馬北署の捜査三課としても、面目がかかってきた。おまけに、最近では、犯人は複数の少年たちではないかという見方が有力になってきている。一晩に二台盗《と》られたこともあり、機動性があるうえに、愉快犯的な要素が多分に感じられるし、車種の選択の基準もかなりミーハーだからだ。だとすれば、なおのこと検挙を急がなければならない。若年層の犯罪はエスカレートしやすいからだ。

だが、桶川には、苛《いら》ついている様子もなかった。あのおっさん、また鼻毛でも抜きながら電話してるんじゃないだろうかと、黒沢は思った。

「いんや。事故っているということを除けば、今度の車は綺麗なもんだ。荒らされてる様子もない。どだい、うちの管内の車じゃないしな。だからまだ、同一犯の仕業《しわざ》だと、はっきりと決まったわけじゃないんだ。ただ、ちょっと気味の悪い状況なんでな」

車のナンバーを照会したところ、持ち主は江戸川《えどがわ》区南《みなみ》小岩《こいわ》のマンションに暮らす関沼慶子という女性だとわかったのだが、彼女と連絡がとれないのだという。

「電話しても出ねえんだな。留守番電話さ。妙だろう」

黒沢の眠気《ねむけ》がやっと覚めた。「じゃ、なにか事件に巻き込まれた可能性があると?」

「まあなあ」桶川はのんびりしたものだ。「で、おまえさんにさ、ちょっと彼女のマンションまで行って様子を見てきてもらおうと、こういうわけだわな」

黒沢の住んでいるこのアパートは、墨田《すみだ》区の向島《むこうじま》にある。

「ご苦労さんだがよ、ちょっとひとっぱしり頼むわ。隅田川《すみだがわ》の東側は魔人の棲《す》み家《か》だから、山の手育ちの俺らはよう行かれん」

黒沢は吹き出した。「よくまあぬけぬけとそんなことを」

桶川は、現在の練馬北署に落ち着くまで、方々の署を渡り歩いてきた古強者《ふるつわもの》だが、いちばん長く腰を据えていたのが、向島署《むこうじま》なのである。自分こそ魔人ではないか。

「現場は留井《とめい》さんたちが様子見に行ってるから。マンションの住所はな——」

黒沢は手早くメモをとった。

「近くの派出所に連絡してあっから、巡査が一緒に行ってくれるわ。本人に会えたら、事情話して、現場まで来てもらってくれや」

本人に会えないはずがないと決めているような、呑気《のんき》な口振りだった。黒沢自身も、まださほどの緊張感は感じていなかった。深夜のことだ。車が盗まれたことに気づかないでいるだけの話だろう。眠っているから、電話にも出ないのだ。

「悪いなあ、おまえさんばっかり当てにしてよ」

だいたいが出所のはっきりしない人物なのだが、桶川には、ちょっと変わった訛《なま》りのようなものがあった。彼が、黒沢のような若手を呼ぶとき一律に使う呼称「おまえさん」も、こちらの耳には「おめさん」と聞こえる。

「隣りに寝てる彼女には、俺から謝ってやるから、電話代わってくれや」

「残念でしたね。彼女は今風呂に入ってますよ」

黒沢は、椅子の背に引っ掛けたままにしてあるワイシャツに手を伸ばしながら、桶川の笑い声を伝えてくる受話器を置いた。残念だが、この部屋に女性の気配はない。髪の毛一本落ちていない。敷きっぱなしの万年床が、不規則で多忙な生活を送っている主人に同情して、とびきり美人の若い女性に化けてでもくれないかぎり、当分、縁がありそうになかった。

マンションの名前は「クレール江戸川《えどがわ》」。レンガ色のタイル張りの瀟洒《しょうしゃ》な建物である。

「関沼慶子」の名前は、604号室の郵便受けにあった。

同行してくれた巡査と一緒に、黒沢はまず、地下にある専用駐車場をのぞいてみた。コンクリートの床に白いペンキでラインを引いただけの簡単なもので、びっしり車が停めてある。だが、壁に「関沼様」という名札が張ってあるスペースだけは、ぽっかりと空間ができていた。

「車はありませんな」と、中年の巡査が言った。懐中電灯であちこち照らしている。万にひとつ、車の持ち主の女性が、ここに置き去りにされているという可能性を考えてのことだ。

「我々の方からも何度も電話してみたんですが、いっこうに出てくれんのです」

「玄関のインタホンは?」

「鳴らしてみました。返事がないです。明かりも、見える範囲内では点《つ》いていません」

嫌な感じだな……と、黒沢は思った。本当に不在なんだろうか? その場合は、出先で車を盗られて、ドライバーの女性は行方不明ということになる――

「鍵はかかってるんですね？」

「はい。マスターキーがあればいいんですが、管理人が日中しかいないので、連絡がつかないんですよ」

二人は急ぎ足で駐車場を横切った。黒沢の靴が、なにかやわらかい物を踏みつけたのは、その時だ。立ち止まって見てみると、雑巾《ぞうきん》のような汚ない布きれだ。拾いあげると、ハンカチくらいの大きさだとわかった。

巡査が懐中電灯で照らす。「車の掃除にでも使うやつじゃないでしょうかね」

そういえば、機械油のような匂いがする。さほど深くは考えず、習慣的に、黒沢はそれを背広のポケットに押し込んだ。

「六階ですからね。ベランダから入るわけにもいかないし……」

渋い顔の巡査に、黒沢は内ポケットを叩いてみせた。「いざとなったら、ピッキング・ガンで開けましょう。そんな必要がなきゃいいんですがね」

604号室のドアの脇にも、「関沼」の表札が出ている。黒沢はそれを確かめてから、インタホンのボタンを押した。

室内でベルが鳴っているのが聞こえる。だが、二度、三度と押してみても、応答はなかった。

ドアを見上げ、軽くこぶしを握ると、今度はそれでノックをしてみた。金属製のドアに手の甲が当たる音が、意外なほど大きく響く。両隣りのドアにちょっと目を配ってみたが、今のところ、そのどちらも開く気配はなかった。

「関沼さん、お留守ですか」

できるだけ声を抑えて、呼びかけてみた。

「関沼さん？」

それを何度か繰り返すうち、とうとう隣人を起こしてしまったらしい。チェーンのがちゃがちゃいう音がして、右隣りのドアがそっと開いた。目を細め顔をしかめて、黒沢と同年代ぐらいの、パジャマ姿の男が顔をのぞかせる。

「あんたら、こんな時間に――」

迷惑そうに言い出しかけて、制服姿の巡査がそこにいることの意味に気がついたらしい。眠そうな顔が、急に引き締まった。

「なにかあったんですか？」と、言葉まで丁寧になる。

黒沢が手帳を見せて名乗り、関沼慶子を訪ねてきたことを話すと、男は目をこすりながら、

「さあ……隣りのことはわかんないなあ」

まあ、マンションではそういうことの方が多い。

「今日は顔をあわせてないですか？」

「今日はっていうより、めったに会わないですからねえ」

「こっちの隣りのかたは？」黒沢が左隣りのドアを指すと、男は首を振った。

「そこは空き部屋です。持ち主はいるんだろうけど、投資用なんじゃないんですか。住んでないみたいなんだよね」そして、下からすくうような目付きになった。「関沼さん、なにかやったんですか？」

「いや、そういうわけじゃないんです」

黒沢は言って、巡査の方へ顔を向けた。

「仕方ない、開けてみますか」

「止《や》むを得《え》ませんなあ」

巡査が隣りの男をうまくドアの内側へ追いやったのを確認してから、黒沢はピッキング・ガンを取り出した。

慶子はドアのすぐ内側にいた。

仕方ない、開けてみますか——という言葉が聞こえるまで、彼女はじっと動かずにいた。息を殺し、明かりも点けずに、ずっと様子をうかがっていたのだ。

最初の電話がかかってきたのは、午前一時を過ぎたころのことだった。呼出しベルに起こされて、よろけながらも電話に近づき、受話器を取ろうとした。修治からかもしれないと思ったからだ。

だが、足を引きずっている彼女よりも、留守番電話の応答の方が早く、オンになっているスピーカーから、先方の声が流れてきたとき、この電話には絶対に出ることができないとわかった。相手は警察だったのだ。慶子の車が見つかった——と言っている。

練馬北署だって？　谷原だって？　乗り捨ててあるって？

どういうことだ？　織口は、銃と一緒に車のキーも盗っていった。彼が車に乗っているはずだ。その車が、どうして練馬区になんかあるんだろう。

（頼むから、警察には報《しら》せないでください）

修治の懇願が、耳の底に響いている。慶子は報せないと約束した。その約束を破るつもりはなかった。

電話のベルは、それからも頻繁《ひんぱん》に鳴り続けた。その音が神経に刺さるので、呼出し音のスイッチをオフにしてしまった。だが、しばらくすると、今度は玄関のチャイムも鳴るようになった。ドア・アイからのぞいてみると、制服姿の巡査が立っている。彼女の所在を確かめに、足を運んできたのだろう。

ドア一枚隔てただけのところに警官がいる——このことは、さすがに、慶子の心に動揺を与えた。出ていった方がいいんじゃないかしら……そう思って、何度か鍵に手をかけさえした。だが、ひとたび警官と向きあったら、車が盗まれたことについて、もっともらしい嘘をつき通し、修治との約束を守り切れるかどうか、自信が持てなかったのだ。

今夜一晩、一晩だけのことだ。ドアを閉め切ってじっとしていよう。明日、修治が織口を食い止め、無事に帰ってきてくれたら、銃が戻ってきたら、そうしたら、彼の知恵を借りて話をつくり、こっちから警察に「車を盗まれた」と届けに行けばいいのだ。今夜はここにいなかったことに――いや、眠っていたことにしておけばいい。ひどく具合が悪くて、薬を飲んで寝ていたから、物音に気づかなかったと言えばそれで済むことだ。

だが今、ドアの前にいる警官は、(開けてみますか)と言っている――

警察にそんなことができるとは知らなかった。この時刻だ。ここの管理をしている不動産会社とも連絡がとれないだろうから、まずドアを開けられる心配はないと思っていたのに!

鍵穴に、なにかがガチャンと差し込まれるような音がした。

4

走りだしてからしばらくのあいだ、天気の話や道程の確認などをしたあとは、竹夫が助手席で眠っているからだろう、ハンドルを握っている神谷はずっと無言で、話しかけてこようとはしなかった。車内灯もラジオも消したままだ。

後部座席でシートに寄りかかり、織口は、ぼんやりと窓の外に視線を向けていた。寝静まっている夜の都市の上を走り抜ける、高架の高速道路。ビルの配管や電気系統のパイプが壁のなかを通されるように、眠らずに走り続けるこの太い動脈のような道路は、都市の天井裏を走って行くのだ。

見上げれば、雲が切れ、その合間から星がのぞいている。そういえば、夕方の天気予報で、天気は西から回復してくると言っていた。

新座《にいざ》市を走りぬけ、所沢《ところざわ》出口の標識が近づいてきた辺りで、神谷が話しかけてきた。

「お疲れでしょう？　リクライニングにして、寝てください。その辺に膝掛けがあるでしょう」

織口は微笑した。「いいえ、大丈夫ですよ」

「お嬢さんのことで頭がいっぱいで、とても眠れませんか？」

自分の口から出任せを、こうして信じきってくれている神谷という男に、織口は、温かい好意を感じた。明日になって、織口が金沢で何をしたか、何をするために金沢へ行ったのかを知ったら、この男はどう思うだろう。自分に同感してくれるだろうか。それとも、反対するだろうか。非難するだろうか。

どちらにしろ、この父子に迷惑をかけるわけにはいかなかった。計画を無事やりとげるためだけでなく、この父子を巻き込まないためにも、本当の目的を隠しとおさなければならない。織口は、それを心に言い聞かせた。

少しのあいだ、フィッシャーマンズ・クラブでの織口の仕事のこととか、神谷の同僚で、釣り好きの男のこととか、ぽつりぽつりと話をした。そのうち、雰囲気がほぐれ、打ち解けた感じになってきた。

竹夫は静かに眠っている。織口は訊いてみた。

「坊っちゃん――竹夫くんでしたかな」

「ええ」

「明日は学校もあるでしょうに、こんなに遅くに和倉まで出かけられるというのは、やはり何か急用ですか?」

神谷がちらっと織口の方へ顔を動かし、すぐに前を向いた。ちょうどすれ違った対向車のライトに照らされて、彼が笑みを浮かべていたこと、その笑みが、あまり大きなものではないことがわかった。

「急用は急用なんですが、織口さんのようにいい用事ではないんです。実は、家内が入院してまして」

「竹夫くんのお母さんですな? どこがお悪いんです?」

神谷は少しためらっているようで、すぐには答えなかった。やがて、

「心臓なんですが」と、ぽつりと言った。

「それは、申し訳ないことをうかがった」

織口が言うと、神谷はあわてた様子で、またちらっとこちらを見た。

「いや、重病ではないんです、本当に。なんと説明したらいいんですか……まあ、気の病いなんでしょうね」

「ははあ」

神谷は話したがっているようであり、偶然拾ったヒッチハイカーに話すようなことではないと、ためらっているようでもあった。話すことで気が紛れるなら、いくらでも聞いてあげよう――織口はそう思った。考えてみれば、この男は、織口が、人生の最期に親しく言葉をかわす、たった一人の相手になるのかもしれないのだ。

「織口さんは、ご家族は？　奥さんは亡くなられたとおっしゃってましたね。あとは、金沢にいるお嬢さんだけですか」

「そうです。一人娘ですからな」

織口の妻がもう故人であることに、嘘はない。ただ正確には、「元の妻」だ。そして、娘が生きているということは、大嘘だ。だが、こうして神谷と話していると、嘘が真実になり、初産を控えた娘が金沢で待っていてくれるような気がした。

いや、本当にそうなのかもしれない。娘が、妻が、本当に待っていてくれるのかもしれない。彼女たちに加えられた不当な仕打ちに報いるために、今こうして出掛けて行こうとしている織口を。

「子供ってのは、不思議なもんですね」

つぶやくように、神谷が言った。

「親の鏡だというのは、本当だ」

織口は穏やかに訊いてみた。「先ほど、竹夫くんは、〝言葉が出にくい〟とおっしゃいましたな。利発そうなお子さんですが、お母さんが病気でそばにおられないから、淋しいのでしょうかな」

織口の問いは、核心をついたようだった。ハンドルに両手を置いたまま、神谷は少し考え、やがて言った。

「この子は緘黙児なんです」

「カンモク――」

「ええ。まったくしゃべらないんですよ。ただ、生まれたときからそうだったわけじゃありません。僕と家内の責任なんです」

それで構えがとれたのか、神谷は事情を話しだした。義母のこと。妻のこと。言葉を選び、誰か特定の人間を非難するようなことはしなかったが、彼がこのことで心身をすり減らしていることが、織口にはよくわかった。抑えられた口調の底から、にじみ出てくるものがある。

また、神谷が語っている話の内容は、織口にとって、身体に残った古傷のように馴染《なじ》み深いものでもあった。だから、よくわかる。自分のことのようによく理解できたのだ。

織口は、二十二年前、生まれ故郷である石川県の伊能町《いのちょう》というところで、地元の地主の一人娘と結婚した。入り婿だった。だから、一度は織口の姓も捨てることになった。

恋愛結婚だった。当時の織口は、地元の高校で国語の教師をしており、妻となったのは、五歳年下で、かつては教え子だった女性だった。先方の両親には強硬に反対されたが、彼女が、どうしても許してもらえないなら駆け落ちするとまで言い出すと、渋々認めてくれたのだ。今の神谷の立場と、本当によく似ている。

所沢を出て、三芳《みよし》、川越《かわごえ》、鶴ケ島《つるがしま》――標識を見送りながら、神谷は淡々と話した。織口は、時折りあいづちをはさみながら聞いていた。いつのまにか、彼から話を聞き出すことに熱中していた。そうしていると、時間を、今の立場を忘れることができるからかもしれない。

「まあ、誰がいちばん悪いかっていったら、サラリーマンの分際で、旅館の一人娘と結婚した僕がいちばん悪いんでしょうね。先々、跡取りをどうするかという問題が出てくるのは、わかりきっていたことなんだから」

自嘲的にそう言って、神谷は話をしめくくった。車は東松山市《ひがしまつやま》に入っていた。

「すみません、妙な話を聞かせてしまって」

「私はかまいませんよ。それに、あなたが悪いとも思いませんな」

神谷の頭が、ちょっと動いた。ルームミラーをのぞいた織口は、そこに、彼の沈んだ表情を見つけた。

「奥さんとは、東京で知り合ったんでしょう？」

「ええ。家内も東京の大学にいたもので」

「ご結婚なさるときには、旅館の後継ぎのことについて、話し合いはできていたんでしょう？」

「家内の両親が、旅館の働き手のなかからしかるべき人間を選んで、夫婦養子にするということで――」

「人材もいるんでしょう？」

「ええ。僕や家内より、ずっと望ましい適任者が。立派に切り回してくれると思います」

「あなたの奥さんも、旅館の後を継ぐのは嫌だと思っていらした？」

「そうですよ。だから東京の大学に通ってたわけで」

織口は笑った。「じゃあ、何も問題はないじゃありませんか。あなたが悪いわけじゃない。少し優しすぎるというか、優柔不断なところはあるが。いや、これは失礼」

神谷は苦笑している。「いいんですよ。自分でもそう思います」

「ただ、あなたがもう少し強く出ることも必要だが、奥さんにも、いいかげんでお母さんの影響力を断ち切ってもらわないといけませんな」

「そう思うんですがね……頭ではわかってるんですが、具体的にどうすればいいのかわからなくて」

確かにそうだろうな、と織口は考えた。しばらくしてから、

「私もそうでしたよ」と言ってみた。

「そうって……？」

「私も昔、あなたのような立場におったことがありましてね」

婿養子だったことを話してやると、神谷の人の良さそう顔が、つと引き締まった。

「それで、じゃあ今でも――」

織口は顔の前で手を振ってみせた。

「いえいえ。駄目でした。私が我慢しきれなくなりまして、飛び出してしまったんですわ。でも、それでよかったと思います」

「じゃあ、奥さんとお二人で東京へ？」

「そうです。それで結構、うまくやってきました。私の体験談なんて参考にもならんでしょうから詳しくは話しませんが、ひとつだけ。実家を飛び出そうと何をしようと、夫婦のあいだでちゃんと話し合いをするようにさえしていれば、たいがいのことは、二人だけで

乗り切っていけるものですよ」

「そうですか……」

心なしか、神谷は後ろめたそうな様子になった。織口はそんな彼の横顔を見て、心のなかだけで詫びを入れた。もっともらしく、また嘘を重ねてしまったのだから。

実際には、織口は一人で東京へ出たのだった。二十年前──結婚二年目に娘に恵まれ、その娘がまだよちよち歩きもできないころのことだ。

いざこざは、新婚当初から数限りなく起こっていた。それをなんとかやり過ごしながら辛抱しているうちに子供ができた。だが、皮肉なことに、生まれてきた赤ん坊が、織口と妻の家とのあいだを切り離す、決定的な要素になってしまったのだった。

「お子さんは、一人にしておいた方がよろしいでしょうな。二人目を望まれると、奥さんの命を賭けることになってしまうから」

医師がそう言った。現実に、ひどい難産で、妻は産後一カ月近く床についたままだった。赤ん坊は義母の手で育てられ、織口は、彼女の許しなしには、抱っこすることさえできなかった。

そしてとうとう、織口の聞こえないところでかわされていたひそひそ話が、彼の耳にも届くときがやってきた。

──お嬢さんも、あんな婿さんをもらわなければ、まだまだ元気で赤ん坊だってたくさん産むことができただろうに。あの男のおかげで、危うく殺されちゃうところだったわけじゃないか。

おかしなもので、織口は、そのひそひそ話には、さほど衝撃を感じなかった。本当に膝から力が抜けるほどがっくりとしたのは、退院してきた妻に、当分寝室を別にしてくれと言われたときだった。彼女が、前にも増して母親べったりになって、織口とはあまり言葉さえかわさないようになったことに気づいたときだった。

家のなかに、自分の居場所が失《な》くなったときだった。どこに座っても床や椅子《いす》や座布団を冷たく感じ、何を言っても返事が聞こえてこなくなったときだった。

それでも、家を出る決心を固めたときは、妻と娘も一緒に連れていこうと思っていた。このままでは、我々は駄目になってしまう。二人でこの土地を離れて、子供と三人だけで一から家庭を築きなおそう——そう提案してみた。懇願してみた。

それが、結局は無駄に終わった。

織口の妻は、彼と二人でつくりあげる家庭よりも、彼女が生まれ育った家、ありものの家の方を選んだのだ。だから、妻と娘を伊能町の家に残し、織口は一人で東京へ出てきた。でもその時もまだ、いつかは妻子を呼び出すことができる——と、今考えれば大甘だった希望を捨ててはいなかった。

その希望が砕けたのは、それから三年後のことだ。正式な離婚が成立したのである。彼は元の姓を取り戻したが、娘の親権を得ることはできなかった。

再婚はしなかった。東京で教職についたが、それも長くは続かなかった。子供たちを教える仕事をしていると、伊能町に残してきた娘のことを、嫌でも思い出すからだ。だからずっと、現在のように気紛れにいろいろな仕事を選び、過去を詮索《せんさく》されないように注意しながら、一人きりで生きてきた。

そして二十年後の今、織口は別の後悔をしている。その後悔が、嘘という形をとって、言葉になった。それを神谷に語って聞かせた——

あの時、二十年前のあの時、やはり妻と娘を一緒に連れて家を出るべきだったのだ。一緒に伊能町を離れるべきだったのだ。そうしておけば、それさえしておけば、運命が変わり、娘を育てあげた元の妻が、二十歳になったばかりの娘が、あんな目に遭わされることもなかった。二人そろって頭を撃ちぬかれ、泥道に転がされることもなかったのだ。

織口が、こうして銃を手に故郷をめざして走ってゆく必要もなかったのだ。

「深夜ですから、渋滞の心配だけはしなくていいのが楽ですね」

神谷の声が話しかけてきた。織口は思い出から覚め、彼の顔を見返した。

「ああ、そうですな」

「一時半ごろには、上里《かみさと》のサービスエリアに着くと思います。竹夫をトイレに連れていかなきゃならないし、家内の様子も知りたいので電話をかけたいし、十分ほど停めますが、よろしいですか」

もちろん、と答えて、織口は窓の外に視線を移した。自分の顔の輪郭が、ぼやけて映っている。ひどく白い顔をしている。

「上里についたら、私も電話をかけてみなくては」

織口のつぶやきに、神谷がさっと先回りして言った。

「病院へね。ひょっとすると、もう生まれているかもしれませんよ」

ルームミラーのなかで微笑している神谷の顔に、軽い笑顔を返しながら、織口は顔を伏せた。そうじゃない。申し訳ないが、それはみんな嘘なのだ。

慶子のマンションに電話してみよう。頭のなかを整理しながら、そう考えた。彼女を閉じこめて出てくるときに、留守番電話がセットされていることは確認してきた。まだ彼女が発見されていなければ、そのままになっているはずだ。

それをもう一度、確かめよう。

そのころ、関沼慶子の部屋には、織口とはまったく立場の違う人物が、しきりと電話をかけていた。

国分慎介である。彼は今、東邦グランドホテルのロビーにいた。すぐうしろには、小川と彼の妻の和恵が張りついている。二人とも身体を受話器の方へ傾け、国分の耳に耳をくつけようとしていた。

「駄目だ。出ない。いないんだよ」

国分はがちゃんとフックをおろし、乱暴に受話器を戻した。うるさい音をたててテレホンカードが戻る。静かなロビーに、その音が、まるで警報機の音のように響きわたった。

国分はカードをひったくった。

「留守番電話が出るんでしょう？　じゃあ、いないとは限らないわよ」濃い紅《べに》を塗ったくちびるをとがらせて、和恵が言った。「寝ているから、留守番電話にしてあるだけかもしれない。ねえ、国分さん、考えすぎじゃないの？　彼女が銃を持ってくるなんて、ありっこないわよ」

国分は黙って拳《こぶし》を握った。彼としては、そう簡単に和恵の説を受け入れることはできない。なにせ、命がかかっているのだ。

「俺も和恵に賛成だな」小川が口を出した。

「なあ、バーへ戻ろうぜ。関沼慶子のことなんか、もう放っておけよ」

国分は彼をにらみつけた。「よくそんなのんきな顔をしていられるな」

「なんでだよ？」

「俺もおまえたちも、ひとつ穴のむじななんだぞ。彼女が恨んでるのは、俺だけじゃない。おまえたちだって同罪なんだ。同じように憎まれてる。同じように狙われるかもしれないんだぜ」

小川夫妻は顔を見合わせた。小川はネクタイの結び目を緩め、すっかりだらしのない格好になっている。首まで赤くなっているのは、アルコールに弱いためだ。

和恵が、とがった小指の爪で鼻の頭をかきながらうそぶいた。

「あたしは関係ないわよ。なんにも悪いことなんかしてないもの」

国分は一歩退いて彼女の顔を見つめた。アルコール臭い息を感じる。

「慶子にそう言ってやったらどうだ？　喜んで散弾銃を持ち出してくるだろうよ」

和恵はつんと顎をそらし、そっぽを向いた。小川が彼女を肘《ひじ》で小突いた。

「もう、よそうぜ。いいじゃないか。だいいち、慶子が本当に俺たちを撃つつもりで散弾銃を持ってやってきたのなら、どうして今までぐずぐずしてるんだよ。やるんなら、さっさとやったらよさそうなもんじゃないか」

そう、それだ。国分は電話機に片手を置き、指先でイライラとそこを叩いた。なぜだ？ここまでやってきながら、慶子はなぜ何もしない？

「駐車場で待ち構えているのかもよ。試してみたら？」

馬鹿にしたような和恵の口調に、国分は本気で怒りを感じた。

「おまえって女は、なんでも悪ふざけとしか考えられないんだな。じゃあ、自分でやってみろよ」

小川が国分と和恵のあいだに割り込んだ。そのとき、電話機の置かれているロビーの一角を、ボーイが一人、通りすぎていった。国分たち三人はぎょっとして互いにしがみつきあった。

「和恵に怒鳴るな」

「バカね。なにビクビクしてんのよ」

真っ先に男たちから離れながら、和恵が言った。そのくせ、彼女の派手にセットした髪が細かく震えていることを、国分は見逃さなかった。

三人とも、同じようにショックを受けているのだ。関沼慶子のことなど、もう終わったこと、忘れてしまっていいことだと思っていたのに、こんな形で蒸し返されるなんて――まるで巣のなかの雛《ひな》だ――パニックの一歩手前の、胃の底が抜けてしまったかのような奇妙な脱力感のなかで、国分は考えた。慶子は高い空を自由に飛び回り、俺たち三人のうち誰を最初に餌食にしようかと、じっくり思案することができる。そして俺たちは、身を隠すことさえできない。三人で互いに互いを盾にしあっても、狙われる順番が少し遅くなるだけのことだ。

それもこれも、慶子が散弾銃を持っているからだ。畜生、一緒に生活していたころ、どうしてその意味をもっと深刻に考えておかなかったのだろう。うまく丸め込んでライセンスを返上させていれば、こんなにビクビクしなくたって済んだんだ。さもなきゃ、いっそのこと、別れるとき、こっちが先にあの女の頭をふっ飛ばしておきさえすれば——

「慶子はどこにいるんだろう?」

自問するように、国分はつぶやいた。

「マンションにいるのかな? それともまだホテルのなかに?」

「今ごろ、あんたたちのスイートにいて、花嫁にあんたの過去を全部ぶちまけているかもね」

和恵としては、深い意味もなく口にした言葉だったのだろうが、それは国分の心臓という的《まと》の真ん中を射抜いた。彼の表情が変わったので、和恵の方がひるんでしまったらしい。あわてて、「嘘よ。冗談よ」と言い足した。

だが、国分は相手にしなかった。頭のなかは、強いソーダ水をがぶ飲みしたとき、次から次へとわき出てくる不愉快なげっぷにも似た考えでいっぱいになっていた。

そう、それも考えられる。慶子が彼とのあいだにあった過去のできごとを、彼の新妻とその一族にぶちまけてしまうということは。

そうだ。あり得る。こちらとしては、昨年の冬、別れ話を持ち出したとき、慶子があっさり引き下がってくれたことで安心しきっていた。彼女とのことは、もう終わったと。慶子はやっぱり俺がにらんだとおりの御《ぎょ》しやすい女だったと。

だが、こうなってくると話は別だ。慶子が、ここに散弾銃を持ってやってくるほど思い詰めている以上、たとえ今夜は実際に彼を殺したり傷つけたりせずに帰っていったとしても、このままおとなしくしているという保証はない。

しゃべりだすかもしれない。彼が結婚するということを知って、あの女は効果的な復讐の方法を思いついたのだ――

「おい……」

磨きこまれた大理石の床に目を据えたまま、国分は低く言った。

「なんだよ」

「手を貸してくれ」

現金なもので、小川夫婦はスッと寄り添いあった。二人して、同じように用心深い表情を浮かべている。苦々《にがにが》しい思いを噛みしめながら、国分は続けた。

「うまいこと言って、バーの連中を先に帰そう。それから、俺たち三人で、スイートで飲みなおすことにしたと言って、あがっていくんだ」

和恵が細い眉をしかめた。「それで、どうするの？」

国分は声を低くした。「俺はここを抜け出して、慶子のマンションへ行く。様子を見てみるよ」

しばらくのあいだ、三人とも黙っていた。それぞれ、胸のなかで計算をしていたのだ。

「はっきり言うよ。おまえたち二人に、俺のアリバイをつくってほしいんだ」

小川夫妻の胸のなかの計算器は、彼らに有利な答えを弾きだしたらしい。つまり、自分たちは手を汚さずに、面倒な問題を処理することができる――という答えだ。

「ただ様子を見に行くだけのことに、アリバイなんか要らないじゃない？」

無邪気さを装って、和恵が訊いた。国分はふと不思議に思うことがある。この女は、なぜこうも躍起になって慶子をやっつけようとするのだろう。それほどに慶子を憎む理由はなんだろう？　彼女が自分より美人だからか？　金持ちの娘だからか？

「そうだよな。様子を見に行くだけならな」

小川が同調し、国分の顔を盗み見るように上目遣いになった。国分は彼の顔から目をそらした。

「いざとなったら、慶子がもう二度と俺の邪魔をしないように処置するぐらいの覚悟はあるさ」

「処置だって」和恵が笑った。前歯に口紅をくっつけた、おぞましい笑い顔だった。

「彼女が家にいても、おまえを部屋に入れてくれなかったら？」

国分は黙ってズボンのポケットに手を入れた。キーホルダーをつかみだした。キーが三本ぶらさがっている。彼の新居である都心のマンションのキー。車のキー。そして――

「慶子にあのマンションの合鍵を返す前に、もう一本スペアをつくっておいたんだ」

小川が低く口笛を吹いた。「おまえって、用意周到な男だな」

そうだよ、俺はどんなことでも準備万端整えてからとりかかる。そして自分の思うようにするんだ――国分は考えた。誰にも邪魔はさせない。誰にも。

俺は間違っていた。慶子を見くびっていた。プライドが高いから、わめき散らして醜態をさらすことはないだろうと思っていた。本音《ほんね》のところで純情な部分など持ち合わせていないから、彼のことなどすぐに忘れるだろうと思っていた。

だが、現実は彼の見込みと違ってきている。それなら、修正するまでだ。あの時、慶子と別れたとき、彼女の頭をふっ飛ばしておくべきだったのなら、現在《いま》それをやったところで、なんの不都合もあるまい？

そしてそれには、今夜ほどうってつけの夜はない。新婚初夜の花婿が、どうして殺人などするはずがあるでしょうか、判事殿。

「さあ、じゃあ、いったんバーへ戻ろうか」

早くも共犯者のような笑みを浮かべて、小川が和恵の手をとった。

時刻は、午前一時三十分をわずかにすぎたところだった。

その同じ時刻に、今度は織口が、上里サービスエリアの電話ボックスから、関沼慶子に電話をかけていた。

神谷は竹夫を連れ、洗面所へ行っている。電話ボックスのガラス越しに見る上里サービスエリアの駐車場には、神谷のカローラのほかに、軽トラックが一台と、深夜の長距離バスが二台、巨体を休めているだけだ。ボックスのガラスには着色がされているからだろうが、妙に青っぽい風景に見える。電話ボックスから見て、駐車場の反対側、出口に近い方にはガソリンスタンドがあり、煌々《こうこう》と明かりがついているが、そこには車が停まっていなかった。

呼出し音が四度鳴って、かちりと回線のつながる音がした。すぐに、テープ録音された慶子の声が聞こえてきた。

「関沼は本日留守にしております――」

応答メッセージを全部聞き終えて、織口は黙って受話器を置いた。よろしい。慶子はまだ発見されていないのだ。まだトイレに閉じこめられたままなのだ。何も変化は起こっていない。

ゆっくりとドアを押して、外に出た。

駐車場をL字形に囲むようにして、サービスエリアのレストハウスが建てられている。Lの縦棒の部分が売店と休憩所に、横棒の部分がトイレになっている。人影はまばらだ。長距離バスの前で、それぞれの車の運転手とその交替員なのだろう、同じ紺色の制服に制帽をかぶった若者が四人、背中をのばしたり腕をぐるぐる回したりしながら談笑しているだけだ。乗客たちはほとんど降りていない。窓の大半はカーテンを閉ざし、明かりもついていなかった。

売店の自動販売機の前にはベンチが並べてあり、そこに、野球帽をかぶった男が一人腰をおろして、紙コップから何かを飲んでいた。片手には火のついた煙草をはさんでおり、紫色の煙が、明るい方から暗い方へと、ゆらゆら漂っていた。織口がぼんやりと見守るうちに、トイレの方向から、神谷が竹夫の手を引いて現われ、その煙の流れをわたって、織口の方へ近づいてきた。

「電話は通じましたか?」

織口は笑顔を作って首を振った。「はい。でも、まだ生まれてないそうです」

「初産は時間がかかるから。竹夫のときも気をもまされましたよ」神谷は自分が経験者であるかのようにそう言って、電話ボックスのドアを押した。

「すみません。すぐ終わりますから」

「かまいませんよ」織口は言って、腰をかがめ、ドアのそばにいる竹夫に声をかけた。「何か飲もうか。おじさんは喉が渇いたな。竹夫くんは何がいい?」

番号をプッシュしながら、神谷が代わりに答えた。「いや、この子は——」

「あなたはコーヒーをいかがです?」

「え? ああ、いいですね」

「じゃ、買ってきましょう。竹夫くんにはオレンジジュースにしようね」

子供は返事をしなかったが、織口は売店の方へ歩きだした。

深夜のことで、休憩所も、売り子のいる売店も閉まっていた。シャッターの上に、ペンキの落書きがある。大方は暴走族の仕業だろう。どうにも読みにくい字だ。ポケットの小銭入れから硬貨を取り出し、自動販売機に落としこんで、ホットコーヒーをふたつとオレンジジュースをひとつ買うあいだに、織口は解読を試みた。

死——死神。し、に、が、みだ。

いったい何が若者たちを動かして、こんな言葉を書きつけさせるのだろう。織口の若いころに比べたら、今の若者たちは、はるかに「死」というものから自由になっているはずだ。戦争も飢餓もなく、伝染病もない。交通事故は増えたが、昔なら命を落としていたような怪我《けが》を負っても、助かる場合が増えてきた。それなのに、いったい何が面白くて、ことさらに「死」という言葉をもてあそぶのだろう?

考えても、答えは出てきそうにない。いや、答えを求めて考えてやる必要などないのかもしれない。そんなに親切にフォローしてやることなどないのだ。それは言い訳を探してやること——

プラスチック製のトレイに三つのカップを載せ、駐車場の方へと踵《きびす》を返したとき、織口のそんな思いを嘲笑《あざわら》うように、オートバイの大きな排気音が聞こえてきた。

一台や二台ではなかった。だが、有り難いことに暴走族ではない。ツーリング族だ。それぞれに革のつなぎを着て、かっちりしたヘルメットをかぶっている。彼らは粋《いき》な角度に車体を傾け、きれいな半円を描きながら駐車場のなかに滑りこんできた。ちょっとのあいだ、その見事な動きに見惚《みほ》れてしまったほどだ。

だが、次の瞬間、別のものを見た。

竹夫だ。神谷がまだ電話を終えないので、退屈したのだろう。小さな足で駐車場を横切って、長距離バスのそばまで行っている。軽くスキップしながら、今、バスの巨体の陰から出てきたところだ。

そして、竹夫の小さな影の方に向かって、二台ずつ整列したバイクが走ってくる。

そのときの織口は、複眼になっていた。一度にいろいろなものを見た。こちらに背を向けている神谷。制帽をかぶりなおしている運転手。煙草《たばこ》をもみ消した野球帽の男。足元に引かれたラインの上を、ひとりだけのゲームをしているかのように、ぽんぽんと飛んで歩いている竹夫。そして近づいてくるバイクのライト。

誰かが「危ない！」と叫んだ。

考えるより先に足が動いていた。トレイが手から離れた。視界の隅に、電話ボックスのドアを蹴り開けて駆け寄ってくる神谷の姿を認めた。織口は走りだした。あとにも先にも、これほど素早く動くことができたのは、このときだけだ。走って、竹夫に飛びつき、バイクのライトからできるだけ遠ざかるようにしながら、路上に転がった。

バイクの排気が顔に吹きつけた。ゴムの焦《こ》げる匂いと、大きなわめき声を聞いた。金属の匂いと味が、口のなかいっぱいに広がった。

気がつくと、竹夫を抱いたままアスファルトの駐車場に寝転んでいた。五、六メートルほど先に停車したバイクから、つなぎを着たドライバーたちがバラバラと降り、いっせいに駆け寄ってきた。それを押し退《の》けるようにして、神谷も飛んできた。

「大丈夫ですか？」

ヘルメットを取りながら、割れるような声でそう言ったのが、先頭にいたドライバーであるらしい。二十代の半ばくらいの青年だった。その真面目そうな目、織口と竹夫に触ろうとして、うかつに触れてはいけないと恐れるように引っ込めた手を見て、織口はほっと安堵《あんど》した。

「大丈夫、大丈夫ですよ」

青年も安心したらしい。すぐうしろにいたもう少し年長の男に頭を小突かれながらも、やっと笑顔になった。

「すみません。見えなかったんです」

神谷は竹夫を抱きかかえながら、青年に目を向けた。

「いや、こっちも不注意でした。こんな時刻に子供が駐車場にいるなんて思わなかったでしょうからね」

織口の方に身体をかがめると、

「ありがとうございました」語尾が震えていた。「怪我はないですか？」

「ええ、大丈夫」

手を引いて立ち上がらせてくれた。

「申し訳ありません。電話が長くなって、竹夫には聞かせたくなかったものだから、ちょっと背中を向けてしまって」

この小さなアクシデントは、長距離バスの乗客や、ガソリンスタンドの従業員たちの興味も引きつけてしまったらしい。バスのカーテンがあちこちで開いた。スタンドの方からも、二人ほど人影が現われた。

「さあ、行きましょう」

神谷が竹夫を抱き、織口をかばうようにしてカローラの方へ戻った。織口は、車に乗る前に、まだ心配そうにこちらを見守っているつなぎの青年に、軽く手をあげてみせた。何事もなかったのだとわかると、またバスのカーテンが閉じ、スタンドの人影も引っ込んでしまった。

カローラのなかに落ち着くと、織口は神谷に訊いた。

「奥さんはいかがです？」

まだいくぶん強《こわ》ばった顔で、神谷は答えた。

「変わりありません。でも、やっぱり顔を見せに行かないとまずいです」

おそらく、電話にはまた彼の義母が出たのだろう。織口は言った。

「コーヒーを捨ててきてしまいましたよ」

そして、にっこり笑ってみせた。神谷が、やっと笑いを返した。

「今度は僕が買いに行きます」

そして、竹夫の方に人差し指をつきつけると、

「ここにいるんだぞ」

念を押してから、降りていった。織口は助手席の方へ身を乗り出した。

「びっくりしたねえ。どこも擦《す》り剝《む》かなかったかい？」

尋ねても、竹夫は相変わらず無言だ。

ちょうどそのとき、長距離バスがゆらりと動きだした。車の窓越しに見るバスの巨体は、水族館の水槽のなかを並んで泳ぐ鯨《くじら》のようだった。

「大きいなあ。ああいうバスに乗ってみたいねえ」

竹夫がちょっとまばたきし、織口を見あげた。ほんの少しだが、心が通じたような気がしないでもない。それをうれしく感じ、織口は、あわてて顔をそむけた。

なんのためにこうしているのか、目的を忘れてはいけない。怖気《おじけ》づいてしまうかもしれないから。それはいけない。

そっと視線を移して、あの風呂敷包みを見つめた。堅いこぶになっている結び目の形から、それを縛ったときの自分の意志の強さ、決意のほどをうかがうことができる。

ふと気がつくと、竹夫が織口と同じところに目をやっていた。ほんの少し首を横にかしげ、薄暗い車内では余計に真っ黒に見える瞳を見張って。

「ほら、おとうさんが戻ってきたよ」

手をのばして少年の肩に触れ、窓の方を向かせた。

この子に、あんなふうな目付きであの風呂敷包みを見つめてほしくはなかった。それだけは、どうしても我慢ができそうになかった。

5

車は沈黙の機械ではない。たえまないエンジンのうなりを聞きながら、国分範子はそんなことを考えていた。車はおしゃべりな機械だ。車は外向性の機械だ。なんとなれば、複数の人間が一緒に乗りあわせていながら、黙りこくって走り続けることなど、普通は絶対にあり得ないから。

だが、彼女と佐倉修治は、一台の車の運転席と助手席に並んで座りながら、もう三十分以上無言のままでいた。話す言葉がないわけではない。訊きたいことがないわけでもない。

だが、どう訊いていいかわからず、どこまでが自分の踏み込んでいい場所なのか見当もつかないために、範子は沈黙を守っていた。

先ほどから、修治はずっと前方を向いたままだ。表情にも、ほとんど変化がない。横目でそっと彼の顔を盗み見ては、範子は口をつぐんできた。何から訊こう？ 何を話そう？ まるで、大きなケーキを丸ごと一個差し出され、さあ好きなように切っていいよと言われた五歳の子供のようだ。どうしても踏みだせない。

車は練馬区に入り、西武《せいぶ》線の沿線を走って、関越自動車道の入口に近づいていた。修治には、織口がそこへ向かっているということに、絶対の確信があるのだろう。周囲をきょろきょろすることもなく、不安げな素振りを見せることもなかった。

慶子の車は白いベンツだと言っていた。だが、範子には、それだけでは何の手がかりにもならない。彼女はまったくの車オンチだ。友人に「エンブレムを見ればわかるじゃない」と言われ、「エンブレムって何？」と問い返すほどだった。ベンツと言われて頭に浮かぶのは、せいぜい〝頑丈そうな外車〟のイメージだけだ。左ハンドルかどうかも定かでない。外車のなかにも右ハンドルのものがあるのだということを、最近知ったばかりだ。ベンツもそういう種類のものなのかもしれない、と思った。

「……どうやって探せばいいの？」

おずおずと尋ねてみると、ちょうど右折車に気をとられていたらしい修治は、一拍遅れて「え？」と問い返してきた。

範子はあわてた。「ううん、いいの」

「いいよ。何？」

あらたまった顔でそう問いかけられると、余計に初歩的な質問がしにくくなる。範子は何度かくちびるを湿《しめ》し、やっと小さな声を出した。

「慶子さんのベンツ、どうやって探せばいいの？　車はいっぱい走ってるでしょう」

「当たり前のことだけど、俺は織口さんの顔を知ってるから」と、修治は言った。「それに、ベンツならすぐわかるよ。190E23だって言ってたしね」

範子は情けなくなってきた。「あたしには、それ、郵便番号みたいに聞こえるのよ」

修治はきょとんとした。そして、車に乗りあわせてから初めて、軽く笑った。それは範子を勇気づけた。

「車のこと、全然わからないの。何を手がかりに探せばいいのか……ベンツって左ハンドル？」

「そうだよ。それに、全体に国産車よりがっちりした格好をしてる。見ればすぐにわかるさ」

範子は強くうなずいた。「わかった。じゃ、探す」

また、しばらくのあいだはエンジンだけが唸《うな》っていた。夜の街が窓の外を飛びすぎてゆく。右手に、巨大なウスバカゲロウが羽を広げたようにも見える、淡いグリーンのゴルフ練習場のネットが現われたかと思うと、すぐにうしろへと置き去りになった。身体をかがめて上空を仰いで見ると、少しだけ雲が切れてきたようだった。

「ごめんよ」

最初は、自分に言われたのだとは思わなかった。だから、修治がこちらへ顔を向けていることに気づくと、範子は驚いた。

「あたし?」と、鼻の頭を指さした。「あたしに?」

「うん」うなずいて、修治はまた前を向いた。すぐ前方を走っている、ジープに似た車を気にしているようだ。範子も注意を向けてみた。

「こいつ、邪魔なんだな、さっきから」修治は苛《いら》だたしそうに言った。「しゃべりに夢中になってるんじゃないかな」

運転席と助手席には、ふたつの頭が並んでいる。若い男と女の組み合わせだ。

「どうしてわかるの?」

「ふらふらケツ振りながら走ってて、ときどき急にブレーキをかけるんだ。きっと、運転してるヤツが、隣りの女の子としゃべくってるからだよ」

なるほど、道はさほど混んでいるわけでもなく、車の流れはスムーズなのに、前の車の後部の赤いライト(ブレーキ・ランプというのだと、あとで聞いた)が、意味もなくパッと灯っては、また消える。範子が見守るあいだにも、そういうことが二度あった。その二度目に、修治がハンドルを叩くようにしてクラクションを鳴らしてやると、前の車の運転席の男がこちらを振り返るのがわかった。

「大丈夫?」

喧嘩《けんか》にならない? というつもりで訊いたのだが、修治は別の意味にとったらしい。

「平気だよ。今、追い越しちゃうからね」

そう言うなり、さっと脇を見て、ハンドルを右へ切り車線を移した。ミラーを見たり、前を見たり、忙しく視線を動かして、それから一気に前へ出る。素早くジープのような車を追い抜くと、流れのなかへ戻っていた。

範子は、追い越してきた車を振り返った。どんどん遠くなる。自分たちと同年代の若いカップルだ。このあとしばらく、二人で、(さっきの車の野郎、ひどいね)などと話をするのかもしれない。あの二人は、修治と範子が、ほんの二時間ほど前までは赤の他人同士で、今こうして車に乗りあわせているのも、止むを得ない事情があるからだということなど、想像もできないだろうから。

(悪く思わないでね、あたしたち、散弾銃で人殺しをしようとしてるおじさんを追いかけてるところなの)

事が起こる——というのは、かくも単純なことなのだ。今朝は、兄の結婚式の日だ、というつもりで起きた。昼ごろにはそのために美容院にいた。そして夜になると、散弾銃を構えた慶子に出くわし、深夜となった今は、その延長線上を、こうして走っている。

「さっき、どうして〝ごめんね〟て言ったの？」

尋ねると、修治は前を向いたまま答えた。

「変なことに巻き込んじゃったからね」

「巻き込まれたわけじゃない。わたし、自分からいっしょに行くって言いだしたんだもの。そうでしょ？」

「そうだけど……」修治は顔をしかめた。

「それに、わたしは慶子さんの代理だから。わたしがついてきてるんじゃなくて、慶子さんが来てると思ってくれた方がいい」

範子の心を占めているのは、自分が慶子をだしにしようとした――そのひとつのことだけだった。兄の慎介をやっつけようとして、でも自分の手は汚したくないから、慶子を盾にしようとしたのだ。考えれば考えるほど恥ずかしく、卑怯《ひきょう》なやり方に思えた。

「織口さん、金沢のどこへ行こうとしてるの？」

彼は人を殺そうとしているのだ、と、修治は言った。では、その人物が金沢に住んでいるのだろう。

「市内なの？　それとも――」

範子がみなまで言わないうちに、修治が訊いた。

「兼六園《けんろくえん》って、行ったことある？」

「ええ」

二年ほど前、会社の同僚たちと、能登《のと》半島めぐりをしたことがある。その時に、金沢市内の観光もした。兼六園は名所だから、見落とすはずはない。

「あの近くだよ、織口さんが行こうとしてるのは」

それなら、街のど真ん中と言っていい。土産物屋も多いし、交通の要所でもある。そんな場所で散弾銃を振り回したりしたら、恐ろしい騒ぎになるだろう。

思い出してみた。抹茶《まっちゃ》が美味《おい》しかった甘味屋や、物産会館のようなところ。緑が美しく、バスを待っているあいだの空き時間に、あちこち散歩をした覚えがある。兼六園下の交差点は、確か、道が斜めに交差していて、一本は坂道へと続いていた。さかんに写真を撮《と》っていた同僚が感心していたっけ。こんな当たり前の道筋でも絵になる感じがするのは、さすがに観光都市だね……

「このへんは、金沢のビジネス街というか、官庁街でもあるんだね」

シャッターを押しながら、そうとも言っていた。

「こんなところに勤められたら、環境がいいから、いいな。東京と同じような都市なのに、人が少ないもんね」

「でも、東京のだって、日比谷《ひびや》公園のそばにあるじゃない？　だからこういうものは緑の多い場所につくるんじゃないのかなあ」

そう、あれは、みんなで「こういうもの」の前で写真を撮ったときの話だ。あの、「こういうもの」は——

「さっきからずっと考えてたんだけど、詳しい事情を話していいかどうか、俺にもよくわかんないんだ」と、修治が言っている。

「……慶子さんの場合とは事情が違うから。ただ、織口さんだって、やみくもに人を殺そうとしてるわけじゃないよ。だからこそ、説得すれば考え直してくれると思うんだ」

範子はほとんど聞いていなかった。頭のなかで再現していたのだ、二年前の金沢観光を。どこで何を見たのかを。

思い出にかかる霧が、そのとき晴れた。彼女は声を出して言った。

「裁判所だわ」

ハンドルを取っている修治が、ぎくりと身をこわばらせたことを感じた。

「当たりね？　あそこには、兼六園下には裁判所があるでしょう？　織口さん、そこへ行こうとしてるのね？」

ややあって、修治がゆっくりと言った。「金沢地方裁判所にね」

いつのまにか、車は停まっていた。関越に乗る車の列のなかに入って、前方の車が料金所を通過するのを待っているのだ。範子にとって、ここを通過して高速道に乗り入れることは、そのまま、もう後戻りがきかないことを意味していた。

初めて、彼女の腕に鳥肌が浮いた。修治がなんとしても織口を止めようとしている理由が、やっと呑み込めたと思った。これは大事なのだ。誰かの家に押しかけて家人と争うなどという次元の話ではない。

「織口さん、誰を——裁判官とか、検事とか——」

修治はこちらを見ていなかった。料金所の係員の方を見上げている。彼の日焼けした腕がのび、係員の手から紙切れを受け取った。

車は関越自動車道に乗った。範子の頭の上を、照明灯のともった、高いゲートが通過してゆく。

「織口さん、誰を撃とうとしてるの?」

ひと呼吸おいてから、修治は答えた。「今、金沢地裁で裁かれてる二人の人間を」

その二人は、若者。男と女の、若いカップル。

「強盗殺人犯なんだ。もう一年半近く前のことだけど、車欲しさに母娘の二人連れを襲って、拳銃で撃ち殺したんだ……」

修治が織口の過去の一端をかいまみたのは、五カ月ほど前のことだった。

「偶然だったんだ。ちょうど今日と――もう日付が変わってるから昨日か――同じ日曜日に、俺、店のロッカーの中に財布を忘れてね。普段、小銭入れしか持ち歩かないから、たまにそういうことがあるんだけど……」

夜になって、それに気がついた。

「友達と飲んでたから、みっともない話でさ。とりあえず、その払いは貸してもらったからいいけど、翌日一日休みだろ？　財布なしですごすわけにもいかないから、店まで取りに行ったんだ。どうせ出先にいたから、たいした手間じゃなかったし」

店の裏手の通用口から中に入り、妙なところで非常ベルに叫ばれたりしないように、まずセキュリティ・システムのスイッチを探った。そして、それがすでに「ＯＦＦ」にされていることに気づいたのと同時に、奥の事務室を歩き回る足音を聞いたのだ。

「あの時は、心臓が口から飛び出すんじゃないかと思ったよ。真っ暗な中で動き回ってるんだ。てっきり泥棒だと……」

だが、身を守るための武器代わりに、誰かが忘れていった雨傘をつかんで構えながら、足音を忍ばせて近づき、その「誰か」の顔を見たとき、今度は別の意味で驚いた。

「それが織口さんだったんだ」

織口は、狭い事務室の中を行ったり来たりしていた。仰天して見守りながら、修治はふと、まるでひとりぼっちで西瓜《すいか》割りをしてる人みたいだ――と思った。だだっぴろい砂浜で、目隠しをしてはみたものの、手を叩いて誘導してくれる相手はいない。一人きりで、あっちへよろよろ、こっちへよろよろ。

修治はいきなり明かりをつけた。織口は急に振り向いた。弾《はず》みで机の角に腰をぶつけ、声をあげてしゃがみこんでしまった。

「まるでコントだろ？　俺、吹き出しちゃってさ……」

修治の姿を見ると、織口はいっぺんで空気が抜けたようになってしまった。座り込んで床を見つめたまま、身じろぎもしない。

「いったいどうしたんですかって訊いても、最初のうちは何も話してくれなかった。それまで、僕は、わりと織口さんと親しくしてた方なんだけど、あの時の織口さんは、ちょっと人が変わったように見えた……なんていうのかな、ほら、普段会社や学校で会ってるヤツと、全然違う場所で顔をあわせると、まるで他人みたいに見えることがあるだろ？　妙に老《ふ》けて見えたり、女の子だったら美人に見えることもあるし、逆に、すごく悪そうに見えることもある。口の利き方まで変わっちゃったみたいで。そういう感じだったよ」

「本性が出るのよ……」

範子の呟きに、修治は驚いて素早く彼女を見た。

「なんだって？」

「本性が出るの」彼女は繰り返し、修治の方へ顔を向けた。「人間て、学校や会社のなかにいるとき、お面をかぶってるもの。そんなの、偽物の顔でしょ？」

車はなめらかに走行している。前方に小型トラックの尻が見え隠れしているだけで、ほかに車の影は見えない。少しアクセルを踏み込み、修治はスピードをあげた。メーターの表示がじわじわと動き、百キロを超えた。

「すごいことを言うね」

「そうかな……」範子はニコリともしなかった。「ぼうっと放心してるときの顔には、その人の本性が出てるのよ。うちの兄がそうだもの」

それから、あわてて付け加えた。「あたしだって、きっとそうだわ」

「だとすると、あの時の織口さんの顔が、あの人の本性だったたってことか」修治は胃の底が冷えてくるのを感じた。「じゃ、今のあの人も、ああいう顔をしてるのか」

あの夜、修治は動こうとせず座り込んでいる織口を、なすすべもなく見つめていた。放っておくわけにはいかないが、さりとてどうしようもない。だから手近の椅子を引き寄せて腰かけ、ただ待っていた。織口がなにか——弁解でも、怒りでも、謝罪でも——言葉を口にしてくれるのを。

「ずいぶん待たされてから、あの人、こう言ったよ。〝ありがとう、佐倉くん。助かったよ〟って」

修治は困惑した。「何が助かったんですか？」と尋ねた。

織口はやっと頭を起こした。そして、辛うじて聞き取ることができるくらいの低い声で、こう言った。

「あのまま一人でずっとここにいたら、頭がおかしくなっとったところだから」

「織口さんが？」

織口は北荒川支店の〝お父さん〟だ。みんなに慕われている。いつもニコニコ笑っていて、子供が好きで、年寄りにも親切で、我慢強くて——そんな織口の頭がおかしくなる？

「俺だけじゃない、うちの店の誰でもみんな、そんなことを聞いたら笑いだしますよ。疲れてるんじゃないですか。それとも、僕たちと飲んでるときは抑えてるけど、ホントは酒乱なんですか？」

冗談めかしてそう言って、修治は笑おうとした。だが、その笑みは途中で消えた。うつむいたままの織口は——

「頭を抱えて、泣いてた。あんな年配の、大人の男が泣くところなんて、初めて見たよ」

そして、織口は語った。誰かに話すことで、肩の荷をおろしたような顔をして。

事件が起こったのは、去年の一月の初旬、場所は、石川県金沢市のはずれにある伊能という町だった。

「そこに住んでる、町内でも名士の資産家の家に、二人組の強盗が押し入ったんだ。まだ二十歳の男女で、男の方は、その資産家の甥《おい》っ子だった」

男の名は大井善彦《おおいよしひこ》。女の名は井口麻須美《いぐちますみ》。二人とも東京の人間だが、中学生のころから補導歴があり、それぞれの実家のある地域の警察の少年課では有名人だった。

「二人とも高校中退で、いわゆる〝無職少年〟てヤツだったんだ。二十歳になったからって、それで別に状況が変わったってわけでもない。ただの〝無職青年〟になっただけ。だから、まとまった金をつかもうとしてたんだな」

彼らの襲撃そのものは失敗に終わった。資産家の家に備え付けられていたセキュリティ装置が役に立ち、すぐに警備会社と警察が駆け付けたからだ。

「だけど、大井善彦の方は拳銃を持っていた。密造されたものだろうけどね。彼は暴力団ともつながりがあったから。下っぱだろうけどね。問題は、その拳銃の弾が、三発失くなっていたことだ」

二人組が資産家の家まで乗ってきた軽乗用車は、同じ伊能町に住む二十歳の女性のものだった。そこで警察が追及すると、

「善彦は、途中で、車を奪うために、持ち主の女性と、一緒に乗りあわせていた彼女の母親を撃ち殺したことを白状したんだ」

現場、伊能町の南側に広がる山林のなかで、そのすぐ近くを、金沢市内と伊能町を結ぶ、よく整備された二車線の道路が走っている。

母娘の死体は、道路から十メートルほど山林のなかに踏み込んだ斜面に放り出してあった。財布や時計、アクセサリーが盗られていた。母親は後頭部と背中を一発ずつ、娘は右耳の後ろを一発撃たれている。二人とも、大きく目を見開いたままで、目のなかに泥が入っていた。

「それだけで、彼女たちがどれほど恐ろしい思いを味わったか、よくわかるだろ?」

善彦も麻須美も、車がほしかっただけだと話した。黙って車を渡してさえくれれば、殺しはしなかったと。

「だけど、検死するとすぐに、被害者二人のどちらの手足にもきつく縛られた痕《あと》が残っていたことがわかった。そのために使われたらしいロープは、善彦と麻須美が、その日の昼ごろ、町の雑貨屋で買ったものであることも突き止められた」

じっと前を見つめている範子の顔をちらりと見てから、修治は付け加えた。

「それに、お定まりのことみたいだけど、娘の方は乱暴されてた……」

範子が小さく言った。「お定まりのことなんかじゃない」

修治は息を整えた。他人ごとではあっても、話しながら、頭が熱くなってくるのを感じる。

「それだけじゃないんだ。まだおまけがある。現場検証や、被害者二人の遺体を調べてみた結果、弾の飛んできた方向や角度がわかると、もっととんでもない事実が出てきた。犯人たちは、二人を並んでひざまずかせておいて、一人一人撃ち殺したらしいって」

事実を盾に追及すると、善彦は、後追いでボロボロと供述した。母親を先に殺した。最初に背中、次に頭。でも、オレは一人しか殺してない――

「娘を撃ち殺したのは、麻須美だったんだ。〝面白そうだから、あたしにも撃たせてよ〟と言ったんだってさ」

「もういいわ」範子は顔をそむけた。「聞きたくない」

修治は深く息をついた。窓の外を飛びすぎてゆくライトに目をやって、それを二十個まで数えてから、言った。

「殺された二人の女性は、織口さんの別れた奥さんと、一人娘だったんだ」

範子がゆっくり顔を振り向けた。薄暗い車内に、彼女の頬が白く浮き上がったように光っている。

「織口さんは、伊能町の出身なんだよ。生まれ故郷さ。そこで結婚して、娘さんが生まれて――ただ、いろいろ事情があって、まだ娘さんが赤ん坊のころに離婚してしまって、あの人だけが東京へ出てきたんだ」

修治は言葉を切り、今話したことが範子の頭のなかに納まるのを待って、続けた。

「どういう事情で離婚したのか、詳しいことは、俺も知らない。そこまでは織口さんも話してくれなかったんだ。だけど、あの人の口振りから考えると、決して憎みあって別れたんじゃないだろうと思うよ。とくに、娘さんのことはずっと気になっていたんだろうと思う。だから、再婚もしないでずっと一人きりで生活してたんだ」

「別れた奥さんも、再婚は？」

「してなかった」

範子はゆっくりうなずいた。修治は続けた。

「その事件があったとき、織口さんはもう、俺たちと一緒に働いてた」

当時のことを思い出してみても、事件のあったころ、格別、織口の様子がおかしかったということはなかったと思う。いつもと変わりなく働き、笑っていた。

いや、少なくとも、そう見えた——

「織口さんは、事件が起こるとすぐに、伊能町へ帰ったんだそうだ。うろ覚えだけど、そういえばそのころ、あの人が急に休暇をとったような気もするよ。で、被害者二人の葬式にも出て、遺族にも会った。二十年ぶりだったそうだ」

あんな形で帰ることになるなんて、思ってもみなかった——そう言いながら、しきりと額《ひたい》をさすっていた織口の顔を、修治は思い出した。額の奥でなにかが暴れだしそうになっていて、それを辛抱強くなだめているかのように見えた。

「それで、事件を担当している刑事からも話を聞いた。事情がいろいろわかってきた。犯人たちがどんな人間であるかもわかってきた——」

大井善彦は、過去にも数回にわたって資産家の家を訪れ、金の無心をしていた。親戚という斜めの関係にこういう人間がいることで、資産家一家も非常に迷惑をしていたらしい。

「事件があったとき、彼らは、東京で盗んだ車で金沢まで走ってきてたんだけど、途中で、たぶんスピードを出しすぎていたからだろうな、パトカーに追跡されて、仕方なく乗り捨てたらしい。で、次の足を獲得するために、適当な車が通りかかるのを待っていたってわけさ」

修治が言葉を切ると、エンジンの音と、完全に閉め切ってない窓を震わせる風の音だけが、車内を満たした。修治は、それがひどく重く扱いにくいものであるかのように、力を込めてハンドルを握っていた。

語っているうちに、あの日、自分にこの話をしてくれたときの織口の怒りが乗り移ってきたような気がした。それはそのまま、今夜織口を走らせている原動力になっているものでもあるはずだった。

「最初は、ヒッチハイクに見せかけて、麻須美一人が道端に立って手をあげてた。一月の北陸地方だよ。除雪されている道路以外の場所は、雪で真っ白さ。気温だって零度以下だ。もう夕暮れのことだったからね」

殺された母娘は——織口の元の妻と娘は、震えながら手をあげて、乗せてくれる車を待っている若い娘を、放ってはおけなかったのだろう。だが、その親切心が徒《あだ》になった。

「二人が車を停めると、麻須美の陰から、模造拳銃を構えた善彦が出てきたというわけさ。そのとき運転していたのは娘さんの方だったらしい」

善彦は娘を後部座席に押し込み、銃で脅しながら、母親に車を運転させた。しばらく走ったところで、脇道に入らせ、そこで二人を車から引きずりおろすと、殺人現場まで連れていったのだ。

「事件そのものに、争う余地なんかなかった。一センチだってなかった。被害者たちは抵抗なんてしなかったんだし、女性の二人連れだ。本当に車が欲しかっただけなら、そこへおいてけぼりにして行けばよかった。それなのに、善彦と麻須美はわざわざ二人を現場へ追い立てて、あげくには撃ち殺したんだよ」

事件が公判に付されると、織口は毎回裁判所へ通い、傍聴するようになった。

「犯人たちが厳罰に処されるところを、この目で確かめたいからね」と言っていた。

この種の事件から世間の関心が離れるのは早い。傍聴人の数は次第に減ってゆく。発生当時は騒いでいた東京のマスコミも、めったに足を運んでこなくなった。そのなかを、織口は通い続けた。

だが、回を重ねるごとに、織口のなかで、傍聴に通うということが、大きな負担となってもいたのだった。

「毎回、椅子に座って被告人席の大井を見ていると、なんでこんなことをしてるんだろうと思うって、あの人は言ってた。どうしてこんな野郎の言い分を聞いてやらなきゃならないんだろう、なぜこんな言い訳の場を与えてやってるんだ。あんな残虐なやり方で、二人も殺してるヤツなのに、って」

もちろん、そんな考え方が危険であることを、織口はよく承知していた。だからこそ、傍聴に行くたびに、彼は押しつぶされたようになってしまっていたのだ。

「五カ月前、俺が織口さんを見つけたときも、公判の前日だった。だけどあの人は、辛《つら》くなって、苦しくなって、明日の飛行機に乗れそうもないっていうんだよ」

あんな裁判なんか、茶番劇だ――織口は、吐き出すようにそう言って、こぶしで膝を打った。

「たいした罪にはならないんじゃないか……そんな噂が耳に入り始めたんだって。日本の裁判所は凶悪犯に寛大だからね。しかも、善彦も麻須美も、当時は二十歳になったばかりで、年季の入ったシンナー中毒の患者でもあった。犯行当時もシンナーを吸っていたらしい。責任能力があったかどうかも――」

「そんな馬鹿な話ってないじゃない」

顔をあげて、範子が呆れたように言った。

「シンナーを吸ったのは、自分の意志でしたことでしょ？　強制されたわけじゃないでしよ？ それなのに、罪が軽くなるの？」

「法律ではそうなってるんだよ」修治は吐き捨てた。「もっと言うなら、彼らそれぞれの家庭環境にも『問題が多々ある』んだとさ。だから、彼らもまた環境の犠牲者だ、更生の余地は充分あるってわけなんだよ」

そんな情報に押しつぶされて、織口は傍聴に行くのが辛くなっていたのだ。もし出かけていったなら、その場で立ち上がり、被告席にいる善彦と麻須美に飛びかかっていってしまいそうで。

「だから悩んでたんだ。とてもじゃないけど、アパートの部屋でじっとしていられない。だけど、酒場に逃げ込めるような人でもない。誰にも相談できない。それで、人けのない真っ暗な事務室に潜りこんでいたんだよ」

五カ月前の日曜の夜、修治はそれだけの話を聞き、織口が温和な表情のうしろに隠している苦渋に満ちた顔を見たのだった。

「俺に話したことで、少しは気が治まったのかな。それからも、二カ月に一度ぐらいの割合で、あの人は金沢まで出かけていった。一回一回、自分を励ましてね。開廷日は、運良く、だいたいいつも月曜日だったから、休暇を取る必要もなくて、店の人間たちには気づかれない。知ってるのは俺だけだった」

そして、今夜。

「あの人は、今までずっと、必死で自分をコントロールしようとしてた。感情を抑えて、最後まで裁判の行方《ゆくえ》を見届けるんだって。〝目には目を〟という考え方をしていたら、我々は原始時代に戻ってしまうだろう——そう言ってたよ」

自分は、二十年も前に親父としての資格を失くしてしまった人間だ。夫としても、いたらないところがたくさんあったんだろう。だから、家庭を築ききれなかった。途中で逃げだした——

「殺された奥さんや娘さんに対して、その借りを返してあげることは、もうできなくなってしまった。だからこそ、せめてしっかり裁判を見届けることだけはしたいと言ってた。彼女たちの死が、不当に軽く扱われることがないように、自分が見張っていなければならないって」

「でも、それなら、今夜の織口さんの行動は矛盾《むじゅん》してるじゃない」

範子が顔をあげた。

「きっと、とうとう堪忍袋の緒《お》を切ったのね。そうでなきゃ、銃を盗むなんてことがあるわけない。だけど——どうして？　どうして急に？」

修治は答えなかった。答えられなかったからだ。

そうなのだ。筋が通らない。今の織口は、いつも必死で否定していた考え方を、実力行使の道を選んだことになるのだから。

彼を動かしてしまったのは、何だ？　らくだの背を折った最後の一本の藁は、どこから運ばれてきたのだ？

いったい何が起こって、織口を変えてしまったのだ？

6

黒沢は、関沼慶子のマンションを出て、入口のところで巡査と別れると、すぐに電話を探した。斜め向かいの児童公園のなかに公衆電話がある。扉を開け、足で押えながら、プッシュボタンを押した。腕時計を見ると、まもなく午前二時になるところだ。

呼出し音が一度鳴り終えないうちに、桶川が出た。

「はい、捜査三課」

「黒沢です」

「ああ、おめさんか」桶川は笑いを含んだ声を出した。「かけてくると思ったわ。何が不満だい？」

相変わらず鋭いおっさんだと、内心、舌をまきながら、黒沢は受話器をつかむ手に力を込めた。対照的に、声は低くなる。

「どうも気にいらんのです」

「何が？　夜中に叩き起こされて出かけていくほどの美人じゃなかったか」

「いや、美人です。関沼慶子はホントに美人でしたがね。でも——」

十分ほど前に、慶子から聞いた事情の一切を、彼女の部屋の電話を借りて、桶川に報告している。そのときは、そばに彼女の耳があったので、なんでもないような顔をしていた。しかし、実際には、どうにも釈然としないのだ。

「関沼嬢は——」と、桶川がメモを読み返す。

「今日は車を使っていない。だから、いつ盗まれたのかわからない、と。昼間、近くのスーパーへ行ったので、車のキーはその時落としたのではないかと思う。キーが失くなっていることさえ、言われるまで気づかなかった。以前にも、車に悪戯《いたずら》されたことがあるし、この辺りは自動車泥棒や車上狙いが多いのでよく注意するように、と、管理人からも言われていたが、まさか自分が被害に遭うとは思わなかった——彼女の話は、これで間違いねえよな？」

「そうですね」

「——電話やドアチャイムが鳴っても出なかったのは、眠っていたからだ。夕方からひどく具合が悪くて、ずっとふせっていた。今さっき——この〝今〟というのはおめさんが訪問したときだな——目を覚まして、ドアの外で人の声がしているから、驚いて開けてみたと、こういうわけだ。今現在も非常に気分が良くないので、申し訳ないが今夜は外へ出たくない。練馬北署には、明日うかがいます――別段、おかしな点はないと思うがね」

「彼女、本当にえらく具合が悪そうなんです」

黒沢は言って、クレール江戸川の建物を見上げた。一、二……六階の、あの窓が慶子の部屋だ。まだ明かりがついている。

「気の毒にな。若い女の子ってのは、デリケートなんだわ」

「いや、そういう意味じゃなくて。片足を捻挫してるみたいだし、顔も真っ青ですしね。まるで病人ですよ」

「おめさん、何が言いたいわけだ？」

黒沢は思い切って言った。

「車を盗られたとき、彼女、その場に居合わせたんじゃないですかね？」

桶川は、ちょっと黙った。

「で、犯人ともみあって怪我をした。殴られたかして、「今も気分がよくないんでしょう。今日は車を使っていないということだって、本当かどうか……。だいいち、桶川さんだったら、キーを落としたきり気がつかないなんてことありますか？」

「わかんねえな。俺は車を持ってねえから」

「じゃ、想像してみてくださいよ」

「俺だったら、そういう迂闊《うかつ》なこともあるかもしれんねえ」

唸るようにそう言って、樋川は盛大な鼻息をもらした。

「考えすぎじゃねえのかい？　それなら、どうして彼女はそういう事の次第をおめさんに話さんのよ」

わかってるくせにと、黒沢は思った。「かばってるんでしょうよ、犯人を」

「ふうん」

「あるいは、脅されてるか」

樋川はまた鼻であしらうような音をたてた。黒沢は苛《いら》ついた。樋川だって、ここへ来て、彼女に直接会ったなら、きっと同じようなことを感じるに違いないのだ。あの態度、あの顔色は普通じゃない。それが伝わらないことがもどかしかった。

「樋川さんは、なぜ僕が電話をかけなおしてくると思ったんですか？」

「おめさんがそれらしい声を出しとったからよ」

「ほら」と、黒沢は大きな声を出した。「それだって、なんとなく、、、、感じたことでしょう？　でも当たってました。僕も同じですよ。なんとなくおかしい――彼女はなにか大事なことを隠してるんじゃないかという気がするんです」

樋川はあっさり言った。「俺の〝なんとなく〟と、おめさんの〝なんとなく〟には年季の差があるから、簡単に比べちゃまずいで」

まったくもう――「でもねえ」

「そいで、どうしたいわけだ？　もう一回訪ねていって、こわもてで聞き出すか？」

「いや、そんなことはできないでしょう」

ただ、何かがおかしいというこの感じ、それを確かめたかった。だから聞いてほしかったのだ。

しばらくのあいだ、桶川はじっと考えているようだった。彼の背後に、小さな物音や話し声が聞こえる。車の発見場所から戻ってきた面々がいるのだろう。

「彼女の部屋のなかは見たのかい？」

「ええ。もちろん、くまなくというわけにはいきませんが」

待ってましたという感じで、黒沢は答えた。

「そいで、なんかあったわけか」

「ワンピースが」

「着るもんだな？」

「若草色のジョーゼットのワンピースです。ハンガーにかけて、リビングの仕切りのところに引っ掛けてありました。町着じゃない、盛装用のやつです」

「クリーニング屋から戻ってきたんじゃねえのかい」

「違いますね。まだ香水の香りが残ってました」

ワンピースが掛かっているすぐそばに、大きな花瓶にさしたドライフラワーの花束があった。最初は、それに香料でもついているのかと思って、よく確かめてみたから、間違いはない。あれはワンピースから香っていた。

黒沢はにやりとした。「そら、ね。少なくとも、今日は外出してないなんて嘘ですよ」

電話を通して、桶川の重い体重を支えている回転椅子が、ギィときしむ音が聞こえてきた。

「おめさんの言うとおり、もし、彼女が車を盗んでいった犯人をかばっているのだとしても……」

「はい」

「それはよ、そいつが彼女の身内だったり、恋人やボーイフレンドだったからかもしれないで。いや、俺はその可能性がいちばん大きいと思うねえ」

黒沢は、もう一度慶子の部屋の窓を振り仰いだ。その時ちょうど、明かりが消えた。

「もともと、たいした犯罪じゃねえ。事故ってはいるものの、車は出てきたんだし、彼女の話じゃ、ほかに失くなってる物はねえっていうんだろう?」

そうそう、それなのだと、黒沢は思った。車はパンクし、電柱につっこんでいる。彼がその事実を告げたとき、不安そうに曇っていた慶子の表情が、素早く動いた。普通なら、盗られた車が壊されていると聞かされたら、嫌な顔のひとつもしそうなものだ。だが、彼女は違った。妙に納得がいったような顔をして、ただうなずいただけだったのだ。

「車にはなにか特徴はないんですか？　変わった点は」

「ないという話だったな。ちょっと待てや」

桶川は、近くにいる同僚に声をかけているようだ。短い会話の断片が聞こえる。

「もしもし？　とくに変わった点はなかったと。ただ、グローブボックスが、普通のよりちょっと大き目にこさえてあって、緩衝材というのか、詰め物がしてあったそうだ。これは特注だろうっちゅう話だよ」

「なんでしょうね、それ」

「わからんねえ。戻って彼女に訊いてみるかい？」

いくぶん、桶川も真面目な口調になってきた。だが、まだまだ本気になってはいないようだ。

「なあ、とにかく今夜はアパートへ帰れや」

と、宥《なだ》めるような調子で言った。

「報告書は明日でいいから。夜露は身体に毒だで、な」

六月に夜露なんか降りるもんかと言い返してやろうとしたとき、皮肉にもくしゃみが飛び出して、黒沢は思わず笑ってしまった。

「そらみろ」と、桶川も笑う。

「わかりましたよ」

笑ったことで、気が抜けてしまった。桶川の言うとおり、考えすぎなのだろう。きっとそうだ。きっと。どのみち、たかが乗用車の盗難じゃないか。自分にそう言い聞かせた。

「引き揚げます。じゃ、また明日」

「おやすみ」

電話を切ったとたんに、またくしゃみが出た。風邪ではあるまい。いくらか過敏症の気味があるので、たまにこういうことがあるのだ。ハウスダストとやらが原因らしい。そうか、あのドライフラワーのせいかな。

ポケットを探り、あと二、三枚しか残っていないポケットティッシュを取り出して洟《はな》をかみながら、黒沢は電話ボックスをあとにした。

7

刑事たちが引きあげていくと、慶子はドアの鍵をしめ、リビングへ引き返した。ひどいめまいと吐き気はおさまっていたが、まだ頭の芯がずきずきと痛む。集中してものを考えることが難しい。

それだけに、混乱していた。いったい何がどうなっているのだろう。

織口は彼女の車を乗り捨てていった。事故を起こしてしまったから、止むを得ずそうしたのだろう。

では、今ごろはどうしているのだろう？　ほかの交通手段を手に入れているのか。それとも、もう慶子の車は必要なくなったから、だから乗り捨てていったのだろうか。事故は偶然のことで、織口自身は、もう車を必要としない場所へ――目的の場所へ着いてしまっているということなのだろうか。

サイドテーブルの上のデジタル時計が、午前二時四分を表示している。慶子がぼんやりと見つめるうちに、表示は二時五分へと変わった。時はすぎ、事態は動いているのだろうに、慶子一人がとり残されているような気分だ。

宙にさまよっていた視線が、部屋の隅にある電話をとらえた。慶子は椅子から立ち上がり、懸命に足を引きずって、急いでリビングを横切った。

そう、留守番電話だ。一時ごろだったろうか。警察から電話がかかってきていることに気がついたときから、ずっと呼出し音のスイッチを切ったままだ。ひょっとすると、そのあいだに、修治が連絡してきているかもしれない。

応答記録を見てみると、メッセージは七件ある――と表示されている。テープを巻き戻し、再生ボタンを押した。じれったくなるような間があって、やっと録音された声が流れ始めた。これは、それぞれのメッセージを再生したあとには、コンピュータの合成音声で、その通話があった時刻を報せてくれるタイプの機種だ。慶子は床に座り込んで、耳を傾けた。

最初の三件は、練馬北署の刑事からのものだと、はっきりわかる内容だった。かかってきたのは、午前一時ちょうどと、一時五分と、一時十分。こうして電話をかけても慶子が出ないので、派出所の警官や、あの黒沢という刑事が訪ねてくることになってしまったのだ。それを思うと、舌打ちしたい気分だった。

四番目に録音されていた通話は、まったく無言のまま、すぐに切れてしまったものだった。五番目も、六番目も同じだ。慶子は眉をひそめた。いたずらにしてはしつこい。それぞれ、一時十二分、十四分、十七分と、短いあいだにかかってきている。これは誰からの電話だったのだろう？
四、五、六番目を、もう一度繰り返して再生した。相手側は、回線がつながり、慶子の応答メッセージが流れ、それを聞き終えるとすぐに切ってしまっている。これではなんの手がかりもない。
あきらめて、七番目のメッセージを再生した。驚いたことに、これも、前の三つと同じような無言電話だった。すぐに切れている。ただ、この電話がかかってきたのは、一時三十四分のことだった。

わからないことだらけだ。修治はどうしたのだろう？　範子はどうしているのだろう？　二人とも、織口がもう慶子のベンツに乗っていないことを知っているのだろうか？　何も連絡してこないところをみると、まだ織口を追うことに懸命になっているのだろうか。

再び留守番電話をセットし、今度は呼出し音が鳴るようにして、慶子は電話のそばを離れた。住み慣れた自分の部屋のなかにいるのに、どうにも不安で、迷子になったような気分だ。痛む足をかばいながら、ぐるぐる歩き回り、そのあいだじゅう、無意識のうちに両手で身体をさすっていた。

幸い、警察に怪しまれるようなことだけはしていない。慶子は、車のキーを落としてしまったのだ。そのキーを使って、駐車場から車を盗まれてしまったのだ。ずっと部屋に閉じこもって、外出していなかったから、いつ盗まれたのか見当もつかない。もちろん、誰に盗まれたかもわからない。それだけのこと。

あの刑事も、車のオーナーが若い女性だから、念のために調べにきただけだと言っていたではないか。深夜だし、具合が悪いのなら、被害届などの手続きや、車の確認に来るのは明日でかまわない。そして、お大事にと言って帰っていったではないか。大丈夫、何も悟られてはいない。だいいち、あの刑事は、リビングのなかにしか入ってこなかった。ガンロッカーは寝室にある。銃の盗難の件など、気づかれるはずもない。

右足の爪先を床にくっつけると、無残に腫《は》れあがった足首に、鈍痛《どんつう》が走る。あえてそれを我慢しながら、部屋のなかを歩き回る。そうやって歩いていると、かろうじて頭も回転してくれるようだ。まるで、ねじを巻いて走らせる玩具の自動車みたいに。

そのとき、歩き回る慶子の肘《ひじ》が何かにひっかかり、その何かがどさりと床に落ちた。ハンガーにかけたワンピースだった。東邦グランドホテルへ着ていったワンピースだ。少し風を通してからしまおうと思って、ハンガーにかけ、リビングとキッチンの仕切りのところへ引っ掛けておいたのだった。

慶子はそれを拾い上げ、そして立ちすくんでしまった。

あの黒沢という刑事は、これに気づいただろうか？

ワンピースには、まだ、慶子が愛用している香水のかおりが残っていた。今夜、国分の目の前で死んでやろうと決めていたから、精一杯盛装して、美しく着飾って、出掛けていったのだ。このワンピースも、今夜のためにわざわざ買い求めた一点ものだった。デザインも、材質も、普通町中で着て歩くようなものではない。

あの刑事は、それに気づいただろうか？　そして、今日は外出していないという慶子の嘘を、見抜いてしまっただろうか？

ぐっとくちびるを嚙みしめ、わざと頭を振って、その考えをぴしゃりと閉じこめた。そんなことがあるわけがない。向こうは車の盗難の件を調べに来ただけなのだ。

慶子は、黒沢と名乗った練馬北署の若い刑事の顔を思い浮かべた。慶子と同年代——せいぜい二、三歳の違いだろう。その歳で私服刑事になっているのだから頭は悪くないのだろうけれど、武骨そうで、あまり世慣れた感じは受けなかった。ああいうタイプの男は、女性の着るもののことなど、気に留めたりしないものだ。そういえば、ご本人も、襟元にしわの寄ったワイシャツを着て、今さっき起こされてきましたというようなボサボサ頭をしてたっけ。

大丈夫、大丈夫。考えすぎだ。だって、あんなにあっさり引き揚げていったじゃないの――

でも、あの刑事、本当に帰ったのかしら。

慶子はそっと窓の方へ歩きだし、途中で考えを変えて、まずリビングの明かりを消した。それから、にじり寄るようにして窓に近寄り、壁に張りつき、窓から外を見おろした。

狭い道路を隔てて、向かい側は小さな児童公園だ。そのどちらにも、誰もいない。公園の入口のすぐ左手に、電話ボックスがひとつあり、一晩中明かりがついているが、五月ごろから茂り始めた公園の立ち木のなかに埋もれてしまい、今は見ることができない。だが、しばらく観察していても、そこから人が出てくるような気配はなかった。

ほっとため息をもらし、窓辺を離れかけたところへ、電話が鳴った。

心臓が飛び上がって頭のてっぺんにぶつかったような感じがした。慶子はぎくしゃくと走って電話のそばへ駆けつけ、スピーカーの音量を少し大きくして、相手がしゃべりだすのを待った。

慶子の応答メッセージのあとに、若い女の声が聞こえてきた。堅苦しいしゃべりかただった。

「関沼慶子さんですね。わたしは、フィッシャーマンズ・クラブ北荒川支店の野上裕美と申します。毎度ありがとうございます」

慶子は目を見張った。こんな時刻に、いったい何の用だろう？

だが、野上と名乗った女性の口調は、ここで急にしどろもどろになった。

「お電話したのは……あの……その……わたしどもの店の、佐倉という者がそちらにお訪ねしていないかと――」

ここで、電話の向こう側に、別人の声が割り込んできた。あわてている。

「あれ！　裕美、電話なんかかけて――よせって言っただろうが――」

「だって、店長、あたし――」

ガタガタッという雑音が入り、そこで電話は切れてしまった。

それきり、かかってこない。

修治がここへやってきたことを、北荒川支店の誰かが知っている――もう、何もかもわからないことだらけだ。

慶子は、真っ暗なリビングのなかで、床に座り込んだ。ひるむ心に、約束したのよ、辛抱して待っているしかないのよ――と、言い聞かせながら。

8

上里を出て、高崎《たかさき》、前橋《まえばし》、駒寄《こまよせ》、赤城高原《あかぎこうげん》、沼田《ぬまた》、月夜野《つきよの》——神谷のカローラは順調に走り続けていた。

上里サービスエリアを離れる前に、竹夫が横になって眠れるようにと、織口は助手席に移動していた。後部座席で、小さな身体をすっぽりと膝掛けの下に隠し、クッションを枕に、竹夫は寝息をたてている。その頭から十センチと離れていない場所に、織口の〝お荷物〟があった。

灰色の道路は、織口の視界いっぱいに、延々とのびている。繰りだされては巻き取られる滑らかなベルトのように、果てしなく、きりもなく、車の振動に身を任せていると、頭の芯は冴えているのに、身体はぐったりと萎《な》えて、力が抜けてゆくようだった。

左手の車窓に、暗い森や、ゆるやかな丘、入りくんだ形の沼が浮かび上がり、すぐ後方へと消えてゆく。スピードメーターの数字は、時速九十キロのわずかに手前のところで上下しているが、神谷の運転の腕は確かで、車体はほとんどぶれず、揺れることもない。速度を忘れさせるような、どこまで行ってもさえぎるものひとつない、叩けば音が出るような、真っ平らの深夜だった。

織口の頭のなかを、上野で別れた修治の顔が、ちらりとよぎった。今ごろどうしているだろう。野上裕美と楽しく過ごしているだろうか。あの二人はいい組み合わせだ。うまくいってくれるといいのだが。

修治と、真夜中の北荒川支店の事務室で鉢合わせをしてしまったのは、もう半年ほど前のことだ。あのとき、自分の息子と言ってもいい年齢の修治の前で、頭を抱えて涙を流してしまった自分の姿を、織口は思い浮かべた。

あのとき、織口は疲れ切っていた。心身ともに疲労のピークで、何もかも投げ捨てて逃げ出したくなっていたのだ。そして、そういうときに顔をあわせた相手が修治だったから――年若い青年だったから、むしろ、やせ我慢をすることもないような気がしてきて、たがが緩んでしまって、全部打ち明けてしまったのだった。

彼とは、その後も何度か、伊能町の強盗殺人事件のことを話し合った。そのたびに、犯人たちの残虐なやり口に、修治はいつも腹を立てていたが、一方で、ひどく興味を惹かれているようでもあった。

「何が人間をそんなふうに駆り立てるんでしょうね?」と、真顔で訊いてきたこともある。二人で〝いなみや〟に腰を据えているときだった。

「人を殺したことかい?」

織口が尋ねると、修治はあわてて首を振った。

「すみません。そんなこと、どうでもいいんだ。やったことはやったことなんだから」

織口は微笑したものだった。

「いいんだよ。気遣いは無用だ。私も、そのことは何度となく考えてみたよ」

修治が言っているのは、人間がなぜ犯罪者になるのか――という問題だ。

「大問題だろうね」

「織口さんは、教師をしているころ、そんなことを考えたことがありましたか？　たとえば、手におえない不良少年を担任したりして――」

「不良少年と非行少年は違うよ。幸い、私は、不良少年を担任したことはあったけど、非行少年を受け持ったことはなかったね……」

心地よいエンジンのうなりを聞きながら、シートにもたれ、織口は目を閉じた。

――私の出会ってきた生徒たち、子供たち、若者たちは、みんな、私の理解の範疇《はんちゅう》にいてくれた。たとえ、理解するまで時間がかかったとしても、理解できないということはなかったよ――

だが、あの二人は別だ。

思えば、大井善彦の両親は、よくよく皮肉な名前をつけたものだ。善という文字ほど、彼に似合わないものはない。

だが、ほんの一カ月前までは、前回の公判で弁護側の証人の証言を聞くまでは、織口もまだ、信じていた。信じようとしていたのだ。善彦も、麻須美も、きっかけさえ与えてやれば、環境さえ整えてやれば、きっと更生する——と。だからこそ、この裁判には意味があるのだと。処罰と、彼らに自分のしたことの意味を悟らせるために。

弁護士の繰りだす言葉を聞いてみると、彼らもまた犠牲者なのだということがわかる。いや、わかってやらねばならない。そして今、彼らは自分の所業を悔いている。被害者に詫びている。今度こそ、きっと立ち直るに違いない——

だが、それは甘い考えだった。

我々はみな、そろいもそろってお人好しばかりなのだ。織口は思う。我々は、何度だまされても懲《こ》りようとしない。そして、何度も何度も殺される。

そうだ。だから、今——

善彦が、麻須美が、本当に悔いているのかどうか、彼らが一度でも、恐怖に両目を見開いたまま撃ち殺された母娘のことを思い浮かべ、胸を痛めたことがあるのかどうか、その本当のところを確かめてやろうじゃないか。法廷で、被告人・大井善彦のために熱弁をふるっている弁護士のうしろで、彼がひそかに赤い舌を出してはいないのかどうか、悔悛《かいしゅん》の情などひとかけらも持ち合わせず、ただ自分をとらえた警察や、自分を裁こうとしている法廷や、それを見つめている周囲の人間たちへの筋違いな恨みだけを胸に抱いて、その敵意を解放するチャンスだけをひたすら待ち続けてはいないのかどうか、それを明らかにしてやろうではないか。

そうすることで、二十年間ほったらかしにしてきた妻と娘に対して、かろうじて親父としての務めを果たしてやることができるかもしれない。家を捨てて逃げだしたことの責任をとれるかもしれない。途中下車した列車に、織口は、今ようやく追いついたのだ。最後の最後の土壇場《どたんば》で、運転席に座ることを許されたのだ。

——乗客は二人とも死んでしまっているけれど。

そう思ったから、この計画を練った。織口はあらためてそれを思い、自分を励ましていた。

かすかに音楽が聞こえてきた。織口は目を開いた。左手をラジオのボリュームの方へのばしていた神谷が、急いで言った。

「いや、すみません。うるさいですか？」

ラジオの音は、ごく小さい。織口はシートに座りなおした。

「いや、大丈夫ですよ。眠ってはいませんでしたしね」

神谷はハンドルの上に両手を戻した。

「もうすぐ関越《かんえつ》トンネルなんです。ちょっと道路情報をね」

車は、水上《みなかみ》温泉郷を右手に、谷川岳《たにがわだけ》へと向かっている。ところどころに、関越トンネルが近づいていることを報せる標識が目立ち始めた。

ラジオの番組は、深夜の長距離トラックのドライバーたちのためのプログラムなのだろう。演歌や流行歌の合間に、女性パーソナリティの声が交じる。二時半になったところで、道路交通情報センターからの中継に切り替わった。しばらく耳を傾けていた神谷は、

「何事もないみたいだな」とつぶやいた。

前方に、関越トンネルのアーチ状の入口が見えてきた。ぽっかり開いた半円のなかに、前方の車が次々と吸い込まれてゆく。神谷は少し減速し、カローラを車線の中央に寄せた。車のエンジン音がぐんぐん大きく聞こえるようになり、車がトンネルに滑りこむ直前、すぐ左手にある「トンネル内　ラジオつけよ」と大書された標識が織口の目に飛び込んできた。

次の瞬間、神谷のカローラも、オレンジ色のライトが輝くトンネル内に入りこんでいた。ラジオの音がぷっつりと途絶え、何も聞こえなくなった。

気圧の変化に、耳がツンとする。大声を出さないと話ができそうにないので、織口は黙って座っていた。

日本の背骨である山脈に穴を開け、道を通しているのだ。長い、長い穴を開けて。ここを抜ければもう新潟県に出る。練馬から約百七十キロ。金沢までの道程の三分の一以上を走ってきたことになる。

関越トンネルを出る瞬間には、なにやら弾丸になったような気がした。その連想は、銃

を抱いて運んでいる今の織口だけのものかもしれないが、長いコンクリートのチューブから解放されると、神谷の横顔も、心なしかほっとしたように見えた。

トンネルを出たのと同時に、ラジオの音声も復活した。

不思議に思うまま、織口は訊いてみた。

「トンネルのなかでは聞こえなくなってしまうのに、どうして『ラジオをつけろ』という標識が出てるんですかな？」

素朴な質問だったのか、神谷はちょっと歯をのぞかせて笑った。「あれ、ご存じないですか？」

「ええ、車には縁がないので」

「ああ、そうでしたね。ああいう長いトンネルに入るときには、ラジオをつけなければいけないんですよ」

「ほう……」

「たしか、日本坂《にほんざか》トンネルの大事故のあとからだったんじゃないかなあ。トンネルのなかでは、独自の事故情報が流されるようになったんです。ほら、日本坂トンネル事故のときには、なかのほうで衝突事故が起こっていることが、ずっと離れた入口のところの後続車に伝わらなくて、どんどん車が入ってきたもんだから、あれほどの大惨事になってしまったでしょう。それが教訓になって、そういう設備ができたんです」

なるほど、と織口はうなずいた。

「今は何も起こっていないから、トンネルに入ると何も聞こえなくなりましたけど、万が一どこかで事故が起こっている場合には、ラジオをつけていると、その情報が入ってくるんです。だから、ああいう標識が出てるんですよ」

「ひとつ勉強になりましたな」と、織口は笑った。

几帳面な男だ、と思った。決まりはちゃんと守る、というわけだ。

常識人であり、家庭人でもある。その家庭はいろいろな問題を抱えているようだが、神谷自身は、それをなんとかしようと、あれこれ頭を悩ませている。

ふと、考えた。

あなたのようなごく普通の人が、もし、大井善彦のような人間とぶつかったら、どう対応するのだろう——と。運転を続ける神谷に、言葉には出すことができないまま、心のなかだけで、織口は問いかけた。

あなたは、困っているときはお互い様だと、赤の他人の私に親切にしてくれている。あなたは子供を愛し、奥さんを気遣い、義母に遠慮しながら、家庭を維持していこうと心を砕いている。おそらく会社ではそれなりの仕事を任され、部下と上司のあいだで苦労し、淡々と働いているのだろう。

なにも特別なところのない、悩みの多い、平凡な人間だ。そういうあなたは、大井のような人間をどう思うだろう？　どうするだろう？　大井善彦のような人間を、どこまで信じてやったらいいと考えるだろう？

ゆっくりと上空を流れてゆく夜空のなかに、織口は、北極星を見つけた。そっと手を動かして、装弾を入れたウエストポーチに触れながら、その星を仰ぎ、最後の質問を、心で告げた。

あなたは、すべてを知ったあとも、私をこの車に同乗させたことを、後悔しないでいてくれるだろうか？

9

午前二時三十分、修治と範子の乗ったフィッシャーマンズ・クラブのハッチバックは、上里サービスエリアにさしかかった。修治が車のスピードを落とし、サービスエリアの駐車場へと向かったので、範子は尋ねた。

「寄っていくの？」

「うん。誰か、織口さんの運転する白のベンツを見かけた人がいないかどうか、訊いてみたいんだ」

「そう」と答えはしたものの、範子は不安だった。駐車場には、冷凍コンテナを積んだ大型トラックが一台、巨体を休めているが、周囲に人の姿は見当たらない。誰に質問するのだろう。

修治が車を停め、二人はすぐに降りた。範子が、閉ざされた売店のシャッターや、自動販売機だけが並んでいる無人の休憩所の方を見ていると、修治は言った。

「あっちのスタンドで、給油してるかもしれないからね。ちょっと行ってみる」

出口に近いほうにあるガソリンスタンドを指さしている。範子はうなずいた。と、修治はことのついでのように言い足した。

「トイレに行っておいたら?」

そして、薄いジャケットの裾をひるがえしながら、スタンドの方へ走っていってしまった。範子はひそかに赤面した。なんだ、気づかれてたんだわ。

三十分ほど前から、トイレに行きたくなっていたのだが、どうにも言い出すことができなくて、ずっと我慢していたのだった。いや、我慢しているつもりだったのだが、修治には悟られていたらしい。スタンドへ寄ってみるなどというのは口実で、本当は彼女のために車を停めてくれたのだろう。

テレビや映画なら、誰かを追跡している人間が、途中でトイレに駆け込むようなシーンなど、まず出てこない。だが、現実はもっと格好が悪く、段取りも悪く、平凡なものだ——そう思いかけて、範子は訂正した。そうじゃない。あたしが、格好が悪くて平凡なんだわ。こんな大事なときに、トイレだって。

範子は走ってトイレに行き、人気《ひとけ》のない、薄暗い洗面所に怯《おび》えながら、急いで用を足した。外へ出てくると、胸のところに会社のロゴの入った制服姿のドライバー二人と、ばったり顔をあわせた。やはりトイレから出てくるところだった。二人とも、おそらく、あの冷凍コンテナのトラックの運転手だろう。

先を急いでいる修治にとって、この休憩は腹立たしいものであるはずだ。その失点を取り返したい一心で、何か少しでも手がかりはないかと、深く考える前に、範子は声をかけていた。

「こんばんは。あの――」

ドライバーたちは、意外そうな表情で足を止めた。一人はかなりの年配、もう一人は三十そこそこというところだ。

「なあに？」と問い返してきたのは、その若い方のドライバーだった。

「このへんで、白いベンツを見かけませんでした？」

二人のドライバーは顔を見合わせ、それから気をそろえたように吹き出した。年配の方は、やはり制服と同じロゴの入ったひさし付きの帽子をかぶりなおしながら、

「おねえちゃん、そんな聞き方をされたって、答えようがないよねえ」と言う。

「ベンツなら何台も見てるよ」と、若い方も言った。まだ笑っている。「近ごろじゃ、猫《ねこ》

も杓子《しやくし》も外車、外車だからね。一日のうちに二十台ぐらいのベンツを見かけることだってあるよ。で、だいたい白いベンツなんだな、これが。たまに黒いのもあるけど」

「そうなんですか。ごめんなさい」

そう言い置いて、範子はパッと駆け出した。あの二人の言うとおりだ。本当に、あたしはなんて馬鹿なんだろう。

必要以上に息を切らして駆け戻り、ハッチバックのボンネットに両手をついて、惨めさを嚙みしめていると、あの二人のドライバーがトラックに歩み寄って行くのが見えた。二人で何か話しながら、まだ笑顔を浮かべている。高いステップに足をかけ、身軽に運転席に乗りこむとき、若いほうが範子の視線に気づき、バイバイというように手を振って寄越した。範子はあわてて目をそらした。

静かな駐車場の夜気を震わすような轟《とどろ》きを残して、ゆっくりとトラックは動きだし、走り去ってゆく。それと入れ違いに、修治がスタンドからこちらへ走って戻ってきた。片手を振って、「ダメダメ」という仕草をしている。

「見かけなかったって?」

「うん」修治も少し、ハアハアいっていた。

「望み薄だと思ってはいたけど、夜中を過ぎてから、ベンツに給油した覚えはないってさ。まあ、しようがないね」

すべすべした眉間《みけん》にしわを寄せて、

「ただ、ちょっと気になることはあるんだ。ちょうど一時間ぐらい前に、この駐車場で、小さい子供がバイクに轢《ひ》かれそうになったんだってさ。そのとき、子供を助けたっていう人の歳格好《としかっこう》を聞いてみると、織口さんと似てるんだよね」

「じゃ、それが——」

修治は首を振った。「いや、だけど、その子は父親らしい男と一緒だったんだ。で、その子を助けた年配の男と三人で車に乗っていったっていうし、カローラだったそうだから……」

ここで、修治は軽く目を見開くようにして範子を見つめた。「どうしたの？　顔が青いよ」

「そう？」

「うん」修治はうなずき、すぐに、がらんとして人影がなく、青白い照明が輝いているだけのトイレの方向へ目をやると、急いで範子の顔をのぞいた。

「痴漢でも出た？」

真顔で問われたので、範子は一生懸命に否定した。

「違うの、違うの」

「トラック野郎にからまれたとか、そんなんじゃないの？」

「違うのよ。ホントよ」

彼が本気で心配してくれていることがよくわかるので、余計に情けない気がした。涙が出てきそうになってきた。

「そうじゃないの。あたしね、馬鹿だから」

修治はきょとんとした。範子は小さく小さくなって、このまま消えてしまいたいと思った。

「訊いてみたのよ、さっきのトラックの運転手さんたちに。そしたら、白のベンツなんて一日に何十台も見かけるって、笑われちゃった」

すると、修治の顔から緊張の色が抜け、くちびるが緩んだ。「そりゃ、そうだろうさ」

「そうよね。だからあたし馬鹿みたい。だいいち、今ここに停まってる車を運転してる人が、あたしたちより一時間分は先へ行ってる織口さんの車を見かけてるわけないのよね。そんな当たり前のこともわからないなんて、あたしってホントに抜けてる。いつもそうなの。全然役にたたなくって気がきかなくって他人に迷惑ばっかりかけてて――」

早口で一気にしゃべったのは、そうして口を動かしていれば、にじみ出てきた涙を止めることができそうな気がしたからだ。だが、実際には涙は止まらず、それどころかどんどん声が震えてきて、かえって醜態をさらすことになってしまった。

修治は、一人でしゃべり続ける範子を、黙ってながめていた。途中で、ジャケットのポケットに両手をつっこみ、首をちょっと傾《かし》げ、なかば呆《あき》れたような表情を浮かべた。彼にそういう顔をされると、範子はなおさら黙ってしまうのが怖くなり、話し続けようとするのだが、言葉はすぐに尽きてしまい、結局はすぐに、肩を震わせながら黙ってしまう羽目になった。

俯《うつむ》いたまま、修治になんと言われるだろうと、身が縮む思いで待っていると、彼はこんな声を出した。

「あれ」

おそるおそる、範子は目を上げた。修治はポケットから片手を出し、手のひらに乗せた、何か細長い流線型の物をながめている。

範子と目があうと、笑顔になった。

「持ってきちゃったよ、これ。すっかり忘れてた。発煙おもりだ」

範子は黙っていた。修治はそれをポケットのなかに戻すと、弁解するような口調で、「ハンカチを出してあげようと思ったんだけど——」と言った。空《あ》いた手で車のドアを開けながら、「持ってなかった。おもりじゃ顔はふけないからさ。そのへんにティッシュがなかったかな」

範子は深く息を吸い込み、震えを抑えようとした。助手席の側のドアを開け、車に乗りこんだ。シートベルトを締めながら、修治が言った。

「ひとつひとつのことを、いちいち深く考え込まない方がいいよ」

範子は首をめぐらせて彼を見た。修治は笑ってはいなかったが、怖い顔をしてもいなかった。

「ごめんなさい」範子は小さく言った。「あたしのせいで時間が無駄になっちゃった」

修治はキーに手をのばしていたが、そのまま手を止め、今度は少し笑った。

「あのさ、そんなふうに、なんでも自分が悪いってことにしなくていいんだよ。時間の無駄だって、ほんの五分ぐらいのもんじゃないか」

「………」

「そう深刻に考え込まないで。いい意味でも悪い意味でも、まわりは、そんなに深く、きみのこと気にしてないって」

その言葉は、ぴしゃりと範子の心を打った。また涙が出てきそうになって、あわててこらえた。

修治はキーを回し、エンジンをかけた。車が振動を始め、駆動音が起こった。それに負けないために、彼は少し声を張り上げて続けた。

「今夜のことだってそうさ。慶子さんが銃にあんな細工をしたのは、あの人自身の考えでそうしたんだからね。きみが強制してやらせたわけじゃない。たしかに、きみは手紙を出してあの人を動かそうとしたけど、やったのはそれだけだ。そこから先のことまで、責任を感じることはないよ」

範子はうなずいた。その拍子に、涙が頬を伝った。

「大丈夫？」

尋ねられて、もうひとつうなずいた。

修治はくちびるの端をちょっと吊り上げるようにして笑顔をつくった。どうやらそれは、彼の癖であるようだ。そうすると、いたずらっ子のような顔になる。

「くたびれてるんだよ。当然だけど」

範子は物入れのなかにあったティッシュを取り出して、洟《はな》をかみ、涙をふいた。

「きみには、織口さんに事情を説明してもらうっていう大役が待ってるんだ。でも、それだって、本当にきみがやらなくたっていいことなんだよ。それを引き受けてくれたんだから、感謝してる。だからさ、小さいことでいちいちおどおどしないでよ。いい？」

「わかった」

範子はやっと微笑を返した。一度泣きだしてしまうと、すぐには動揺を収めることができない。でも、心はずっと軽くなってきていた。

「よし、じゃ、行こう」

ハッチバックはゆっくりと駐車場を滑り出た。

10

慶子はソファにもたれ、闇のなかで目を開いていた。目に見える暗闇は、彼女の心と同じ色をしていた。

三十分ほど前から、ぴたりと電話もかかってこなくなった。いや、一時間前からだろうか。時間の感覚がなくなっている。

静かだ。死のような静けさだ。彼女の心臓の鼓動にあわせ、そこから押し出される血液の動きにあわせて、腫れた右足首がズキ、ズキとうずく。その痛みがなかったなら、起きているのか眠って夢を見ているのか、その判別すらつかなくなりそうだった。

織口はどこまで行っただろう。修治と範子はどうしているだろう。

そもそも、織口はどこへ行こうとしているのだ？

ぼんやりと考えている。堂々巡りだ。異形《いぎょう》の木馬が回るメリーゴーラウンド。回れ、回れ。そうすれば時がたち、朝が来て、すべて解決する。回れ、回れ――

そのとき、小さな物音を聞いた。

空耳だろうか？　かすかな、金属が触れ合うような音だ。遠くで誰かがコインを投げ上げ、受けとめそこねて床に落とした。そんな音だ。

錯覚《さっかく》だろうか。今はもう、何も聞こえない。

慶子はまたソファに頭をもたせかけ、闇を見つめることに戻った。目を閉じてもそこには闇があり、もやもやした想念のようなものがうごめいて、目を開かずにはいられなくなる。だがそのうちに、疲労が彼女にのしかかり、ゆっくりと、じんわりと、飴《あめ》が溶けるようなスピードで、彼女の意識を押し包み、目を開けたままの眠りが訪れ、やがてまぶたが下がり始める。メリーゴーラウンドが回り始める。そして顎がふうっと下がり、首が動き、その動きが彼女を目覚めさせる。繰り返し、繰り返し。

うつら、うつら、うつら——

足音。

それもまた、眠りのなかのものかと思った。回るメリーゴーラウンドのたてた音かと。だが、リビングの暗闇のなかを透かして見ると、うすぼんやりとではあるが、誰かが入口のところに立っていることがわかった。

慶子は目を見開いた。反射的に、床にのばしていた足が引っ込み、右足首が痛んで、彼女の頭をはっきりさせた。夢じゃない。この部屋のなかに、誰かいる。

相手はまだ、暗闇に目が慣れていないようだった。壁に手をついて、慎重にそろそろと横に移動している。誰だかわからないが——そう、男だ。ズボンを穿いた足が見える——ひどくゆっくりと動き、わずかに前に身体をかがめている。聞き耳を立てているかのように。

いったい誰だ？　何をしにきた？　どうやってドアを開けたのだ？

その男は慶子の方を見ていなかった。慶子がここにいるなどと、考えてもいないようだった。彼の身体は、寝室の方に向いている。足もそちらへ向かっている。

物音を立てないように、息さえも殺して、慶子はゆっくりと足を引っ込めた。視線は、その男の暗いシルエットに釘づけになっている。誰？　誰？　誰？　気がふれたピアニストが、鍵盤に手を叩きつけて奏でる不協和音のように、その言葉が頭のなかに轟いている。

い、い、い、誰なのよ、あんたは？

立ち上がるためには、一度ソファの背中につかまらなくてはならない。板張りの床の上を、ゆっくり、ゆっくり、尻でずって移動する。男は左手で壁に触れながら、右手で闇のなかを手探りしている。寝室の――そう、ドアのノブを探ろうとしているのだ。

慶子は腕を上げ、ソファの背もたれにつかまった。身体を引っ張り上げようとして、失敗した。もっとうしろに下がらなくては。

もう一度、腕をおろし、ずり下がる。背もたれをつかむ。今度はうまくいった。背後の窓にかかっているレースカーテンに触れないように。窓から差し込む外からの明かりのなかに入らないように、気をつけて、気をつけて。

慶子は身を起こし、中腰になった。そのとき、わずかだが頭を高くあげすぎて、一瞬ではあるが、窓明かりのなかに入ってしまったことを、彼女は気づかなかった。中腰のままソファのうしろへまわり込み、部屋の反対側へ、男がめざしている寝室のドアのある側とは逆の方向へ、キッチンへ通じるドアの前を横切って、両手を床につき、じりじりと這って進み始めた。うまく男の後ろ側へまわり込んで、玄関のドアのところまで行くことさえできたら――

大丈夫、ちゃんと進んでいる。物音も立てていない。もう少し進めば、サイドテーブルがあるはずだ。テーブルの脚に触れたら、それを迂回して、また壁際に戻る。倒さないように用心して――

慶子は右手をのばし、闇のなかを探った。指先がテーブルの脚に触れた。彼女は半歩膝《ひざ》を進め、それを確かめようとした。

彼女が触れたテーブルの脚は、柔らかかった。それは布地の手触りを持っていた。それを下にたどると、折り目のようなものに触れた。

ズボン。

テ、ー、ブ、ル、じゃない。人、間、の、足、だ。

悟ったのと同時に、慶子は手を引っ込めて逃げだそうとした。だが闇のなかからのびてきた腕が、がっきと彼女の首根っ子をつかまえ、壁ぎわから引きずりだした。慶子はなすすべもなく床に転がり、続いて繰りだされた平手打ちに、息が止まった。

「慶子、逃げられると思ってるのか」

荒い呼吸音と共に、男の声が聞こえてきた。平手打ちの余波で、耳がわあんと鳴っている。目がかすんでいる。それでも思った。これは、何百回となく聞いたことのある声だ。ときには慶子に甘くささやきかけたことのある声だ。だけどまさか――まさか――

悲鳴をあげようとして口を開けたが、分厚い手のひらで押えつけられ、髪をつかまれた。頭が持ちあげられる。床に叩きつけられる。その間中、男は押し殺した声でうめくように呟き続けていた。

「邪魔しなけりゃよかったんだ。邪魔しなけりゃおまえなんか俺の邪魔をする資格なんかないんだ。この売女《ばいた》――」

一度、二度。頭が床に激突する。慶子は気が遠くなりかけ、声が出なくなり、そして、男の両手が首にかかり、絞めつけてくるのを感じ――

次の瞬間、慶子の首をつかんでいた手が離れた。彼女はそのまま床に倒れた。誰かがうめき、壁にぶつかる音がした。そして、

「痛い！　畜生、離せ！」

わめく声が、今度ははっきりと耳に届いた。声の主が誰だかわかった。激しく足を踏み鳴らすような物音と同時に、もつれあった人影が壁に衝突し、一度離れ、またぶつかった。一人が一人を壁に押えつけ、腕を背中にねじあげている。おぼろになってゆく慶子の視界

のなかで、壁に押しつけられている男の膝を、後ろの男が蹴りあげるのが見えた。

「膝をついて、足を肩幅に開け。ほら、もがくなよ。もがくともっと痛いぞ」

きびきびとした声でそう命じ、まだ歯向かおうとする壁ぎわの男のうなじをつかんで、壁に一発どやしつけた。それでやっと抵抗がやんだ。かちりという金属音が響いた。

身を起こすこともできないまま、慶子はそれを茫然《ぼうぜん》と見つめていた。足音が聞こえ、天井の明かりがついた。真っ白の光に目を射抜かれ、慶子は目を閉じた。

「大丈夫ですか？」

男の声がそう呼びかけてきた。なにかが慶子の頬を軽くつついた。彼女はまぶたを開いた。

かがみこみ、片膝を床について、こちらをのぞきこんでいる男の顔が、最初は見分けられなかった。また襲われるのではないかという恐怖が先に立ち、とっさに慶子はもがきながらあとずさりしようとした。

「動かないで」男は手で慶子の頭を優しく押えた。

「動いちゃ駄目ですよ。そのまま、そのまま。息ができるね？」

慶子はまばたきをすることしかできなかった。息を吸うと喉が焼け、咳《せ》き込んだ。

「あわてないで、ゆっくり深呼吸して——そうそう——そうだ、もう大丈夫」

男は慶子の頭を撫でながら、穏やかにそう言った。そして辺りを見回すと、さっと移動して、また戻ってきた。ティッシュペーパーをひとつかみ、彼女の少しかしいでいる顔の下に押し込みながら、頭を抱えるようにして横を向かせた。

「鼻血が出てる。横を向いて」

慶子は目を閉じ、できるだけ静かに首を動かして横を向いた。鼻の下や口のまわりが生温かいのは、そのせいだったのか――

「ここの階段室ときたらロックされてて入れないし、エレベーターはすごく遅いときてる。おかげで暇をくいましたよ。管理人に文句を言ってやった方がいいな」

慶子はまぶたを開いた。すぐそばにいるのは、あの練馬北署の刑事だった。名前、なんていったっけ？　頭がぼんやりしてしまって、思い出せない。

彼はまた慶子の視界から消え、戻ってきたときには、今度はソファカバーを持っていた。ひっぺがしてきたらしい。それで慶子の首から下を覆うと、

「今、救急車を呼ぶからね。じっとして、動いちゃ駄目だ」

だが、慶子は起き上がりたかった。何があったのか知りたかった。あの声、彼女をつかまえたあの腕。

「刑事さん」

立ち上がりかけた相手の袖をつかみながら、呼びかけた。「あたし、あたし――」

刑事は、起きようとする慶子を支えてくれた。彼女は、壁際に頭をつけて座り込み、後

ろ手に手錠をかけられて、すぐそばにあるキッチンへの仕切りのドアの把手《とって》につながれている男に目をやった。

間違いない。やっぱりそうだ。

国分慎介だった。

「慎介さん……」

慶子の声に、彼は頭をあげた。唾でも吐きそうな表情で、蒼白だった。

「知りあいですね？」

彼女を抱きかかえてくれている刑事が、低く言った。そのときやっと、慶子は刑事の名前を思い出した。黒沢だ。

「ええ、よく知ってるひとです」

うなずくと、涙が落ちた。国分は慶子をにらみ据え、ついで黒沢に視線を移すと、うなるようにいった。

「こんな扱いは不当だ。暴力行為だ。僕は――」

黒沢はちょっと肩をすくめただけだった。慶子を抱えてソファのそばまで移動させると、そこにもたれさせ、電話の方へと近づいた。

刑事が緊急連絡をしているあいだじゅう、慶子は国分を見つめていた。彼は慶子をにらんでいた。充血した白目、きょときょと動く黒目が、それだけ別の生きもののようにも見える。

「何しに来たの？」

くちびるを開いて、やっとそれだけ言うことができた。国分は顔をそらした。

「おまえ、俺が結婚するってことを、どうやって調べたんだ？」

慶子は黙って彼を見つめ続けた。この男を愛したことなんて、本当にあったのだろうか――そう思った。

「式場まで調べあげて、銃を持ってきたんだろう？　知ってるんだ。ちゃんと知ってるんだ。俺は――」

そこへ黒沢が戻ってきた。国分は頭を振りあげると、嚙みつくように言い出した。

「この女を逮捕してくれ！　銃を持ち出して、僕を撃とうとしたんだ。だから僕のやったことは正当防衛みたいなもんだ。訊いてみろよ！　この女が悪いんだ」

黒沢は、一、二秒のあいだ、国分の顔を見つめていた。無表情で、外目からはさして驚いたような様子には見えなかった。やがてくるりと国分に背を向けると、また膝を折って慶子の傍《かたわ》らにかがみこみ、彼女の目のなかをのぞきこむようにして、静かに訊いた。

「話せますか？　辛かったら首を振るだけでいいから」

慶子は目を閉じてうなずいた。

「関沼慶子さん、今、この男が言ったことは本当ですか？」

慶子は黒沢の顔から目をそむけた。口を開く力がわいてこなかった。

「じゃ、質問を変えよう。あなたは銃を持ってますね？　たぶん、競技用の散弾銃じゃないかな。違いますか？」

慶子はやっとくちびるを開き、言葉を押し出した。塩辛い血の味を感じた。

「どうしてわかるんですか？」

刑事は上着のポケットに手を突っこみ、薄汚れた布切れを引っぱりだした。

「くしゃみが出るんでね。ハンカチがないかと思ってポケットを手探りしたとき、これが出てきたんです。その時まですっかり忘れてたんですが、最初にあなたに会いに来たとき、駐車場で拾ったんですよ。あの時は、暗くてよく見えなかったんだけど、あらためて広げてみたときには、すぐにわかりました。ほら、これ」

黒沢が、油に汚れた布切れを広げてみせた。

言われるまでもなく、慶子はそれが何であるか知っている。銃身を掃除するための布だ。油がしみこんでいる。もともとは、クラブでサービスにもらったハンドタオルだった。

織口さんが落としていったんだ……と思った。

「名入りのタオルですね。端のところに、『厚木《あつぎ》射撃《しゃげき》センター　クラブハウス』と入れてある。これを見て、思ったんです。ひょっとすると、これはあなたのものじゃないかってね。盗られた車のなかにあったものじゃないか――と」

慶子はゆっくりほほえんだ。「勘がいいんですね」

黒沢も微笑した。「最初にここを訪ねてきたとき、あなたの様子がおかしかったのも、気になっていましたからね。ただ車を盗まれたというだけじゃないような気がして」

「だから戻ってきたの？」

「ええ、そうです」

真顔に戻ると、刑事は尋ねた。「あなたは銃を持ってますね？」

慶子はこっくりした。「散弾銃をね」

「車と一緒に、それを盗られたんですか？」

うなずくと、慶子の両目から涙があふれた。ああなんてみっともない顔をしてるんだろう、あたし――そう思って、もっと泣けた。

「盗った人間に心当たりは？」

慶子は目を閉じたまま泣き続けていた。疲れ果てていたが、修治との約束を破ることはできない。しがみつくようにして、それだけを思っていた。知らない、あたしは知らない。知らない人間に盗られたんです――

「心当たりがあるんでしょう？」重ねて、黒沢が訊いた。「あなたは、その人物をかばってるんじゃないんですか？」

遠くから、パトカーのサイレンが聞こえてきた。何台も何台も、たくさんのパトカーが走ってくるさまを、慶子は思い浮かべた。

「今のうちに、全部正直に話してくれた方がいい。銃を盗まれたというのはたいへんなことなんですよ。わかるでしょう？　大事にならないうちに、全部ぶちまけてください。かばったって何もいいことはない」

黒沢の両目を見あげて、慶子は笑おうと思った。笑って「知らないわ」と言ってやろうと思った。

だが、くちびるが歪《ゆが》んだだけだった。

「あたし、お芝居が下手《へた》ね」

そう言った。言ってしまったことで、彼女を支えていたつっかえがはずれた。それでもまだ、最後の抵抗で、くちびるをわななかせながら、闘っていた。話しちゃ駄目、しゃべっちゃ駄目。約束したのだから。

「誰をかばってるんです？」

問いながら、黒沢は手をのばし、慶子を包んでいるソファカバーの端を引っ張り寄せて、彼女の顔を拭ってくれた。

慶子はぐっとこらえていた。もし、黒沢が次の言葉を口にしなかったら、まだ頑張れたかもしれない。

彼は慶子の額の傷を気にしながら、ごく素朴に、こう言った。

「かわいそうに」

今まで誰も、こんな単純な同情の言葉を投げてはくれなかった。堤防を壊す、たったひとつの小石は、こんなに素直で、こんなに簡単な言葉だったのだ。

しゃくりあげながら、慶子は泣きだした。涙と一緒に言葉が出てきた。あとから、あとから。

第四章　終着点《しゅうちゃくてん》

1

午前三時四十分。クレール江戸川の604号室を中心に、時ならぬ戦場が出現していた。銃器がからんだことで、練馬北署にとっても所轄《しょかつ》の江戸川西《えどがわにし》署にとっても、事件は一挙に大きなものになったのだ。

事情を話し終えた関沼慶子は救急車で運ばれ、国分慎介は江戸川西署に連行されていった。連絡係をほかの署員に押しつけ、押っ取り刀で駆けつけてきた桶川は、集まった捜査員たちのなかに黒沢の顔を見つけると、開口いちばん、

「おめさんの勘が当たることもあるわなあ」と言った。

「お褒《ほ》めにあずかって光栄ですが、喜んでばかりはいられないんです」

桶川は髭《ひげ》ののびかけた丸い顎《あご》をごしごしとこすっている。

「関沼慶子は、その織口って男の行き先までは知らねえんだな？」

「ええ。知っているのは、彼のあとを追っている佐倉という青年だけのようですね」

「織口の住所は？」

「今、確認してるところです。フィッシャーマンズ・クラブ北荒川支店の責任者と連絡をとろうとしてるんですが、つかまらないんですよ」

「参ったなあ」

桶川は、言葉とは裏腹に、のんびりした表情で、クレール江戸川のレンガ色の外壁を見あげた。パトカーの赤色灯が、そこに映って閃《ひらめ》いている。ほとんどの窓に明かりがともり、ところどころで人が顔をのぞかせていた。

「本庁の方で非常線を張ってくれたけども、盗《と》られてから五時間近くたっとるだろう？東京を出ちまってる可能性もあるな。まずいな、わしら、広域捜査に弱いから」

「愚痴ってる場合じゃないですよ。行きましょう」

「行くって、どこへだい？」

「決まってるでしょう？　谷原に戻るんです。ベンツが乗り捨てられてた場所へ。聞き込みですよ。いつも、それが基本だって言ってるくせに」

「わざわざやって来たんだ。戻るこたぁねえやな」

桶川は、うんと伸びをした。そして、周囲の刑事たちに聞こえないように、声を落とした。

「こんな一刻を争うような場合に、聞き込みなんぞしても無駄よ。待っていれば、織口の住所がわかるだろう。ガサ入れすれば、目的地がわかるかもしれん。その方が早い」

「そんな無責任な。そっちは江戸川西署が――」

桶川はそらとぼけた。「こりゃ、うちの事件《ヤマ》だわな。まあ、どうしても谷原に帰りたいなら、おめさんだけ行きな。頼まれがいのねえ男だね、おめさんも」

「頼まれがい？」

桶川は無遠慮に黒沢のネクタイをつかみ、ぐいと引っ張り寄せると、ワイシャツの襟元の辺《あた》りをじっと観察した。

「こりゃ、なんだね」

そこに、点々と血がついているのだ。関沼慶子を抱きかかえたときについた血痕だった。

桶川はぬかりなくそれに目をとめていて、にやりと笑った。

「慶子ちゃんに泣いて頼まれたんだろうが？　織口を止めてくれって。銃口を鉛でふさいでおいて、男の目の前で爆死してやろうなんざ、浅いことを考えたもんだが、それだけ思い詰めてたんだろう。そのために、ほかの人間が死ぬことになっちゃいけないと、彼女、必死で頼んできたんじゃねえのかい？　聞いてやらな、男が立たんじゃないかい、その頼みをよ」

「でもね、捜査には分担が――」

抗議しようとした黒沢の胸を、桶川はいきなりどんと叩いた。

「痛いな、なんですよ」

「ちょっと待て。ありゃ、誰だい？」

桶川の目は、黄色いロープの向こう側に集まっている野次馬たちの方へ向けられていた。深夜だというのに、結構な人出だ。

桶川が「あれ」と顎の先でさしたのは、若い娘だった。最前列にいて、両手でロープをつかんでいる。しっかりつかまっていないと人混みに押し流されてしまうとでもいうように、関節が浮き上がって見えるほど、力を入れて握っているのだ。

その若い娘は、行き来する刑事たちを目で追いかけ、その合間に、不安そうにくちびるを湿しながら、六階の方を見あげたりしている。青白い顔色をして、両肩をぐったりと落とし、少し疲れているように見えるが、なかなか可愛い顔立ちの娘《こ》だ。

「おめさん、若い女の子をあやすのは得意だろう。あの娘からも、ちょっと話を聞いてみようや」

言うが早いか、桶川はすたすたと歩きだした。問題の娘からわざと遠く離れた場所でロープをくぐり、野次馬のなかにまぎれこむ。仕方なく、黒沢もあとに続いた。

桶川は、するりと移動して、その娘の斜め後ろに立った。そっと肩を叩く。

「もしもし、お嬢ちゃん」

子供に話しかけるような調子だ。若い娘はぎくっとして振り向いた。樋川は人差し指を口の前に立て、低い声で言った。

「関沼慶子さんの知り合いかな？　それとも、織口さんか佐倉さんを知ってるのかな？」

若い娘は、つぶらな目をいっぱいに見張って樋川を見つめた。

「織口さん——佐倉さんも？　やっぱり何か関係があるんですか？　いろんな人がいろんなことをしゃべってるけど、何が何だかわからなくて——」

「お嬢さんは二人の友達なんだね？」

若い娘は、たった今、身に覚えのない万引きの疑いをかけられたとでもいうように、細かくかぶりを振った。事情がわからないので、怖がっているのだ。

「いえ——わたし——わたしは——」

「知り合いだね？　さぞ心配だろうねえ」

樋川は優しく訊いた。この口調と、柔らかい丸顔が、このおっさんの武器なのだ。はたせるかな、若い娘は、樋川にしか聞こえない程度の小さい声で訊いてきた。

「どうしていいかわからないんです。だけど心配で……警察の方ですか？」

樋川はうなずいた。「私も、こっちの若いのもね」と、黒沢をさす。「どうしたのか話してくれないかね？　あわてないでいいよ。ゆっくりでいいから。お嬢さんのお名前はなんていうのかね？」

若い娘は、華奢《きやしや》な喉をごくりと震わせてから、答えた。

「わたし、野上裕美と言います。フィッシャーマンズ・クラブ北荒川支店で、織口さんや佐倉さんと一緒に働いてるんです」

クレール江戸川から一区画ほど離れた場所にある街灯の下で、桶川と黒沢は警察手帳を見せ、野上裕美を安心させてから、話を聞き出した。

彼女は、織口の住まいがどこであるかは知らなかった。彼の出身地などもわからない。ただ、彼が一人暮らしであること、フィッシャーマンズ・クラブに就職する前の生活については、あまり語りたがらなかったことなどを話してくれた。

「すごくいい人です。とっても優しくて。わたしたちみんな、織口さんが好きだわ」

裕美は頭のいい娘であるようで、少し落ち着いてくると、昨夜からの出来事を、筋道たてて説明することができた。

「新小岩の駅の近くの居酒屋から、佐倉さん、急にいなくなっちゃったんです。その前のいきさつがあるから、わたし、きっとこの関沼さんのマンションに来てるんだって思って、店長は余計なことをするなって止めたけど、電話もかけてみたんです。でも、留守番電話で……」

「ふむ。それで、我慢できなくて来てみたというわけかい？」

「ええ、そうなの」裕美はブラウスの胸もとでこぶしを握り締めている。「そしたら、関沼さんが誰かに襲われて怪我をしたって聞いて……」

「大怪我ではないから大丈夫だよ」黒沢は言った。「ショックがおさまれば、すぐによくなる」

だが、裕美が気にしているのは、慶子の容体ではないようだった。怯《おび》えつつ、激しくまばたきを繰り返し、ちょっと尖《とが》り気味の愛らしい口元を震わせて、桶川に訊いた。

「佐倉さんが関沼さんに怪我をさせて逃げたんですか？」

「いんや。それは違うよ。安心しなさい。むしろ、彼は関沼さんを助けようとしたようだね」

「本当？」裕美の顔に安堵《あんど》の色が広がった。だが、それとほとんど同時に、切ないような嫉妬の感情が、目尻のあたりをちょっとかすめたのを、黒沢は見た。桶川もそれに気づいたのだろう、微笑して、軽く裕美の肩を叩いた。

「彼はしっかりした青年のようだね。なあ、裕美ちゃん。よく思い出して話してくれよ。居酒屋からいなくなる直前、佐倉くんは何をしてたかねえ」

考え込むかと思いきや、間髪入れずに裕美は答えた。佐倉修治が姿を消したあと、よほど必死で探したのだろう。

「電話をかけてたらしいんです」

「ほう？」

「わたしたち、待っても待っても佐倉さんが戻ってこないので、店員さんたちに訊いてみたんです。そしたら、電話をかけてるところを見たって言う人がいて」

桶川がまあるい笑顔を浮かべた。話が核心に迫れば迫るほど、彼は柔らかくなるのだ。飛降り自殺志願者を受けとめるエアマットのように。

「ほほう。で、どこに電話してたんだろうね。そこまではわからんかったかな？」

裕美は首を振った。「詳しいことは何も。でも、時刻表を見てたそうです。それをそのまま放り出して、お店を飛び出していったみたいなの」

「時刻表のページは、どこが開いてたかねえ。訊いてみたかい？」

「わからない。わからないの」裕美は泣きだしそうになった。桶川は、今度は両手でその肩を叩いて慰めた。

「大丈夫、大丈夫。警察も一所懸命彼らを探しとるからね。もうひとつ教えてくれないかな。裕美ちゃんが店長と別れたのは何時ごろ？」

「二時ちょっとすぎです。わたしをタクシーに乗せてくれて……」

「それなのに、裕美ちゃんは家に帰らなかった？」

「わたしの家は、三鷹《みたか》なんです。佐倉さんと関沼さんのことが気になって仕方なかったから、途中から引き返してきたの」

桶川が薄い髪を撫でつけながら、門限にこだわったり娘の素行に目を光らせたりすることのない、とっぽい親父さんのようにうなずいた。

「そうか、そうか。で、店長は？」

「佐倉さんのアパートへ行ってみるって言ってました。草加《そうか》なんです。わたしも一緒に行きたかったんだけど、駄目だって言われて……」

「店長の家はどこ？」

「西船橋です」

黒沢は腕時計を見た。三時二十分だ。草加へまわり、そこで佐倉修治が帰ってくるかどうかしばらく待ってみて、あきらめて西船橋へ帰ったとしても、そろそろ着いているころだ。店長と連絡がとれれば、織口の住所や家族の居所もわかる。

「どうしよう……どうしてこんなことになっちゃったのかわからないわ」

泣きべそをかく裕美を宥《なだ》めて、桶川が言った。

「そんな顔をしないでいいよ。うちへ帰って待ってなさい。いいな？　おい、黒沢、タクシー拾ってやれや」

野上裕美をタクシーに乗せ、黒沢はクレール江戸川に引き返した。ちょうどいいタイミングで、連絡本部になっているパトカーの無線に、フィッシャーマンズ・クラブ北荒川支店の店長と連絡がとれたという報告が入っていた。

「ガサ入れだ、行こうかい」のしのしと近づいてきた桶川が、黒沢の背中をどやしつけた。

「裕美ちゃんの話、忘れるなよ」

2

午前四時二十分。修治と範子は、関越トンネルを過ぎ、湯沢《ゆざわ》、六日町《むいかまち》、小出《こいで》とスピードをあげつつ突っ走り、越後川口《えちごかわぐち》サービスエリアの手前までやってきていた。

長岡まであと約三十キロ、そこから北陸自動車道に乗り換え、金沢東《かなざわひがし》の出口まで、さらに二百五十キロ。ずいぶん走ってきたような気がするのに、今はまだ、全行程の半分足らずのところにいるのだ。

このまま行けば、練馬で関越に乗ってから、長岡までの所要時間が三時間程度ということになる。織口よりも速いペースで走っているという確信はあった。日ごろから、織口は運転ぶりが慎重で、高速道路でも、必要以上にスッ飛ばすようなことは、絶対にない。まして今夜は、重大な目的を果たすために走っているのだ。間違っても事故など起こさないように、なおさら注意深くなっているはずだから。

まだまだ先が長いというのは、そういう意味では幸運なのだ。絶対に追いつける。修治は、視界をさえぎっている前の軽トラックを追い越すと、さらにアクセルを踏み込んだ。かけっぱなしのラジオからニュースが流れてきたのは、そのときだった。

「曲の途中ですが、たった今入ってきたニュースをお知らせします。ちょっと物騒なニュースです」

パーソナリティが、それまでの明るいおしゃべりとはトーンを変え、読みあげ始めた。

「昨夜十一時ごろ、東京都江戸川区のマンション、クレール江戸川604号室の関沼慶子さんが同マンションの駐車場で襲われ、トランクに積んでいた競技用の散弾銃一挺と、室内に保管してあった装弾一箱、約二十発ほどを盗まれるという事件が起こりました」

修治は息を止めた。急に酸素が失《な》くなったような気がした。シートにもたれていた範子がサッと起き上がった。

「関沼さんの話によると、この銃を盗んだのは、同じ江戸川区内にある釣り道具専門店フィッシャーマンズ・クラブ北荒川支店の店員、織口邦男、おりぐち、くにお、五十二歳であると思われます。織口容疑者は、その際、関沼さんの乗用車も盗んで逃亡していますが、この車は午前一時ごろ練馬区谷原の路上に乗り捨てられているところを発見されました。織口容疑者の向かっていた目的地も現在の居所も、まったく不明です」

両手でシートベルトをつかんで、範子が、うわごとのように言った。「織口さん……車を……」

「し、静かに」修治は鋭く言い、手をのばしてラジオのボリュームをあげた。

「――さらに、関沼さんの持っていた、この盗まれた散弾銃は、上下二連式のものなんですが、その下の方の銃身の真ん中が、鉛でふさがれているという情報が入っています。なぜそういうことになったかという事情については、現在も警察が調べていますが、まだ詳しいことは公表されていません」

範子がぽかんと口を開いている。修治も力が抜けるのを感じた。どうやら、慶子は警察に調べられ、洗いざらい話してしまっているらしい。

パーソナリティの声は、容赦なく続けた。

「それでですね、事実関係が錯綜《さくそう》してまして、細かい点がまだはっきりしないんですが、どうやらこの織口容疑者を、同じフィッシャーマンズ・クラブ北荒川支店に勤めている同僚が追いかけているようなんです。この同僚は、関沼さんから事情を聞き、織口容疑者の行き先を把握して、あとを追っているようなんですが、やはり、関沼さんが所有しているもう一挺の散弾銃を持っているらしいということです。なお、北荒川支店の責任者に確認したところ、店の名入りのハッチバックが一台なくなっているそうで、どうやら追跡にはこの車が使われている模様です。白のハッチバックで、車体の両脇に店名とロゴマークが入っています。ナンバーは――」

パーソナリティは修治たちのハッチバックのナンバーを二度繰り返して読み上げ、

「警察は、全力をあげて織口容疑者および彼の同僚の行方を探しています。ドライバーの皆さん、もしこのナンバーの車を見かけたら、最寄りの電話から110番通報してください。ぜひ、ご協力をお願いします」としめくくった。

しばらくのあいだ、二人とも口をきくことができなかった。範子は修治の横顔を見つめ、両手をよじりあわせている。修治は、足がふにゃふにゃした綿のようなものに変わってしまったような気がした。

「どうしよう？」範子がそう訊いた。早朝のアイスリンク、凍ったばかりのアイスリンクの上を滑ってゆく、その冬最初のアイスホッケーのパックさながらに、彼女の声も、その華奢な首が支えている頭のなかに満ちている思考も、止めようのないスピードで上滑りしてゆく。

「どうすればいいの？　あたしたち、警察に捕まったら逮捕される？　連れていかれるの？　そしたら、織口さんは？　あの人、もう慶子さんのベンツには乗ってないのよ。誰にも探しようがないわ。人を殺しちゃうわよ。あたしたち一緒に警察に捕まるの？」

そのとめどないおしゃべりをやめさせるために、修治は大きく二度クラクションを鳴らした。すぐ前を走っていた軽トラックの運転手が、驚いて振り返り、もう一度やったら承知しないぞという憤激の面持《おもも》ちで、じろりとこちらをにらみつけた。それからまた早口に言った。クラクションと同時に、範子はぴしゃりと口をつぐんだ。

「どうしてクラクションなんか鳴らしたの？　捕まえてくれって宣伝してるの？」

修治はもう一度クラクションに悲鳴をあげさせた。

「黙ってほしいんだよ。わかんないのかな」

範子は手をあげて頬を押えた。手が震えているので、顎も一緒に震えだした。

「ごめんなさい」と、ようやく言った。「びっくりしたの。怖いの。だから頭が混乱しちゃって」

ぎゅっと拳《こぶし》を握って、

「もう二度と騒ぎません」とささやいた。

修治はまっすぐに前を見たまま、ハンドルを握る手に力をこめた。

「警察は追いかけてきてるわけじゃない。探してるだけだよ、それも、この車を」

「でも……」

「ということは、彼らはまだ織口さんの行き先を突き止めていないんだ。それなら、諦《あきら》めることはないよ」

ラジオはまた音楽に戻った。ハイテンポのダンスナンバーだ。その騒がしさが、余計に頭を混乱させるような気がして、修治は乱暴にスイッチを切った。

「車を替えよう。悪いニュースだけど、いいところで聞いたよ。サービスエリアへ寄れば、なんとかなる」

思わず問い返したという感じだが、強い詰問になっていた。修治はちらっと範子を見ると、ほんの少し顔をしかめた。

「越後川口で降ろしたら、きみ、一人で帰れるよね？」

「あたし――」

「こうなった以上、降りた方がいいよ。銃身に鉛が詰められていることも、公《おおやけ》にニュースで報道されてるんだ。織口さんだって、どこかでこれを聞いているかもしれない。きみがわざわざ危ない思いをしてついてきて説明する必要はなくなっちまった」

範子に言葉をはさませないために、彼は早口になっていた。

「もう四時をすぎてるんだし、ほかの交通機関が動きだすまで、それほど待たなくたっていい。新幹線に乗ることだってできる。あとのことは、俺一人でなんとかするから」

「嫌よ。あたしも行く」

「だけど――」

「一緒に行くわ。途中下車はなしよ。それぐらいなら、初めからついてこなかったもの」

範子はぐっと顎を引き、眼前に続く灰色の道路を見据えている。

「それに、織口さんがこういうニュースを聴いているかどうかはわからないわよ。聴いてなくて、何も知らないかもしれない。あたしは慶子さんの代理なの。責任があるの。絶対に途中で降りたりしないから」

「それでもさっきみたいに取り乱されたら困るんだ！」

範子は声を張り上げた。「だからもう二度としないって言ったでしょ？　ごめんなさい！　もう、しない！」

修治は吐息をもらした。気が弱いかと思えば頑固、おとなしいかと思えば勝ち気。まったくもう――

「ね、織口さん、どうしてベンツを乗り捨てたのかな？」範子はもうそちらのことを考えているようだ。無理にそうしているのだろう。まだ指が痙攣《けいれん》するように震えている。

修治は首を振った。「わからないな……事故でも起こしたのかもしれないけど」

「じゃ、今はどうしてるのかしら。別の車を手に入れてるの？　それとも、ほかの電車かなんかで――」

「電車ってことはない。時間的に無理なんだ。それに、足回りがよくないし。だけどあの人、メカにはあんまり強くないし、ほかで車を都合することなんてできたかな――」

そのとき、修治の頭に閃いたことがあった。だが、それを口に出す前に、彼の表情が変わったことだけで、範子にも察しがついたのかもしれない。ぐっと修治の肘《ひじ》をつかんで、彼女は言った。

「さっき、言ってたでしょう？　上里サービスエリアで、バイクに轢《ひ》かれそうになった子供を、助けた人の歳格好が、織口さんによく似てたって」

修治はゆっくりとうなずいた。

「そう。僕も今そのことを考えてた」

「ええ、あれよ。あの車——」

「カローラだって言ってた」

「織口さん、ヒッチハイクしたんじゃない？　関越の入口のあたりで待っていれば、新潟や北陸方面へ行く車をつかまえることも、そんなに難しくないはずだもの」

範子が身を寄せてきて、修治の顔を見上げた。今度は、たぶん彼女が心に思っているであろうことを、彼が口に出した。

「ということは、織口さん、一人じゃないんだよ」

そのころ、織口を乗せた神谷のカローラは北陸自動車道を快調に走り続け、柿崎《かきざき》のインターチェンジを通りすぎていた。長岡からはもう五十キロ以上離れている。カローラのラジオはついておらず、運転席の神谷と助手席の織口とは、ほとんど会話もかわすことなく、単調な沈黙のなかにおさまってしまっていた。

聞こえるのはエンジンの音だけだ。後部座席で竹夫は熟睡している。織口は時折り目をつぶり、眠ったようなふりをすることはあったが、実際には、ほんの一秒間でも眠気がさしたことなどなかったし、ぼんやり放心することさえできなかった。

近づいてくる。終着点が。それを思うと、鼓動が速まった。

昔、教壇に立っていたころ、彼からテストを返してもらう子供たちが、期待と不安のないまぜになった表情を浮かべながら、名前を呼ばれた順に教室の前へ進み出てきたときの様子を思い出す。先生、あたし、何点とれてた？　気さくにそう尋ねてくる生徒もいれば、出来がよくなかったことを自分でも承知しているのか、首を縮めて顔をあげようともしない生徒もいた。

計画をやりとげたら、自分も、そういう時のあの子たちとよく似た態度をとることになるかもしれない――織口はそう思った。私は何点とれましたか？　私は正しい回答を書いたでしょうか？

二十年前、一人で上京し、数年間教職についていたときのことを、ふと思い出した。論文形式の試験を行なったとき、回答としての論文ではなく、こういう形でテストをし、生徒の読解力を判定しようというやり方について、自分は大いに異論があるということだけを、とうとうと書きつらねて提出した生徒がいたのだ。その〝論文〟は、解答用紙の裏面までびっしりと書かれていた。

織口は、その生徒の意見を全面的に受け入れることはできなかったけれど、うなずける点は多々あった。だから、テストを返す前に、その生徒だけを放課後の教室に呼び出して、話し合ってみた。日頃はおとなしく、教室でも目立たない方であるその生徒は、織口が率直に話しかけると、気持ちがいいほどよく反応して、生徒としての意見をきかせてくれた。そして、話し合いの最後には、頭を下げて謝った。

「生意気なことをしてすみません」と、照れ笑いしながら、「だけど、不満や納得のいかないことがあったら、陰で文句を言ってないで、何かしなきゃいけないと思ったんです」

あの子はどうしているかな……と思った。

伊能町に残してきた妻との離婚が成立し、教壇に立つたびに、自分の家庭をちゃんと築くこともできなかった半端《はんぱ》ものの自分が、どうして子供を教えることなどできるだろう——と感じるようになって、彼は教職を辞した。そのとき、その退職を、学校側とのいざこざが原因だと(事実、当時の彼はかなり反体制的な教師だったから)思い込んだ生徒たちが、反対運動を始め、署名を集めてくれたことがあった。そのとき、その生徒も運動に加わってくれていたという記憶がある。

(陰で文句を言っていないで)

何かしなきゃいけない——その言葉は正しかった。今、織口は思う。あの当時、子供らしい一本気な正義感と、ちょっとした反抗心を満足させるために、あの生徒はそういう言葉を選んだのだろう。だがそれは、彼が思っている以上に、いろいろな意味の真実を——きわめて単純な真実を含んでいたのではないか。

何かしなきゃいけない。行動に移さなければいけない。そうしなければ、いつまでたっても同じ場所で堂々巡りを繰り返すだけだ。

「夜明けは何時ごろでしょうな」

目を開けて、運転席の神谷に尋ねてみた。彼は、織口が眠っていると思っていたのだろう、ちょっとびっくりしたような顔をしてから、ダッシュボードの時計をちらっと見て、

「さあ、五時ごろになれば、ぼつぼつ明るくなってくるんじゃありませんか」と答えた。

夜はまもなく終わる——少しばかり安堵に似た思いを味わいながら、織口はシートに深くもたれた。

「赤ん坊は夜明けに生まれることが多いという話を聞いたことがありますよ」

織口の嘘のなかの娘と、その娘が産み落とそうとしている赤ん坊のことを思ってか、神谷はそう言った。

「ひょっとすると、織口さんのお孫さんもそうかもしれないですね」

織口は微笑してうなずいた。彼の嘘を疑おうともしない神谷の人柄の温か味《み》が、切ないほどに、身に染みた。

「そうですな」と、彼は言った。「きっとそうでしょう」

3

越後川口サービスエリアの駐車場には、長距離トラックが三台と、乗用車が二台停まっていた。二台ともマイカーであるようで、一台はスポーツタイプの外車、もう一台はずんぐりした形のファミリーカーだ。どちらも今は空《から》っぽで、もちろんエンジンも切ってある。

修治は、ハッチバックを駐車場の隅の方へ停めた。できるだけ、このロゴやナンバーが目立たない方がいい。あのラジオのニュースを聴いてからというもの、対向車のすべてが、追い越し追い抜いていく車のすべてが、このハッチバックを認めて、今にも110番通報しようとしているように見えて仕方がなかった。

「どうするの？」

助手席のドアから降りると、範子はすぐに駆け寄ってきた。他人の車を盗むということを考えただけで、もう青い顔になってしまっている。

「ロックされてるドアを開けられるの？　キーなしでエンジンをかけられるの？　どうするの？」

「どっちもやれると思うけど……」

レストハウスの明かりを見ながら、修治はつぶやいた。自動販売機とベンチとくずかご。

灰皿。その周辺で休憩をとっているドライバーたちは、全部で四人——いや、五人いる。今、一人トイレから出てきた。

イベントにきた客が、キーをつけたままドアロックしてしまう——というアクシデントがままあるので、フィッシャーマンズ・クラブの車の物入れには、中古車ディーラーの使う、万能キーのようなものが入れられている。もちろん、使い方も指導されている。細長い針金を二本組み合わせたような単純な道具だが、コツさえ呑み込めば、これでたいていの自動車のドアを開けることができるのだ。

ただ問題は、キーなしで、コードを直結してエンジンをかけることができるか、ということだった。修治は手先が器用な方だし、理屈ではどうすればいいかわかっているが、なにしろ初めてのことだ。実際にやってみたら、どの程度の時間をくってしまうか……。

駐車場の端からじっと見守っていると、スポーツタイプの車に、ピッタリしたジーンズを穿いた若い男が歩み寄り、ドアを開けて乗りこんだ。エンジンをかける。あっさりと車は走り出し、駐車場をぐるりと半周して出ていってしまった。トラックは論外だから、残るはあのファミリーカーのみ。ゆったりした四人乗りで、車体はメタリック・ブルー。高級車ではないが、使い勝手はよさそうだ。

灰皿のそばに立って、煙草を吸っている男がいる。スーツ姿だ。裾がダブルになっているズボン。煙を吐き出しながらちょっと身体を斜めにしたとき、彼の胸のあたりが見えた。

きちんとネクタイを締めていた。

あのファミリーカーは、おそらく彼の車だろう。長い休憩ではないはずだ。待っていれば、動きだす。

修治は範子をそばへ引き寄せて、耳元にささやきかけた。手早く説明したが、彼女は一度で呑み込んでくれたようだ。

「できる？」

「うん、たぶん」と言ってから、勝ち気な目付きになって訂正した。「絶対やるわ」

スーツ姿の男は、のんびりと煙草を吹かしながら夜空を見あげている。夜明けまではまだ時間があるが、星の輝きが少し薄れてきたようにも見える。少しずつ、夜が退場を始めているのだ。

スーツ姿の男は、今、煙草を消した。修治は範子の背中をそっと押しやった。

「頼んだよ」

「うん」

範子はレストハウスの並びにあるトイレへと走っていった。彼女と入れ違うように、スーツ姿の男が灰皿のそばを離れ、車に歩み寄り始めた。トラックの運転手であるらしい大柄な男たち二人は、修治の方に背中を向け、自動販売機に寄りかかって話し込んでいる。

スーツ姿の男が車のドアを開ける。修治は、銃の入った重たいケースをぶら下げ、足早

傍目《はため》には、車のそばを通りすぎ、レストハウスへ向かっている
ように見えるだろう。だんだんと歩調を早めながら、スーツ姿の男の動作をはっきり確認
するこ とのできる距離にまで歩み寄る。
運転席に座ったスーツ姿の男が、今、キーをさしてエンジンをかけた。そのとき、トイ
レの方向から範子の悲鳴が聞こえてきた。
「火事よ！　火事！　誰かきて！」
どんぴしゃりのタイミングだった。スーツの男はぎくっとしたように顔をあげ、運転席
のドアを開けて半身を乗り出した。範子はまだけたたましく叫び続けている。談笑してい
たトラックの運転手たちが、トイレの方向へ走ってゆく。それにつられたように、スーツ
の男も車を離れて走りだした。
「煙が出てるぞ！」と、太い声で誰かがわめいた。
修治も走りだした。ドアを開けたまま、キーをさしたまま、エンジンを始動させたまま
置き去りにされた車の方へ。まず銃のケースを放り込み、続いて彼が運転席に転がりこみ、
助手席の側のドアを開け放つと、トイレから走り出てきた範子がまっしぐらにこちらへ向
かってくるところだった。
「早く、早く！」
彼女は車のなかに頭から飛び込んできた。修治が車を急発進させると、範子はもがきな

がら体勢をたてなおし、ドアを閉めた。駐車場の出口から飛び出して行くとき、バックミラーに、トイレから走り出てきたスーツ姿の男と、あのトラック運転手たちの姿が映った。スーツ姿の男は、茫然《ぼうぜん》と両手を下げてつっ立っていた。トラックの運転手の一人は、どうやら笑いだしているように見えた。

「うまくいったわね？」

元気そうな言葉とは裏腹に、緊張の反動でまだ震えている範子の手を、修治は片手でぎゅっと握り締めた。

「偉い！」

「ちゃんと火が点《つ》いたわ、あのおもり」

二人はタガがはずれたみたいに笑いだした。その笑い声で車までガタガタ揺れそうなほどだった。

修治は例の発煙おもりをひとつ彼女に渡し、トイレで火を点けて、たちのぼる煙は見えるが、おもりの本体そのものは、探してもすぐには見つからないようなところに、それを放り投げてくるように頼んだのだった。そして「火事だ！」と騒げば、たいていの人間が駆けつけてくる。叫び声だけではすぐにバレてしまうが、この場合は、実際に煙が見えるのだから、火元を探させているあいだだけ、時間を稼ぐことができる。

「ちょっと湿気《しけ》てただけだからね。少し時間をかけて火をあてれば、ちゃんと煙が出るはずだと思ったんだ」

範子は目尻の涙を拭《ふ》いていた。笑いすぎて泣いているのだ。「ホント。それでね、消火器を探してきます！　って叫んで、逃げだしてきたの」

だが、長くは笑っていられない。二人とも、自分たちの置かれている立場を忘れるほどに浮かれているわけではなかった。範子がシートベルトを引っ張りながら、真顔に戻って言った。

「ね、これからはカローラを探すのね？」

修治はかぶりを振った。範子が意外そうに目を見張り、ベルトをつかんだまま彼を見やった。

「途中でうまく見つかればいいけど、あんまり期待できないかもしれない。だいいち、織口さんが例のカローラに乗ってるという確証はないんだよ。仮に乗っていたことがあったとしても、今もそうだとは限らない。カローラの行き先次第で、途中でほかの車に乗り換えたかもしれないんだし」

「……そうか」

「だから、先回りするさ」

この車のミラーは運転席からボタンひとつで角度調整できるようになっていた。不運な持ち主の視界にあわせてセットされているミラーを、見易《みやす》い角度に調節し、パトカーも白バイも、誰も追ってきていないことを確認しながら、修治は言った。

「目的地に先回りして待ってるんだ。その方が、確実にあの人をキャッチできるよ」

「裁判所の前ね？」

「うん。たぶん、織口さんは、大井善彦が拘置所から連れてこられて、裁判所に入るところを狙うつもりでいると思うんだ。散弾銃なんだから、遠くからじゃ撃てやしない。きっと、裁判所の周りに潜《ひそ》むつもりなんだよ」

だが、その予想は、やがて、別の形で裏切られることになる。


織口の耳にニュースが飛び込んできたのは、上越《じょうえつ》、名立谷浜《なだちたにはま》と走り過ぎ、能生町《のうまち》を通過しようとしているときだった。

北陸自動車道では、このあたりになると、大小のトンネルが連続している。几帳面な神谷は、また標識で指示されているとおりにラジオをつけた。今度は音楽番組ではなく、タレントのトークショウのようだったが、トンネルに入るたびに音声が途切れるので、何を話しているのかさっぱりわからない。織口は漠然と聞き流していた。

ところが、高峰のトンネルを通過したとき、その他愛《たわい》無いタレントのおしゃべりが、アナウンサーによるニュースにかわっていたのだ。それは途中から始まった。

「――盗まれた散弾銃は、銃身長28インチ、12番口径の上下二連銃で、下の銃身の中央が鉛でふさがれているため、発砲すると非常に危険な状態になっています。持ち主の関沼慶子さんの話によると――」

ここでまた、トンネルがきた。音声が途切れた。思わずシートから起き上がった織口に、神谷が言った。

「なんだか、銃がどうとかこうとか言ってましたね？」

「え？　ああ、そうですな」

「東京で何か起こったんでしょうか」

そう、何か起こったんだろう。銃身の中央が鉛でふさがれているって？　そんな馬鹿なことがあるものか。

だが、今のニュースでは、はっきりと関沼慶子の名前を言っていた。

このトンネルは短く、織口がまだ衝撃から立ち直らないうちに、カローラはもとの空の下へと飛び出した。同時に、ラジオの音声も復活した。

「――のように、事実関係が非常に錯綜していますが、現在はっきりしている情報によりますと、あとを追跡していると思われる同僚の氏名は、佐倉修治、さくら、しゅうじ、二十二歳の店員で、同じく関沼慶子さん所有の散弾銃、こちらは20番口径の、ですから最初に盗まれたものより少し口径の小さい上下二連銃を所持しているものと思われます。いずれにしても、まだこの両者の行き先がまったくわからず、手がかりも得られない状態ということです。先ほど、江戸川西警察署長の緊急記者会見があり、現在都内全域に緊急配備を行ない、あわせて情報提供を募《つの》っているということですが——」

ここでまたトンネルだ。音声が断たれた。耳がツンとしてきた。ごくりと唾を飲み込み、無意識のうちに両手を固く握りあわせて、織口は茫然と前を見つめた。

慶子が発見されたのだ。今ではもう、織口が彼女の銃を奪って逃走していることを、警察が知っている。あとを追ってこようとしているのだ。

しかし、それは覚悟していたことだ。それに、警察には、彼の行き先をつかむことは、まずできまい。アパートの中には、手がかりになるようなものは残してこなかった。それは確実だ。大丈夫、安心していい。

問題なのは、今の情報——佐倉修治が、関沼慶子の散弾銃を抱えて、織口のあとを追いかけてきているということの方だった。

本当か？　混乱しかける頭を必死で整理しながら、織口は自問した。修治なら、それぐらいのことはしかねないだろうか？

彼は知っている。織口の行き先も、そして、見当をつけたのだろう、織口の目的を。だから、止めようとして追いかけてきたのだ。彼らしい——半ば茫然としながらも、織口は納得した。まことに彼らしい。突然常軌を逸してしまった年配の同僚を、なんとか正気に戻そうと必死になってくれているのだ。

しかし、その彼が銃を持っているというのは？　彼自身の判断だろうか？　それとも——

そうか、たぶん慶子がそうさせたのだ。彼女の部屋に、もう一挺、似たような仕様の銃が置いてあった。

トンネル内のオレンジ色の光に、自分の両手がつくりもののような気味悪い色に染まって見える。愕然《がくぜん》としてそれを見つめていた織口は、ふと目をあげて、今は沈黙しているラジオの、チューナーのランプが明るく点灯しているのに気づいて、やっと我にかえった。トンネルを出れば、またラジオの音声が入ってくる。今度は、ニュースが途中からではなく、はっきりと織口の名前を読み上げて、最初から繰り返し伝えられるかもしれない。ぼんやりしている暇はない。

「なにか、雑音が聞こえませんか？」

唐突に声を出したので、語尾が割れていた。トンネル内の風圧に耳がふさがれているのか、神谷は「は？」と聞き返してきた。

織口は声を張り上げた。「ラジオです。妙な雑音が——いや、これは嫌な音だな」

大げさに顔をしかめ、急いで手をのばし、スイッチに触れた。それはボリュームのスイッチだった。焦《あせ》る織口を嘲笑《あざわら》うように、アナウンサーの声が、一瞬ぎょっとするほど大きくなり、「散弾銃の仕組みというの——」まで言って小さくなった。織口がボリュームのスイッチを逆にひねったからだ。

トンネルの出口が近づいてくる。半円の出口を通過して、オレンジ色の光をうしろに、カローラは夜空の下へ滑り出た。その瞬間、織口はやっとオン・オフのスイッチを見つけ、素早く切った。

「いや、申し訳ない」自分でも自分の声が不自然になっていることはわかった。神谷がかすかに眉をひそめ、ちらりとこちらの顔をうかがったことも。

「私は、ああいう電気的な雑音が苦手でして。歯が浮いてしまうというか……ほら、ガラスをひっかく音が嫌いだという人がいるでしょう？　あれとよく似たようなものです」

急いで説明した言葉を、神谷はさすがにちょっと不審そうな顔をして聞いていた。織口の胸のなかで、心臓がふくらんだ。血液に溶けこんで、体内に潜伏していた不安というどす黒いものが、心臓のなかで急に凝固してしまったかのように。

ややあって、神谷は言った。もとの穏やかな、少し疲れ、少し眠そうな表情に戻っていた。

「私も、ガラスをひっかく音は苦手ですね」

織口はそっと顔をそむけ、安堵に目を閉じた。神谷は続けた。

「このあたりでは、どうしてもラジオに雑音が入ってしまうんです。もう関越トンネルのような長いトンネルはありませんから、切っておいてかまいませんよ」

「ありがとう」と、織口は言った。シートに背中をつけ、なるべく普通に呼吸をしようとした。息苦しかった。

修治が追ってきている。間違いなく、同じ道を通ってきていることだろう。織口が慶子のもとを出たあと、どれぐらいたってから東京を出発したのだろう。今、どのへんまで来ているだろうか？

そしてもうひとつ、もっと大きな問題がある。織口は、なにげないような仕草で首をめぐらせ、後部座席で眠っている竹夫の頭のそばに置いてある、大きな風呂敷包みを盗み見た。

あの散弾銃の、下の銃身の中央が、鉛でふさがれている？

ニュースの報道に間違いがなければ、嘘がなければ、あの銃をまともに撃ったとき、死ぬのは織口の方だということになる。なんでまたそんなことになった？　なぜ銃身がふさいである？　慶子は知っていてそんな銃を持ち歩いていたのだろうか？

だが、これで、慶子のもとから銃を盗みだしたとき感じた疑問の答えが見つかったのかもしれない――と、織口は思った。昨夜の彼女には、彼女なりの、何か暗い予定があったのだ。だから、あんなにも美しく盛装した上で、銃を一挺トランクに入れ、弾を一発、華奢なバッグのなかにしのばせて持ち歩いていたのだ――

織口は、前方に広がる道路に視線を戻し、気持ちを集中させるために目を閉じた。これからどうする？　どうやって切り抜けてゆこう？

いずれにしろ、修治は追いかけてくるだろう。彼は頭がいいし、機転もきく方だ。このニュースを聞いて怖気《おじけ》づき、あるいは諦めてしまって途中で追跡をやめる——そんなことは、織口の知っている佐倉修治のやり方ではないような気がした。彼は間違ったことをしているのではない。間違ったことをしようとしている友人を止めようとしているだけなのだ。それなら、何も怖いことはない。

修治は諦めまい。だとすれば、いずれどこかで出会わなければならない。それなら、いっそのこと——

「神谷さん」

目を開き、軽く身体を起こして、そう呼び掛けた。

「次のサービスエリアはどこでしょうな？」

「越中境《えっちゅうさかい》じゃないかな。あと二十分ぐらいですよ」

「まことに申し訳ないが、そこへ寄ってもらえませんか？　電話をかけたいんです」

神谷は気さくにうなずいた。「いいですよ。私も眠気ざましがほしくなってきたところですし」

そして、にこっと笑った。「病院へかけるんですね？」

織口も笑顔をつくった。「ええ、そうですよ。もう生まれているかもしれない。さっきからそんな気がして仕方がないんです」

越中境サービスエリアに到着したのは、午前五時二十五分のことだった。

車窓の右手に見えていた海が、車から降りると、視界いっぱいに広がった。夜が薄水色にぼやけ始め、東の水平線がかすかに白くなっている。海は渋い銀色——古い百円硬貨のような色合いに見える。日本海のイメージは、いつも暗く、重苦しいように言われるが、決してそんなことはないと、織口は思った。ただ、南の海や、太平洋のあっけらかんとした明るさ、たくましさに比べて、少しばかり老成しているだけなのだ。

寒いな——と思った。

広い駐車場の前には、同じように休憩をとっている長距離バスの乗客たちが、五、六人点在していた。日本海の夜明けを観賞しながら、それぞれ熱いコーヒーや紅茶を飲んでいる。上里で見かけたのとは違う会社のバスだが、旅行者というのはみな同じように見えるものだ。そして、みな同じように、他人に対して優しい気分になっているらしい。電話ボックスの方へ行く途中、すれ違ったバスの乗客は、気難しい感じの顔をした中年女だったが、織口に「おはようございます」と声をかけてきた。

電話ボックスに入ると、織口は177をプッシュした。天気予報だ。北陸地方の本日の天気は——降水確率は——

テープ録音された天気予報を相手に、適当にあいづちを打つふりをしていると、神谷に起こされた竹夫が、彼に手を引かれてトイレの方へ連れていかれるのが見えた。まだ眠たそうにぼんやりしている竹夫に、織口はちょっと手を振って見せた。子供は応《こた》えなかったが、神谷は笑顔になった。

電話を切ってボックスを出ると、ゆっくりと駐車場を斜めに横切って、カローラのそばに戻った。ボンネットに両手をついて、明けてゆく空と海に見惚れた。こんな形での徹夜明けは、めったに経験したことはないが、釣りのイベントがあるときなどは、この時刻に起きて活動を始める。そのたびに、早起きはいいなと思う。黎明《れいめい》の空気のなかには、人を生まれ変わらせる成分が含まれているのかもしれない。早起きをして空を眺めると、魂が洗い張りされて、しみついた汚れやしわがきれいに取り除かれたような気分になってくる。

「いかがでしたか？」

神谷の声がした。振り向くと、片手に竹夫の手を握り、片手に紙製のコーヒーカップの把手《とって》をふたつ持って、彼がこちらに歩み寄ってくるところだった。竹夫も何か温かそうな湯気のたつカップを手にしている。織口はいそいで手を出し、神谷の手からカップをひとつ受け取った。

「こりゃ、熱い。火傷《やけど》をしませんでしたか」

「大丈夫ですよ。私は面《つら》の皮も厚いが手の皮も厚いんです」

織口は笑った。温かいものがこみあげてきて、それが言葉に出そうになり、あわてて呑み込んだ。最後まで、この父子のことは騙し通さなければならない。

「あなたは面の皮が厚いわけじゃない。厚いふりをしてるだけでしょう。気が優しいからね。相手のことを考えて、ちょっとやそっとのことでは傷つかないようなふりを、ついつい、してしまうんでしょう」

神谷はまぶしそうな顔をした。なにか言おうとして口を開きかけ、喉元まで出掛かっていたその言葉を呑み込んで、微笑した。

「電話はかけたんですか?」

織口は、自分でもそれと意識しないうちに、神谷の顔から目をそらしていた。後ろめたい気持ちと、真実を見抜かれてはいけないという気持ちとで。

「ええ、かけました」と、答えた。「生まれていました。三十分前だそうです」

フライパンに投げ込んだバターがとろけてゆくように、神谷の微笑が広がった。この男は本当に喜んでくれている――織口はあらためてそう思った。

「そうですか! そりゃあ、よかった。おめでとうございます。どちらです?」

「女の子ですよ」

「そうですか、そうですか」

神谷は、カローラのボンネットの上に両肘を乗せてもたれかかっていた竹夫の頭を軽く撫でた。

「聞いたかい、女の子の赤ちゃんが生まれたそうだよ」

そのとき竹夫が顔を上げ、織口を仰ぐと、ほんのちょっとだけくちびるをゆるませて、笑ったように見えた。星のまばたきより短い時間、錯覚かと思ってしまうようなわずかな表情の変化ではあったが、織口はそれを見たと思った。

「ありがとうございます。それでですね――」織口は用意していた嘘を口にした。「東京に、娘の亭主の側の伯父夫婦がいるんですが、これがまた、娘たち夫婦を可愛がってくれてましてね。産気づいたという報《しら》せを聞いて、昨夜のうちに、やっぱりこっちへ向かって出発をしているらしいんです。そこの家の子供が留守番してましてね、生まれたことを教えてやろうと思って電話したら、びっくりしてるんですよ。〝なんだ、織口のお父さんも一緒に連れていってあげるって出発したんですよ〟ってね」

神谷は笑いだした。「ああ、じゃあタッチの差だったんじゃありませんか」

「そうですなあ。まあ、それで、その伯父さん夫婦も、一時間ほど前に、米山《よねやま》のサービスエリアから電話してきたっていうんです。越中境についたらまた電話するって言っていたそうなので、私がここで待っていれば、合流できると思うんですよ」

「米山か」神谷は腕時計を見ると、「一時間前に米山にいたんなら、そうだな、そろそろ来てもいいころですね」

「ええ、ですから私はここで……。たいへんお世話になりまして、助かりました。このお礼はまたあらためて」

神谷は軽く手を振って、織口の礼の言葉をさえぎった。「いいんですよ。同じ道を走っただけのことです。お役にたててよかった。それに、行く先にいいことが待っている道中だったんですからね。私の方は、そうじゃないですが」

織口は、まだ海に見惚れている竹夫をちょっと気にしてから、半歩神谷に近づいて、小声で言った。

「奥さんをお大事にね。でも、早く良くなってもらうためには、あなたがしっかりすることだ」

神谷は恥じるように目を伏せた。織口は、ぽんと彼の腕を叩いた。

「いや、訂正しましょう。あなたがしっかりするのじゃなくて、少し、しっかりするのをやめればいいんですよ。つまり、しっかりとだらしなくなればいい。当たり前の亭主族のようにね」

「織口さん……」

「余計な差し出口でした。忘れてください」

笑ってそういうと、織口は竹夫の方へかがみこんだ。「それじゃあね、竹夫くん。いっしょにドライブできて楽しかったよ。とても助かった。おじさんは、ここでお別れだ」

小さな冷たい手をとって、握手した。

「お母さんが早く良くなって、東京に戻ってきてくれるように、おじさんもお祈りしてるよ。おじさんのお祈りはよくきくから、お母さん、きっとすぐに元気になるよ」

神谷が近づいて、竹夫の肩に手を置きながら、織口に尋ねた。「病院はどちらなんですか？」

織口はためらった。嘘を言おうと思った。だが、とっさにはそれらしい名称を思いつくことができなかった。それと同時に、何かひとつくらい、この神谷という男に本当のことを告げておきたいという気持ちがこみあげてきて、思わず答えていた。

「伊能町の木田《きだ》クリニックというところです。ご存じですか？」

神谷は少し考えてから、「いや、知らないな。伊能町は金沢の郊外ですよね。あっちの方には行ったことがなくて」

手伝おうという神谷の手を制して、織口は後部座席から風呂敷包みを降ろした。

「重そうですね」と、神谷が初めて言った。織口は笑っただけで、何も言葉を足さなかった。

神谷父子がカローラに乗りこみ、走り去ってゆくのを、織口は姿勢を正して見送った。神谷が一度振り返って会釈《えしゃく》をした。竹夫はずっと、助手席の窓からこちらを見つめていた。カローラの姿が見えなくなるまで、織口はじっと立っていた。両手を身体の脇につけ、姿勢を正して。「敬礼！」の号令を待つ老兵士のように厳粛な面持ちで。

カローラは行ってしまった。挿話は終わった。織口は不意にひどい疲労を感じ、その場にしゃがみこんでしまった。

それからやっと、足元に置いた風呂敷包みを引き寄せ、それを持ちあげながら、よっこらしょと立ち上がった。

できるだけ、サービスエリアの入口に近い場所にいた方がいいだろう。修治はきっと来る。

ふと、ニュースで報道されているかもしれないから、青いジャンパーは脱いだ方がいいかな、と思った。だが、それでは修治にも見落とされてしまうかもしれないと考え直して、やめた。

どのみち、名前さえはっきりわからなければ、東京で起こった散弾銃の盗難事件を、この日本海側のサービスエリアでぽつりとたたずんでいる男と結びつけて考える人間など、そうそういるものではない。みな、忙しいのだ。

修治がやってきたとき、何からどう説明してやろう――それを思いながら、織口は海を眺めた。金沢まで、あと百二十キロ。夜はさらに薄くなり、朝はもうすぐ手の届く高さにまで近づいてきていた。

4

織口邦男のアパートは、千葉市内の私鉄沿線の小さな町中にあった。モルタル塗りの一軒家を改造したもので、入居世帯は三つ。

一時間以上かかって、六畳の部屋と四畳半の台所の隅々まで舐《な》めるように探し、おまけに入居している三家族全員を叩き起こして聞き込んでもみたのに、見つかったのは、織口という男が実に周到で用心深いという事実だけだった。

「いかんな、こりゃ。向こうが一枚上手だわ」

桶川はそんなことを言って鼻を撫でている。黒沢は盛大に不平を鳴らしてやった。

「だから言ったじゃないですか。谷原に戻っていたほうがよかった。今からだって遅くないですよ。行きましょう」

それでなくても、分担を無視してガサ入れにくっついてきたことで、江戸川西署の刑事たちに嫌な顔をされている。黒沢はこんなことで悶着《もんちゃく》を起こしたくはなかったので、もう、断固として桶川を引きずって帰るつもりだった。練馬北署でも、人手が足らなくて困っているはずなのだ。

ところが、アパートから少し離れて、二車線の通りに出ると、桶川はさっさと手を上げて、練馬とは反対方向の車線を走っているタクシーを止めてしまった。

「なにするんです？」

「そんな痴漢に襲われたおねえちゃんみたいな声を出しなさんなよ。うちへ帰るだけなんだから」

「うちって……」

「マイ・ホームね。ゴー・ホームよ。おめさんも来い」

「冗談じゃない、僕は署に戻ります」

桶川はまた黒沢のネクタイをつかんで引っ張った。

「いいから来いや。うちへ帰っておねんねするわけじゃあねえの。署の資料室を当たってもいいんだが、それだと、課長に見つかって外へ追い出されるかもしれねえからな。我が家の資料室を当たろうって寸法よ。それに、ここからなら、うちの方が署よりずっと近いしな」

黒沢は顔をしかめた。絶対に嫌だからそうしたのではなく、桶川の意図が読めかけてきたから、自然に顔が歪んでしまったのだ。

「桶川さん」

気短そうなタクシーの運転手が声をかけてきた。「お客さん、乗るの、乗らないの？」

桶川が黒い手帳をちらりと見せると、運転手は黙った。黒沢は詰め寄った。

「何を見つけたんです？」

「早く乗らんかいな。話はタクシーのなかでもできるだろ？　あん？」

桶川は、千葉市内にある公団住宅に住んでいるのだが、ぜいたくなことに、ほかに小さなアパートを借りて、自分だけの「仕事場」と称するものをつくっている。そこには過去の捜査記録や、関連の資料、それに、その年一年間の主立《おもだ》った雑誌や新聞がどっさりとストックしてあるのだ。彼はしょっちゅうここに寝泊まりしており、自宅にはたまにしか帰らない。まさに「マイ・ホーム」だ。彼の下で働くようになってすぐに、「夕飯をご馳走するから遊びに来いや」と誘われ、家庭料理の恋しい黒沢としてはいそいそと出掛けていったのだが、なんのことはない、その「マイ・ホーム」へ連れていかれ、あまつさえそこで玉葱《たまねぎ》を刻まされたという苦い経験を持っている。

しかし、桶川が今あえてそこへ帰り、資料を調べると言っている以上、織口の部屋で、何か彼の行き先をつかむ手がかりとなるようなものを拾ったことに間違いはない。黒沢は狭いスペースを占領しようとする桶川の足をどかし、運転手の耳に入らないように音量を下げて切りだした。

「何を見つけたんですか？」

桶川は目をつぶっていたが、ウインクするように片目だけ開くと、うふふと笑った。

「当ててみな」

黒沢は彼をタクシーから放り出してやりたい衝動をこらえ、シートに座りなおして考えた。いったいなんだろう？　ガサ入れのとき、桶川が熱心に見つめていたものが何かあっただろうか？

車が千葉市内に入り、やがて桶川の借りているアパートの脇に駐車するころには、黒沢の頭にも、ふたつほど回答が浮かんでいた。夜明けも近くなり、すぐ近所で犬が一匹、やたらと吠えている。その騒音に負けないように、さっさと先に立ってアパートの階段をのぼってゆく桶川の背中に、黒沢は声を張りあげた。

「本棚を見てましたね？」と訊いてみた。

織口の部屋には小さな本棚があって、きちきちに本が立ててあった。大半は小説——肩の凝らない読み物から、趣味人向けの釣りの手引書まで——だった。黒沢には、これといって注意を引かれるものはなかった。

「あの本棚に何か？」

「近いが、はずれ」と言いながら、桶川はアパートのドアを開けた。

「じゃ、台所だ。開きを開けて鼻をつっこんでたじゃないですか」

「あれはな、玉葱の腐った匂いをかいでたのよ。俺はあの匂いが好きなんだわ」

桶川が天井のあたりをさぐって紐をひっぱると、古風な形の笠をかぶった電球がパッと点《とも》った。その黄色い光の下に、六畳一間の仕事場が浮かび上がる。東側の窓と、入口の仕切りのところを除いて、部屋の壁はすべてびっしりと書棚で埋まっている。このアパートの大家は、桶川が刑事だと知っているからよさそうなものの、もしそうでなかったら、怪しげな趣味を持つおかしな野郎だと思われて、下手をすれば追い出されてしまうだろう。

「まあ、座れや」と言いながら、桶川はどかりと腰をおろした。テーブルひとつない。あるのは、どこから拾ってきたのか、あちこちがささくれた木の箱がひとつ。脇腹に、「青森りんご」というラベルの断片が残っている。一応、はがす努力はしてみたらしいのだ。

「さっき、本棚というのはいい線をついてたんだな。俺が見てたのは、その脇にあった小さい写真立てだ」

「写真立て？」

そんなものがあっただろうか？

「うしろの方に押し込んであった。だが、きれいに埃《ほこり》をはらってあって、曇りもなかったよ。大事に飾ってあるという感じだった」

だが、その写真立てに入れられていたのは、普通の写真ではなかった。雑誌のグラビアを切り抜いたものだったというのだ。

「制服姿の女の子たちが四人写っていた。高校生ぐらいだろう。入学式のあとの記念のスナップというところかもしれん。それにしたって、グラビアを飾っておくというのは珍しいよな」

不承不承《ふしょうぶしょう》、黒沢はうなずいた。「親戚の娘かなんかじゃないんですか。その子が何かで雑誌のグラビアに出た——で、記念にとっておいた——」

桶川は首を振った。「それなら、あんなふうに写真の部分だけ切り抜いたりせんよ。記事を丸ごととっておく。あの写真立てのなかのは、きちんと切り抜くために、周りに定規で線を引いたあとまで残っていた。記事は必要なかったんだ。写真だけが要《い》ったんだ」

黒沢は考え考え言った。「織口って男は、昔教師をしていたことがありますよね」

「そう。北荒川支店で保管している履歴書には、ちゃんと記入してあった。私立の高校の先生だ。それはおめさんも知ってるな？」

黒沢はうなずいた。「ええ、報告を聞きましたからね。だけど、桶川さん、彼の本籍地とか、親類縁者とか、過去の勤務地とかなら、もう別のグループが当たってみてるはずですよ」

それがあまりはかどらないようなので、歯痒《はがゆ》い思いをしていたのだ。もちろん、こんな時刻で、先方となかなか連絡がつかないからなのだが、反面、黒沢には、織口の過去を手《た》繰《ぐ》り寄せることが難しいのは、彼という男が、一度過去を一切捨てて、すべての縁を切ってしまった人間であるからのような気がして仕方がなかった。

桶川は鷹揚《おうよう》な感じで手を振った。「まあ、それはそれよ」

「何が言いたいんです？」

「俺はな、黒沢」と桶川は乗り出した。第三者のいないところで、「おめさん」ではなく名字で呼ばれると、ピリッと引き締まるものがあった。

「その写真に写ってた学生のなかの、いちばん端にいた女の子――セーラー服の似合う、可愛い娘だが――彼女の顔に見覚えがあるんだ」

黒沢は沈黙した。相手をぴしゃりと黙らせるだけの気迫が、桶川の丸い顔いっぱいに浮かんでいる。

「どこかで見た。絶対に見かけてる。あの写真の女の子だ。同じ写真だ。グラビアだよ。雑誌か、新聞か、とにかく見たんだ。それも、俺の記憶が確かならば、それほど昔のことじゃない。どれほど以前のことだとしても、せいぜい一、二年以内のことだ。しかも、俺が見てるんだ。いいニュースの記事じゃあるまい。事件がらみのもんに決まってる」

桶川はぐるりの書棚を手で示した。

「つまり、その女の子の顔写真は、このなかのどこかに埋もれてるんだ」

「それを探せっていうんですね？」

「そのとおり」桶川は立ち上がった。「おめさんは右端からかかれ。俺は左側からかかる」

「手がかりは？　僕には彼女の顔がわからない」

「若い女学生の写真を見つけたら、俺に報せろ。それぐらいはおめさんでもできるだろ？」

桶川と黒沢は背中合わせになって、雑誌の山を崩し始めた。

5

最初に織口の姿を見つけたとき、修治は見間違いだと思った。織口があんなところに一人でぽつんと座っているはずがない。越中境サービスエリアの入口の、コンクリートの低い塀に腰かけ、風呂敷包みを膝に置いて。

だが、安っぽいジャンパーの裾を風にひるがえしながら、そこにいるのは、どう見ても織口邦男だった。

「どうしたの？」

修治の様子がおかしいことに気づいたのか、範子が声をかけてきた。彼は前を向いたままつぶやいた。

「織口さんだ」

「え？」

車がスピードを落として近寄ってゆくと、織口も運転席にいる修治を認めた。彼は弱々しく頬笑みながら、風呂敷包みを抱えて立ち上がった。

織口の提案で、修治はいったん彼を車に乗せ、サービスエリアのレストハウスの裏手の方へ走って、そこで車を停めた。建物の陰で、どこか工事でもしているのか、地面の上に配管に使うパイプがごろごろ転がっている。すぐ脇には鉄材を積んだ小山があって、その上を、早起きの雀が数羽、小さな足でチョンチョンと飛び歩いていた。

「とうとう追いついたね」

織口は、まずそう言った。修治はゆっくり首を振り、織口を見つめた。

「そうかな……。違うでしょう。ニュースを聞いて、僕らが来るのを知って、待っててくれたんですね？」

織口と修治は車を降り、修治はボンネットに、織口は背後のコンクリートの壁にもたれていた。範子は助手席側のドアを開け、シートに座り、膝を乗り出している。織口が大事そうに抱えていた風呂敷包みは、今、後部座席のシートの上に乗せられていた。

織口がそれを渡してくれたとき、修治は（これで終わったな）と思った。ずっしりと重いその包みをシートに乗せたとき、安堵と解放感に、一瞬目が回った。

「織口さん、事情はだいたいわかってるつもりです。でも、どうして急にこんなことを？なぜです」

修治の問いに、織口は頭をあげ、範子の顔をのぞくようにして見ると、

「それより、先にきみたちの事情の方から話してくれないかね？　ニュースは断片的でよ

くわからなかったんだ」

範子とちょっと顔を見合わせ、それから、修治は説明を始めた。織口が急行に乗っていないのではないかと思ったこと。慶子を見つけ、範子と出会ったこと。範子の立場については、彼女自身が言葉を足して説明し、さらに修治が補足をした。

「彼女、慶子さんが銃身に鉛を詰めて自殺しようとしたのは自分の責任だって言って、それで織口さんを死なせることになったら大変だから、じかに話したい——と。で、ここまで一緒についてきてくれたんですよ」

織口はもう一度範子の顔をのぞきこむような目をした。そして言った。優しい口調だった。

「ありがとう」

範子は黙ってかぶりを振った。

慶子に銃を持っていくように言われたこと。でも、弾は持ってこなかったことを話し、修治は苦笑した。

「だって、俺にはあなたを撃つことなんてできませんからね」

織口は両手でゆっくりと頭を撫でさすった。

「東京へ帰りましょう」と、修治は静かに言った。「織口さん、もう、こんなことはやめましょう。あなたが何をしようとしてたのか、俺、わかってるつもりだし、気持ちはわかるような気がする。だけど、それはやっぱり良くないですよ」

織口は微笑した。「私が何をしようとしてたと思ってるんだね？」

さすがに、修治は言い淀《よど》んだ。「大井善彦を――殺そうとしたんでしょう？」

だが、織口はかぶりを振っている。

「違うんですか？」

「違うよ」

「じゃあ、なんで銃なんか持ち出したんです？」

「彼を試したかったからさ」

「試す？　何を？」

織口は、修治の背後にある、雀たちが遊んでいる鉄材の山の方に視線を向けて、口をつぐんでしまった。修治は返事を促したかったが、織口の厳しく、淋しく、とり残された子供のような心細げな表情を見ていると、言葉が出てこなくなってしまった。

「試したかったんだよ」

やがて、織口の口が開き、ぽつりと返事がこぼれ出た。「大井善彦が、本当に自分のしたことを後悔しているのかどうか。罪に見合った罰を受ける用意ができているのかどうか。そのことをね」

前回の公判で、弁護側に新しい証人が立ち、その口から意外な事実がもらされなかったならば、自分もこんなことを思い立ちはしなかっただろう——と、織口は話し始めた。

「証言したのは、東京の新宿《しんじゅく》のスナックで働いている、まだ十七歳の少女だった。彼女は、自分が昨年秋に産んだ赤ん坊の父親は大井善彦だと証言したんだよ」

そのことは、大井本人も知っているという。赤ん坊が生まれたときは、すでに母娘殺しで逮捕されていたが、母親が面会に行ったとき、少女が赤ん坊を産んだことを伝えると、とても驚き、喜んだという。

「父親として恥ずかしくない人間になりたい、そのためにもちゃんと更生する——そう誓ったと言うんだな」

共犯者の井口麻須美の方は、母親が証人として出廷し、娘のシンナー中毒がもう五年以上にもわたるものであること、そのために、彼女がときどき幻覚に襲われ、狂乱状態になることがあったということを証言した。

「それなら知ってる」と、修治は口をはさんだ。「シンナーの件は、最初から問題視されてたでしょう？　事件当時、大井も麻須美も二人ともシンナーを吸っててヨレヨレの状態だった——そう話してくれましたよね」

織口は皮肉な口つきで笑った。「おかげで刑が軽くなりそうだということもね」

母親が証言台で泣いているあいだじゅう、麻須美の方は、一度として母親を見ようともしなかったという。ずっと目を伏せたままだった。

「殊勝な感じに見えたよ。だがね、彼女を見つめていた私は、はっきり見てしまったんだ。閉廷になって、外へ連れ出される直前、彼女が傍聴席の方をちらっと横目で見たときの顔が、まるで怪物のようだったことをね。恨んで、憎んで、怒り狂っていた。それだけしかなかった」

範子が両手で肘を抱き、そっと首をすくめた。

「麻須美の目は、あのとき、殺された母娘の遺族の方へ向けられていた。毎回、傍聴に来ているんだ。その人たちは、昔、私の親戚や義理の両親であった人たちだよ。我々は和解したわけではないが、傍聴席ではいつも一緒になった。一度、まだこの裁判が熱いものだったころ、傍聴希望者がたくさん押しかけて、籤引《くじび》きになって、私ははずれてしまい、法廷に入れなかったことがあった。その時は、閉廷後に、近くの喫茶店で、殺された二人の母であり祖母であり、昔は私の義母だったことのある人が、その日の裁判の様子を話してきかせてくれたよ」

織口は、足元を見つめたまま淡々と言った。

「皮肉なものだ。あの二人が殺されてみて初めて、私は故郷へ帰ることができたんだし、義母と——義母だった人と話し合うこともできた。彼女はもう七十一歳で、補聴器なしでは他人と話をすることができない。その人が、泣きながら、一所懸命努力して、素人にはわかりにくい裁判の様子を、私に説明してくれたんだ」

修治は黙って織口の顔を見つめていた。三人が、そこらに転がっているパイプと同じように、ぴくりとも動かないので、大胆になった雀たちが、織口の靴の爪先のすぐそばまで近寄ってきた。

「そして――」

織口が声を出すと、雀は驚いて飛び去った。彼はそれを見送るように顔をあげ、やっと修治と視線をあわせると、続けた。

「被告席から、その義母たちをにらみ据えた麻須美の目は、こう言っていたよ。あたしの親が、あたしのことをシンナー中毒の馬鹿娘だなんて宣伝しなけりゃならなくなったのは、みんなあんたたちのせいだ。あんたたちがあたしを捕まえさせたせいだ――とね。少なくとも、私にはそう見えた。それで、わからなくなってしまったんだ」

彼らも今度こそ反省し、身にこたえて、更生を志してくれるだろう。彼らだって環境の犠牲者なのだ。彼らだってこんなことをやりたくてやっているわけではないのだ――

「ずっとそう信じてきた。自分に言い聞かせて我慢してきた。それをしなければ、裁判を開くことの意味まで失《な》くなってしまうと思ったからね。だが、それが怪しくなってきてしまったんだ」

情報が入ってきたのだ、という。

「伊能町は小さい町だが、金沢という大都会をうしろに控えているからね。最近では、若者たちも東京や大阪に出ていかないで、居着いてくれるようになってきた。当時の私の教え子たちも、半分以上が町に残って生活している。だから、そういう情報のネットワークも残っていてね」

ひそひそ、ひそひそ——それは噂話ではあったが、誰もが真実であると確信していた。

「大井の子供を産んだという十七歳の少女の証言は、まったくのでたらめだというんだ。もちろん、大井が彼女と関係を持っていたことや、彼女が子供を産んだというのは事実だ。だが、その父親が大井善彦であるという、確実な証拠はない。大井の家族も、大井本人も、こんな事件を起こして逮捕され、裁判にかけられるまでは、彼女の存在など気にも留めていなかったらしい。公判が始まってから、あわてて彼女を探しだし、証言してくれるように金を払って頼んだというんだよ」

「なんのために?」信じられないという口調の範子の問いに、織口に代わって、修治が答えた。

「子供のために立派な父親になりたい——そんなことを言えば、裁判での心証を良くすることができるからだよ。そうですね?」

織口は深くうなずいた。急に頭が重くなり、支え切れなくなったとでもいうように、がっくりとうなずいた。

「そうだよ。それしかない。シンナー中毒や、子供がいることや、とにかくありとあらゆる手を使って罪を軽くしようと、彼らは必死になってるんだ」

「決して、反省なんかしていない……？」

今度の範子の問いには、修治は答えられなかった。織口も、すぐには答えなかった。

「私は、それを知りたい」と、うめくように言った。「だから、今度の計画を練ったんだよ。佐倉くん、今、大井と麻須美がどこにいるか知ってるかい？」

修治は顔をしかめた。「拘置所でしょう？　決まってるじゃないですか」

「いやいや、とんでもない。あの二人は今、伊能町の病院にいるんだよ」

「病院――」

「そうだ。伊能町には、大井善彦の親戚にあたる資産家が住んでいて、彼が以前にも数回そこへ押しかけて騒ぎを起こしたことがあるというのは、君も知っているだろう？」

「ええ、聞きました」

「そういうとき、善彦はやはり、いつもシンナーを吸っていた。景気づけに、ラリッてからおでましになるんだろう。だから一度、二年ほど前のことだが、その資産家の家の人間にとっつかまって――たまたま、知人で、多少は格闘技の心得のある人間が滞在していたそうなんだ――そのまま病院へぶちこまれたことがある」

「じゃ、今度もその病院へ？」

織口はうなずいた。

「シンナー中毒による幻覚などの症状を抑えるために、一時的に入院したことのある病院だ。今回は、麻須美もそこに入れられている。二人とも、拘置所内で、何度も幻覚に襲われて、暴れたり自殺をはかったりしているそうなんだ。それで、最初は警察病院に収容されたんだが、そこでも一向に症状が治まらないので、弁護側から裁判所に特別の申し入れがあってね。昔、大井の治療を受け持って効果をあげたことのある病院に移してもらったというわけだ。もちろん、厳重な監視つきだがね」

織口は、疲れたように頭を垂れ、目のあいだを押えながら付け加えた。

「それだって、拘置所よりは、監視の目が緩《ゆる》い。私には、それさえも、彼らが逃げだそうとしてることの布石としか思えないんだ」

「二人が示しあわせてお芝居をしていると？」

織口は顔を上げた。「だから、私はそれを確かめたかったんだよ。三カ月ほど前から、大井は、あるルポライターと定期的に面会していてね。自分の家庭環境や、少年時代のこと、現在の心境などを話したりしているらしい。同じそのルポライターが、拘置所で大井と接触のあった人間たちからも取材している。私はそれを漏れ聞いた」

拘置所で、ごく短期間だが大井と同室になったことのある、二十歳の青年が、大井にこう言われたことがあるのだという。

「〝病気のふりでも、気がふれたふりでも、なんでもいいからやってみれば、裁判では効果がある。それが本当なのかどうか、誰にもわかりゃしないんだから〟とね」

範子が怯えきった眼差《まなざ》しで修治を見あげた。修治は首を振った。

「そんな……」

「大井はこうも言ったそうだよ。こんなところにはもう一分だっていたくない。ここを出ていくことのできるようなチャンスが転がりこんできたら、自分は絶対にそれを無駄にはしない、とね」

織口はゆらりと壁から身を離し、身体の間で深く腕を組んだ。

「だからね、佐倉くん。私は、彼らにその機会を与えて、試してみたかったんだ。弁護士が言うように、彼らは本当に悔いているのか。それとも、脇から聞こえてくる、そういう噂の方が真実なのか――ということをね。麻須美が裁判長を見上げる視線が真実で、傍聴席を見据える視線が嘘なのか。それとも、その逆なのか。それを確かめないで放っておけば、また五年後、十年後に、同じようなことが繰り返されてしまうからだ。殺された私の妻と娘の名前のうしろに、これから先、ああいう人間たちの手にかかって命を落とす被害者たちの長いリストができてしまうからだ」

長い間、沈黙が流れた。空はすっかり明け染めて、周囲は明るくなってきた。雀たちがさえずり、北陸自動車道を往来する車の騒音が、遠い潮騒のように聞こえてくる。

「確かめて——それからどうするんです？」

修治は低く訊いた。

「善彦も麻須美も、本当に反省して悔いているとわかったら？　そのまま放っておく？」

織口は答えなかった。

「そして、その逆だったら？　彼らが本当はちっとも懲《こ》りてなくて、逆恨《さかうら》みの気持ちだけでいっぱいになっているとわかったら？　そしたらどうするんです？」

織口はまだ答えない。範子が、尻上がりに大きくなっていく修治の声に怯えたように目をあげた。

「佐倉さん——」

修治はとりあわなかった。織口だけを見ていた。

「そのときは、大手を振って連中を撃ち殺すことができる。そうでしょう？　でも、僕に言わせれば、どっちだって同じだ。あなたはね、織口さん。彼らを撃ち殺すための口実を探してるだけですよ。試すなんて嘘っぱちだ。そうやって自分にも嘘をついてる。あなたはただ、あの二人を殺したいだけなんだ。そうでしょう？」

修治はそう言って、ボンネットから身体を離した。拳を握り締めた。息がはずんでいた。

「違いますか？」

詰め寄ると、思いがけなく、織口の頭髪からトニックの匂いがした。いつも職場でつけているのと同じ匂いだ。それが急に修治を混乱させた。なんだって俺は織口さんに向かって怒鳴ったりしてるんだよ？

「お願いです」声がかすれてしまった。「正気に戻ってください。お願いだ」

だが、織口はそれを無視した。

重たげに足を引きずりながら、あの鉄材の山の方へとゆっくり近づき、こちらに背中を向けている。

「すべては裁判ではっきりさせるべきことだ。あなただっていつもそう言ってたじゃないですか。私刑を許したら、我々の社会は崩壊してしまうって。そうでしょう？」

織口は、ゆっくりと首をねじ曲げて振り向いた。修治は、溺《おぼ》れかけた人間が浮き輪にしがみつくようにして、織口の視線をつかまえた。ここで目を離したら、織口は永遠にどこかへ行ってしまう。

「東京へ帰りましょう。車に乗ってください。今ならまだ、それほど大きな騒ぎにはならないで済みます。ね？」

修治は車の前にまわり、織口を促すつもりで、運転席のドアを開けた。そして、振り向いて織口に呼びかけようとしたとき、範子が小さく叫ぶのを聞き、頭のうしろに硬いものが押しつけられるのを感じた。

「織口さん？」

身を縮め、信じられない思いで振り向いた。そこには、慶子の銃を構えた織口の姿があった。

「だって……銃は——」

範子が後部座席の風呂敷包みに飛びつき、結び目をほどいた。なかから転がり出てきたのは、その辺の地面の上にごろごろしているのと同じ、パイプが数本。

「最初からこういうつもりだったんですね？　銃を隠しておいて？」

かすれた声で、修治は訊いた。織口は答えず、ただ「すまないね」と言った。

「私はやっぱり、ここまで来て引き下がることはできないよ」

織口は、両手で支えていた銃を、さっと持ち直し、片手で小脇に抱えた。

「範子さん、君らが関沼さんからあずかってきた銃を出してくださらんか。ケースごとこっちへ持ってきてくれればいい。組み立てることは佐倉くんにやってもらうから」

「織口さん」修治は精一杯険《けわ》しい声を出した。

「あなた、自分がどんな馬鹿なことをやっているかわかってるんですか？　その銃を撃ったら、あなたが死ぬんですよ。銃身の真ん中がふさがれてるんだ。僕も無事じゃ済まないかもしれないけど、あなたは確実に死んじまう。わかってるんですか？」

「わかってないのは君の方だね」織口の声は冷静だった。「関沼さんは、この銃の下の銃身に鉛を詰めたんだろう？　上の銃身は無傷だし、ちゃんと使える。そしてね、普通の場合は、上下二連銃というのは、下・上の順で弾が出るんだが、切り替えスイッチを使えば、上・下の順番で撃つこともできるんだよ」

修治は歯の間から息を吸い込んだ。

「私の言うことが本当かどうか、試してみるかい？　私はね、佐倉君、自分でも銃砲所持許可をとろうと考えて、いろいろ調べたことがあるんだ。だが、私は以前、東京で一人暮らしをしていて、教職も辞めてしまったころ、半分アル中みたいになってしまって、立ち直るために、一年半ほど精神科の医者に診《み》てもらっていたことがあってね。記録が残っている。だから、自分では無理だと思ってあきらめたんだ。でも、銃についての知識を仕入れることだけは続けていた。だから、少なくとも君よりは詳しい。ずっと詳しいよ」

範子が引きずるようにして黒革のケースを運んできた。

「蓋を開けて」

言われたとおりにした。

「佐倉君、関沼さんから組み立て方は教わったろう？　そのとおりにやってみてくれないかな」

「織口さん――」

「頼むよ。なあ？」

この時ほど、自分の手が、指が、身体が重いと感じたことはなかった。修治が銃を組み立て終えると、織口がごそごそと動く気配がし、やがて、背後から青いカップの装弾が二発差し出された。

「これを装塡してくれないか。装塡して、とたんに振り向いて私を撃とうなんて考えないでくれよ。そんなことをしたって、私にはまず当たらないし、君が撃つより先に、私の方が引き金を引いてしまうだろうから」

「わかってますよ」

修治は二発の弾を装塡し、銃身をあおるようにして、かちりと収めた。

「ありがとう。じゃあ、銃口を前に向けたまま、それを私の方へ渡してくれ。後ろに下げてくれれば、それでいいよ」

命じられたとおりにすると、重たい銃身が、織口の手のなかに渡った感触が伝わってきた。気の狂ったリレーのバトンタッチだ、と思った。それと入れ違うように、織口がさっきまで抱えていた、あの銃身が詰まっている方の銃が、修治の足元にどさりと落ちた。

「これで、二発続けて撃つことができるようになった」

織口は、爪先で、下の銃身が詰まっている方の銃をそっと小突いた。

「これを拾って、車に乗りなさい」

修治は銃を拾い上げた。見た目には、今、組み立てたばかりの銃とそっくりだ。少なくとも、素人目にはそっくり同じものに見える。すると、背後の織口が言った。

「そちらの銃は、上の銃口にチョークがはめてないね」

「チョーク？」

「ああ。絞りだよ。銃口のなかをのぞいてごらん。下の方は、内部にもうひとつ、リングみたいなものがはめこまれていて、銃口が二重になっているだろう？　でも、上の銃にはそれがない」

のぞいてみると、織口の言うとおりだった。

「チョークというのはね、散弾の散開度を——つまり、広がり方だね——調整するために、銃口の先端の内側に付けるもののことだよ。ほら、ホースで水をまくとき、そのままだと水の流れが太いままだけれど、ホースの口をぎゅっと握ってやると、水の流れが細くなって遠くまで飛ぶようになるだろう？　原理はあれと同じなんだ」

織口の声は、教壇に立って文法の講義でもしているかのように落ちつきはらっていた。

「今、きみが持っている、関沼さんが下の銃身の中央をふさいでしまった危険な銃は、下の銃口にしかチョークが付けていない。だが、私が今こうして持っている無傷の銃は、上の銃口にも下のにもチョークが付いている。彼女の好みかな。佐倉君。ついでに、そっちの銃の薬室をのぞいてごらん。弾を装塡するところだ」

修治は銃身の根元の部分をカチリと折り、薬室を開けてみた。

そこには何も入っていなかった。空《から》だった。

「嘘をついたんですね」

身をよじって織口の目を見つめると、彼は申し訳なさそうに頬笑んだ。

「だが、切り替えスイッチは本当に〝上〟にしてあるんだよ。その小さい四角い出っ張りだ。Sと書いてあるだろう？ 安全装置も兼ねている」

修治は小さな四角い出っ張りに触れてみた。上下に動くようになっている。そして、確かに今は、上の方へ押しあげられていた。

「私は、嘘で君を撃っちまったんだな」と、織口はつぶやいた。

その目を見あげ、その瞳の奥をのぞきこんで、修治は薄ら寒い真実を見つけた。目は心の窓だというけれど、それなら、今のこの人の目は、囚人が鉄格子をヤスリで引き切って脱獄したあとの窓だ。内側から押し曲げられた檻が、外の世界に向かってぽっかり開いているだけで、なかはうつろ、完全に空っぽだ。

この目の奥に捕われていた囚人は、修治の知っていた織口が制御しようとしていた囚人は、もうとっくに脱獄してしまった。自由の身になって、復讐のために、まっしぐらに目的地へ向かっている。

もう捕まえられない。もう追いつけない。結局すべては徒労だった――

その認識は正しかった。織口はこう言った。

「もう後戻りはきかないね。さあ、車に乗ってくれ。範子さんは、私と一緒に後部座席に座るといい。佐倉君には運転を頼むよ。伊能町まで、一時間もあれば行けるはずだ」

6

越中境サービスエリアで織口を降ろしてから、約一時間。神谷のカローラは小杉《こすぎ》で北陸自動車道を降り、国道一六〇号線に入ったところだった。

海沿いの景勝地を走る道路である。ときどきあくびをもらしながらも、竹夫はもうちゃんと目を覚ましていて、窓の外を眺めている。小杉でいったん車を停め、公衆電話から病院に連絡を入れてみて、佐紀子の様子に変化はなく、今はすっかり落ち着いているということを聞いたので、神谷もリラックスした気分になっていた。

同時に、また今度もこんな空騒ぎで竹夫をわずらわせてしまったのだな——という気もした。万にひとつ、佐紀子にもしものことがあったらという恐れから、いつも言いなりになっては振り回されている。佐紀子に悪意はないとわかっているし、彼女もまた苦しんでいると思うから、強く出ることができないでいるのだが、それで結局、いちばん傷ついているのは、竹夫なのかもしれない。

(あなたがしっかりすることですよ)

別れ際に織口が言った言葉が、頭のなかに沈んでいる。沈んで、なおかつそこから波紋を広げている。

（しっかり、だらしなくなることだ）

どうすりゃいいんだ？　と、神谷はひそかに苦笑した。あの織口という男、ちょっと変わった感じだった。

（いっそ、俺が何もかも放り出して蒸発でもしたら、どうだろう）

座りきりでいるので、突っ張ってきた背中をのばしながら、神谷は考えた。

（俺がいなくなったら、佐紀子のおふくろさんは大喜びするだろうな。そして、そのうちに、佐紀子も竹夫も、俺のことなんか忘れてしまうんだろうな……）

織口という男は、妻を連れて故郷を出た、と言っていた。その判断が正しかったからこそ、彼は初孫を腕に抱くことができるのだ。今ごろはもう、しわくちゃの赤ん坊の小さな顔をのぞきこんでいるかもしれない。

（俺が踏み切らなきゃ駄目なんだ）

助手席の竹夫は、退屈してきたのか、シートにもたれてぼんやりしている。七時ごろには和倉の病院に着くことができるだろう。着いたらすぐに学校へ電話をかけて、今日は休ませるということを報せておかないと、また担任の教師に心配をかけてしまうことになる。それから、できるだけ早い時間の飛行機をつかまえて、東京へとんぼ返りだ。

ひとつひとつは細かなことだが、積み重なると、大きな負担になってくる。神経戦に近いこの闘いに、神谷は、今まで自分で意識してきた以上に、ずっとひどく疲れていることに気がついた。それもこれも、織口という男を拾って、赤の他人、これきり会うことのない通りすがりの気楽さから、いろいろと打ち明けてしゃべってしまったためだろう。暑いと言えば余計に暑く感じ、痛いとうめけば実際以上に痛く感じる。それと同じ道理だ。黙って我慢していれば、そのうちに我慢していること自体を忘れてしまうことができるのに――

愚痴めいたことを言えば、言った分だけ自分の身に返ってくるということだ。気がクサクサしてきて、考えるのも面倒になってきた。目的地が近づいて、気が緩んできたせいもあるのだろう。竹夫と二人で黙り込んでいることにも疲れて、神谷はラジオのスイッチを入れた。

最初に聞こえてきたのは天気予報だった。北陸地方は、本日は降水確率が一〇パーセント。運転席から見上げると、なるほど、薄水色の空が広がり始めている。そういえば、東京は曇天だったが、西へ走るにつれて雲が切れてきた。よかった。このうえじめじめと雨に降られたら、なおさらやりきれなくなってしまう。

続いて始まったニュースは、最初のうち、神谷の耳を素通りしていた。国会がどうこう、不正融資がどうこう――運転疲れの頭には、いささか重たく、有り難くない話題だ。

そのとき、「オリグチ」という名前を耳にしたように思った。

居眠りから起こされた瞬間のように、神谷はびくっとした。すぐには頭が働かず、気持ちを集中させることができない。だが、反射的に片手でラジオのボリュームを上げ、アナウンサーの平板な声をはっきりと聞き取ることができるようになると、意識にかかっていた霧が、潮が引くようにして晴れていった。

「散弾銃を盗んで逃走中の織口邦男の足取りは依然として不明のままですが――」

散弾銃を盗んで逃走中？

おりぐち、くにお。

思わず、神谷は笑いだしてしまった。なんだ、そんな馬鹿なことがあるものか。ほんの一時間ほど前までこの助手席に座っていた、あの小太りのやわらかな顔立ちの男。いろいろと話をし、一緒にコーヒーも飲み、娘に赤ん坊が生まれることをあんなに楽しみにしていた男だ。名前が同じだからって――

おりぐち、くにお。ニュースではははっきりそう言った。

運転の方がおろそかになっていた。後続車から激しくクラクションを鳴らされ、殴りつけられたようなショックを受けて、神谷は我に返った。ハンドルを握り直し、シートに腰を落ち着けた。

おりぐち、くにお。

機械的に運転を続けながら、次第に高まってくる動悸を数えながら、神谷は考えた。俺の方が、聞き違いをしたんじゃなかったかな？　あの男が「おりぐち」と名乗ったような気がしたけれど、本当は「ほりぐち」と言ったのかもしれない。そうだ、きっとそうに違いない。やあ、面白いじゃないか。ずっと勘違いをしていたんだよ。

（私はこういう者です）

　昨夜の記憶が戻ってきて、神谷を打った。

　そう、そうだった。あのとき俺は社員証を見せられたのだ。そこにははっきりと漢字で「織口邦男」と書いてあった。「堀口《ほりぐち》」じゃなかった。たしかに「織口」だった――

じゃ、ニュースの方が違ってるのか？　ラジオの方へ目をやってみたが、アナウンサーはすでに別のニュースを取り上げていた。聞きやすいだけの無感情な口調で、北海道で起こった観光バスの衝突事故の様子を伝えている。ほかの周波数に切り替えてみても無駄だった。今、ニュースをやっているのは、この局だけだ。

（散弾銃を盗んで逃走中のおりぐちくにおの行方は依然として不明ですが――）

散弾銃？　あの織口という男は、散弾銃なんか持っちゃいなかった。銃なんて、映画やテレビでしか見たことはないが、それだって、だいたいどんな形のものであるかということぐらい、ちゃんと知っている。散弾銃？

　冗談じゃない。あの男は大きな風呂敷包みを抱えていただけだった。そして、娘のお産のことを心配していただけだった……

(伊能町の木田クリニックです)

行き先だって、ちゃんと言っていたじゃないか。

ふと見ると、竹夫がこちらを見あげていた。言葉を口にすることをやめたときから、この子の顔は、生き生きとした表情も失ってしまったようだ。普通の人間の顔が、波立つ海であるならば、竹夫の顔は深山のなかの小さな湖だ。時折り小さなさざなみがたつことはあっても、決して荒れず、乱れず、底を見せることもない。

だが今、その竹夫の目に、はっきりと不安の色が浮かんでいた。この子も俺と同じ事を考えているのだ——神谷は悟り、初めて腕に鳥肌がたつのを感じた。向かいあわせに置かれた大きな鏡と小さな鏡。お互いを映しあっている。

「まさか、なあ。あのおじさんじゃないよ」

強《こわ》ばった頬を無理に動かして笑みをつくりながら、神谷は言った。

「絶対に違うよ。名前が似てるってだけのことだろう。気にしないでいいよ」

だが、竹夫は神谷の顔から視線をそらすと、今度はラジオのチューナーのランプを見つめている。ボクはそうは思わないよ、お父さん。もう一回ニュースを聞きたいよ——そんな無言のメッセージを、神谷は感じた。

「じゃ、確かめてみようか。な?」

竹夫に聞かせるというより、自分を納得させるために、神谷は声に出して言った。

「木田クリニックってところに電話してみればいいんだ。織口さんて人が来ていませんかって」

そうだ。それで織口が電話に出てくれれば、馬鹿らしい話なんですよと笑いあうことができる。失礼しましたと謝ることも、生まれたての赤ん坊がどれほど可愛らしいか、彼の自慢話を聞いてやることだって——

だが、もしも織口をつかまえることができなかったら？　あるいは彼が、面会時間でなくて病院のなかに入れず、呼び出しの聞こえない場所にいたら？　病院にいても、うまく電話に出てこられなかったら？　そしたらどうだ？　この疑いを、散弾銃を盗んで逃げている男を同乗させてきたかもしれないという疑いを抱えたまま、「おりぐち」という犯人が捕まるまで、じっと息を殺しているのか？

それともこのまま警察へ駆け込むか？　とんでもない人違いであるかもしれないというリスクを冒《おか》して？

伊能町の、木田クリニック。

「竹夫、なあ、引っ返そう」

言葉よりも早く、神谷は視線を走らせて、Uターンのできそうな場所を探し始めていた。

「木田クリニックに行ってみようよ。そこにあの織口さんがいるかもしれないし、もしいなくても、今朝《けさ》がたお産した、織口という旧姓の若いお母さんがいたら、それでいいんだから。そしたら、父さんたちは無関係だからね。でもそうでなかったら、警察に報せなきゃならない。うかつにはできることじゃない。竹夫、引っ返そう」

子供は何も言わなかった。いつものことだ。それを積極的な肯定の沈黙だと感じたのは、神谷の思い込みかもしれない。

「ごめんな。この用が済んだら、すぐにお母さんのところに連れてってやるからね。ちょっと辛抱してくれ」

うわの空の言葉も、神谷の頭のなかも、走り続ける車のタイヤも、今はすべてが空回りを始めていた。

7

その雑誌に掲載されている写真を見つけたのは、黒沢の方だった。

「セーラー服の女子学生」という手がかりだけで、ほかには何もない。もとになるものを見ていない黒沢としては、セーラー服を着た女の子のグラビアにぶつかったら、そのまま桶川に見せる——ということしかできない。やみくもに振り回すしか能のないバッターのように、もう一時間以上も空振りばかりを続けていた。

だが、その写真を見つけたときには、瞬時に「これだ」と思った。確信がこみあげてきた。そして、写真の脇につけられている見出しとリードを読んだとき、思わず声をあげていた。

「桶川さん！　これじゃないですか？」

桶川は黒沢の手から雑誌をひったくった。ページを見おろす彼の顔から、持ち前の丸い線が消えてゆくのを見て、黒沢は背中がぞくりとした。釣り上げた魚が、ぼんやりとした魚影《ぎょえい》からは想像できないほどグロテスクな形をしていた——そんなときの釣り師のように。

「一年前だ」桶川が押し殺した声で言った。

「金沢の、伊能町の母娘射殺事件だ。そうだよ、これだ。俺が見たのはこの写真だ。殺された被害者の娘の学生時代の写真だったんだよ」

黒沢は足元の雑誌の山を蹴散《けち》らかしながら電話機に飛びついた。

石川県警に電話がつながり、伊能町の強盗殺人事件を直接担当した刑事と連絡をつけてくれるまで、十分間かかった。その十分のあいだに、黒沢は血圧が二百ぐらいまであがったような気がした。私服勤務になって捜査三課に配属されて以来、これほど頭に血がのぼるような思いをするのは初めてのことだ。

電話に出てきた石川県警の刑事は、泊《とまり》と名乗った。金沢市内の自宅からかけてきていた。桶川と同じ巡査部長で、同じような古狸であるようだった。相手の野太い声を聴くやいなや、桶川が黒沢の手から受話器をもぎ取った。

彼が事情を説明しているあいだ、泊は一言も発せず、気配さえ感じさせなかった。それから手早く言った。

「あの事件の関係者に織口という名前の人物がいるかどうかということですな？」

「ええ、そうです。織口邦男」

少し間をおいてから、泊の声が戻ってきた。

「あの事件は現在公判中ですが、私はほぼ毎回傍聴に行っています。そこで、被害者の遺族とも顔をあわせています」

「ええ、それで？」

「織口邦男という人物とも、会ったことがあります」

桶川の耳に耳をくっつけて、黒沢は緊張した。

「彼もまた、殺された二人の遺族です。二十年前に離婚した夫、娘と別れて伊能町を出た父親です。法的にはともかく、感情的には立派に二人の遺族としての資格を持っています。彼は、ほとんど毎回、裁判を傍聴に来ていますよ」

桶川の口が、だらしなく開いた。彼の脇から黒沢は怒鳴った。

「もしもし？　この事件の犯人たちは、今どこに拘置されているんですか？」

「伊能町の、木田クリニックという病院ですよ。所在地は——」

泊がきびきびと住所と電話番号を告げた。

「シンナー中毒による幻覚や譫妄《せんもう》状態が激しくなって、一時は公判の維持さえ難しくなったために、特別に入院治療を受けているんです。そこにはかつて大井善彦を治療したことがある主治医がいるんですよ」

「じゃ、二人とも木田クリニックに？」

「そうです。二人とも。本日は公判の開かれる日ですから、二人ともそこから出てくることになる。十時半の開廷だ」

私設法廷だ――黒沢の頭に、その言葉がよぎった。本物の公判が開かれるその日に、あえて織口は出かけていった。銃を持って。

「木田クリニックに警備を」

怒鳴るような桶川の声に、泊が答えた。

「大至急、人を遣《や》ります」

電話が切れた。桶川は受話器をつかみなおし、木田クリニックの番号をプッシュした。

黒沢はまた彼の耳に耳を押しつけた。

一回、二回、三回――呼出し音が鳴り続ける。どこにある電話だろう？　受付か？　事務室か？　ナースセンターか？　どこだ？

早く出てくれ。

かちりと、受話器が持ちあがる音がした。女性の声が応答した。

「木田クリニックでございます」

その瞬間、東京から金沢へ、織口が走り抜けた五百キロの距離を隔てて、相手の声の震えていることが、黒沢の、桶川の耳に伝わってきた。

桶川はこちらの身分を名乗り、それから、めったに見せないためらいの色を目に浮かべて、ゆっくりと訊いた。

「そこで何か変わったことが起きているんですな？」

相手は答えた。声が裏返りそうになっていた。

「銃を持った男の人が、正面玄関のところにいるんです……」

桶川の目が黒沢の目をとらえた。口元を歪ませたまま、彼は左右に首を振った。

「いかんわ。間に合わなかった」

黒沢は時計を見た。午前七時二十三分。

8

木田クリニックは、白壁の四階建て、小さな前庭に芝生をあしらった、こぢんまりした病院だった。住宅地からも離れ、伊能町を見おろすなだらかな山の中腹に、ひっそりと看板をあげている。建物のぐるりは雑木林に囲まれ、しきりと野鳥の鳴声が聞こえる。正面ゲートの鉄柵と、その脇にかかげられた看板に――「木田クリニック　内科　外科　小児科　精神科　救急外来有」――朝日が当たっている。

ここまでの道程、織口はまったく無言で、何を訊いても口を開こうとしなかった。どういう計画を立てているのか説明もしてくれなかった。片腕で抜かりなく銃を支え、ウエストポーチから取り出した装弾を、ジャンパーのポケットに移しているときでさえ、まったく言葉を口にしなかった。範子の懇願も聞こえないようだ。

「織口さん、あなたに佐倉さんが撃てるはずがないでしょう？　撃てないでしょう？　脅しても無駄よ。ね、引き返しましょう」

だが織口は答えなかった。ときには頭のうしろに、ときには背中に銃口を感じながら運転を続け、修治は彼の知っている織口、彼と一緒に働いていた織口が、どこかへ消えてしまったことを悟った。今の織口は、修治の知らない織口の残骸だ。

だから、今のこの織口なら、修治を撃つことだってできるかもしれない。目的のためなら、それぐらいするかもしれない。

車は緩やかな坂を駆けのぼり、ゲートを抜けて、木田クリニックの建物の前に出た。そこにはパトカーが二台停められていた。修治は一瞬、警察が先回りして待っていたのかと思った。

だが、前のパトカーには、制服姿の巡査と、私服の刑事二人にはさまれるようにして、ジョギングウエアのようなものを着た若者が、今、乗りこもうとしているところだった。両手錠、腰縄。修治は悟った。あれが大井善彦だ。裁判所へ連れていかれるところなんだ。そして、織口の狙いが何だったのかわかった。この瞬間を待っていたんだ。無防備な瞬間。大井と麻須美にじかに声をかけることのできる瞬間を。

こうして彼らを試すのだ。彼らの本音を。

うしろのパトカーには、同じように刑事にはさまれて、井口麻須美が乗りこむところだった。彼女は長い髪をうなじのところでひとつに束ね、ワンピースのようなものを着ていた。剝《む》き出しの膝小僧が、今パトカーのドアの陰に隠れるところだ。

修治がタイヤをきしらせながら車を停めたとき、まっさきにこちらに目を向けたのは、その大井善彦だった。短く刈った頭。焦点の定まらないような目が、修治の目とあった。そして、驚愕《きょうがく》に大きく広がった。

織口は信じられないほど素早く後部座席から降りると、運転席のドアを開け、修治の腕をとって引きずり降ろした。あまりの勢いに、修治は片膝を地面についた。織口が両足を踏ん張って散弾銃を構え、こちらに銃口を向けている。彼が警官たちに向かって張り上げた声は、今まで修治が聞いたことのない、醜いわめき声だった。

「動くな！」

警官たちは一瞬動きを止め、次の瞬間ぱっと扇形に散開して身をかがめた。大井善彦が腕をひっぱられ、地面に頭を押しつけられる。井口麻須美の姿も修治の視界から消えた。そして織口の声を聞いた。

「大井善彦と井口麻須美だな？　ここから逃げだすんだ！　助けにきたんだよ。逃げだすんだ、さあ早く！」

車が急停車した瞬間、範子は前部シートの背もたれにたたきつけられた。ドアが開き、織口が降りる。範子は必死で手探りしてドアを開け放ち、外へ転がり出た。

車体の反対側に、織口と修治がいる。織口の散弾銃の銃口が振りあがり、蹴つまずくようにして地面に降りた修治の頭を狙ってぴたりと止まる。前方のパトカーの警官たちが、一斉に姿勢を低くし、誰かの腕がのびてパトカーの無線機のマイクをひっつかんだ。

頭の上の方で悲鳴があがった。見上げると、二階の窓から看護婦が一人顔を出し、喉いっぱいに声を張り上げて叫んでいた。両手で濡れたタオルの端をつまみ、洗濯ばさみを持っている。彼女は悲鳴をあげ続け、タオルが手を離れ、範子から五十センチと離れていない場所に落ちてきた。それが合図であったかのように、あちこちで窓が開き、叫び声があがり、人が動きだした。

車の反対側にいる修治の姿は、範子からは見えなかった。タイヤの脇に、足だけがのぞいている。その足の膝の皿の上を、織口の靴が踏みつけて押えている。あんまり強く踏みつけているので、修治の膝が逆に折れてしまいそうだ。

ああ、なんてこと。

範子は肘と尻であとずさりして車から離れようとした。前後を忘れ、織口に彼女や修治を撃てるはずがない、織口に人殺しなどできるはずがないという考えが、頭のてっぺんから何かで引っこ抜かれたかのように、一度に消しとんだ。織口さんは本気だ。本気で殺すつもりだ。そしてそれを見せるためにあたしたちを連れてきたんだ。

「何をしてるんだ、早く来い！　縄をほどくんだ。さもないとこいつを撃つぞ！」

織口が、警官たちに、そして大井善彦に呼びかけている。善彦は警官に押えつけられている。その口が啞然《あぜん》としたように開き、織口と、修治の頭に押しつけられた織口の銃を見上げている。

「撃つな！　撃つな！」警官の怒声が響いた。同僚を制したのか、織口に向かって叫んだのか、範子にはわからない。どこかで電話のベルが鳴っている。繰り返し、叩きつけるような悲鳴が聞こえる。

「早くするんだ！」織口が怒鳴る。警官が大井の頭を押える。無理よ――範子は泣きながら思った。織口さん、無理よ、こんなことをしたって無駄だわ――

だが次の瞬間、範子は見た。惚《ほう》けたように織口を見つめていた大井の顔に、認識の色が走ったことを。利用できるものを利用しようという計算と、利己的な判断がこの場を支配したことを。地面に這うようにして倒れた範子の視界いっぱいに、警官の腕を振りほどき、もがきながら起き上がろうとする大井の姿が見えた。

織口さんはこれを見せようとしてたんだ。繰り返し、範子は心のなかで絶叫した。声を出していないのに、喉が破れそうだった。これを見せるために、あたしと佐倉さんを脅してここまで連れてきたんだ。織口さんは正しかった。あたしたちは間違ってた。わかったわ、わかったわ、だからもうやめて。

刑事の怒声と、大井の声がいり交じった。

「止まれ、おい!」

「麻須美、来い、来い、早く!」

刑事が彼に飛びかかろうとしたとき、織口が修治の頭に強く銃口をつきつけた。反動で彼の頭が車のドアにぶつかった。刑事は凍りついたように動きをとめ、クリニックの入口の方へと視線を飛ばした。そこには人が集まっていた。ドアの向こうではまだ叫び声があがっていた。

奇妙な静けさが、範子を覆った。すべてがスローモーションに見えた。大井善彦がこちらへ走ってくる。車の方へ走ってくる。麻須美が続く。彼女は途中で一人の刑事の足につまずき、両手をついて立ち上がりながら、激しく毒突いた。彼女もこちらへ駆けてくる。範子のそばへやってくる。車のドアに手をかけ、麻須美が助手席に転がりこみ、大井は後部のドアへと手をかける。麻須美の背中がいったん範子の視界を閉ざし、また消えて、車の向こう側に仁王立ちになっている織口の姿が見えた。

織口の銃が、ゆっくりと振りあがる。限りなくスローモーションに近く、範子はその一瞬一瞬を見た。織口の銃口が修治の頭を離れ、腕が銃を持ち替え、車のなかに飛び込んでいこうとする大井の頭へ、今ドアに手をかけている大井の顔へと向けられてゆくのを、範子は見た。

織口さんは正しかった。被告は死刑。

そのとき、誰かが呼んだ。

「おじさん!」

織口の動きが止まった。

9

神谷のカローラが木田クリニックの前に到着したとき、最初に見えたのは織口の青いジャンパーだった。パトカーも、彼の手のなかにある散弾銃も見えなかった。ただ青いジャンパーだけが、神谷の脳裏に焼きついた。やっぱりあんただった。あんたが織口邦男だった。

ゲートのすぐそばで彼は車を止め、一瞬、竹夫の存在をも忘れて、転がるようにして降りた。前方で起こっていること——二台のパトカーとその前に立ちふさがるように停められているメタリック・ブルーの乗用車、地面に座り込んでいる若い娘、凝固したように動きを停めている警官たち、織口に銃を突き付けられた若者が、車のドアに頭を押しつけて膝をついている。そしてパトカーの方向から二人の男女が現われ、織口の方に向かって走ってくる——津波のように、すべてが一度に展開し、過剰電流が流れて、神谷の思考力のヒューズが飛んだ。

事態を把握することができないまま、彼は棒立ちになった。織口の名を呼ぼうとして口を開きかけ、そのとき竹夫の声を聞いた。

「おじさん！」

神谷は振り向いた。竹夫はカローラの助手席のドアを開け、小さな足で地面に降りて、片手でドアにつかまっていた。その口が開いて、今、「おじさん！」と呼んだのだ。

頭をめぐらすと、織口がこちらを振り向いていた。彼の顔に、出し抜けに殴られでもしたかのような驚愕の表情が浮かんでいた。織口の銃は、車の方を向こうとしていた。だが今、その手が緩み、銃口が下へさがり、車の後部のドアのそばの若者からも離れていく。緩慢に弧を描いて、ゆっくりとずれてゆく。

刑事たちはそれを見逃さなかった。二人が前に飛び出してきた。一人が立ち上がって上着の下から拳銃を抜いた。

「止まれ！　銃を捨てろ！　捨てるんだ！」

その声に織口が反応した。ほとんど反射運動に近かった。彼の手が銃を持ち上げようとしかけ、つかみそこねて銃口がぶれた。それは向かってくる刑事たちの方を向いた。そのとき、神谷の腹の底にこたえるような轟音《ごうおん》が轟《とどろ》き、織口がうしろへふっとばされるのを見た。

「織口さん！」

ドアのそばの若者が身を起こしながら飛び出した。織口は大きくうしろへよろめき、手から銃が投げ出される。だが、刑事よりもその若者よりも一瞬早く、車の後ろのドアのそばにいた男、撃たれる寸前、織口がその頭に狙いを定めていた若者の手が織口の銃をつかんだ。彼は地面に転がるようにしながら銃をがっちりと確保すると、腰を落とし足を踏ん張って、そこへ突進してきた刑事に向かって発砲した。

手前の車のフロントガラスが木っ端微塵《こぱみじん》にふっとんだ。そこだけ霰《あられ》が降ったようだった。一人の刑事が仰向けに引っ繰り返り、もう一人は飛び散ったガラスをまともに浴びた。

運転席のドアのそばにいた若者が、倒れる刑事の下敷きになった。棒立ちの神谷は、思わず叫んだ。何を叫んだか自分では覚えていない。だがそれは警告音のように響きわたり、散弾銃を構えた若者を神谷の方へ振り向かせた。

撃たれる――瞬間、そう思った。若者の指が引き金を引くところが見えた。それは飴のように引き伸ばされた瞬間、世界がねじれて千切《ちぎ》れてしまう瞬間。若者の顔にこっけいなほどの驚きの表情が浮かんでいるのが見えた。神谷はとっさに伏せようとした。

「駄目、駄目！」

女の悲鳴が聞こえ、車の脇に座り込んでいた若い娘が、弾《はじ》かれたように起き上がって飛び出してきた。彼女は銃を構えた若者に身体ごとぶつかっていった。そのとき若者が発砲した。神谷はたくさんの平手で一度にたたかれたような衝撃を感じ、あとじさりしたとき、視界の隅を竹夫の小さな真っ白な顔がかすめ、頭が反《そ》りかえって空が見えた。

範子が大井に飛びかかったとき、修治は撃たれた刑事の身体の下から這い出したところだった。左の目に霞がかかってしまっていた。どこにも痛みは感じなかった。あるのは焦燥と、自分の魂が焦げてでもいるかのような鼻をつく火薬の匂い。

大井は銃の台尻で範子を張り飛ばした。彼女が地面に倒れると、彼は銃を持ち直し、仰向けに倒れている織口のジャンパーのポケットからこぼれでた装弾を、わしづかみにして立ち上がった。そして修治たちの車の運転席に向かって突進してきた。彼が運転席に飛び込み、ハンドルをつかんだとき、修治もあとに続いた。突き飛ばされてよろめき、トランクにしがみついたとき、車は急発進して飛び出した。パトカーの脇を擦《す》り抜け、追いすがる刑事の手を跳ねのけて道路へと躍り出た。

修治はボンネットに張りつき、片手を車の屋根にかけて、必死でしがみついていた。リアウインドウごしに、運転している大井の頭と、こちらを見あげてののしっている麻須美の顔が見える。振り落とされないようにと全身で頑張った。木田クリニックはうしろに置き去りになり、どんどん離れてゆく。パトカーのサイレンが聞こえ始め、また途切れた。それは修治の意識が遠くなりかけたからかもしれなかった。

車が激しくバウンドし、修治を天井へ叩きつけた。それが彼を正気に戻した。

目の下の車内では、麻須美が銃を手にしていた。大井が織口のポケットから奪ってきた装弾を、不器用な手つきで装塡している。上が青、下が一発だけしかない赤い装弾だった。

銃身を持ち上げて薬室を閉じると、それを前の席の大井の方へ押しやった。大井がそれを膝の上に置く。麻須美は続いて身を屈《かが》めると、もう一挺の銃を取り出す。

あれだ。慶子が下の銃身を詰めてしまった銃だ。あのまま車内に置きっぱなしにしていたものを、麻須美が見つけた。

今、それに装塡している。

修治は頭が空回りするのを感じた。彼女が母娘を射殺したときの光景が、旋風のように脳裏に浮かんだ。

（面白そうだからあたしにも撃たせて）

よけなきゃ、と思って天井へ乗った直後、修治のすぐ下でリアウインドウがふっ飛ばされた。麻須美が発砲したのだ。砕けたガラスがトランクの上へ派手な音をたてて飛び散った。修治のジーンズの上にも破片が飛んできた。

一発目だ。今の一発。あの銃のスイッチは〝上〟になったままだった。次の一発は下の薬室から飛び出す。中央がふさがっている。下の銃身に向かって。

だがそのとき、大井の怒鳴り声が聞こえてきた。

「無駄に撃つんじゃねえ！　パトカーが追っ掛けてきたら撃つんだよ、バカ」

「だって、こいつが」麻須美が言い返す。

「振り落としてやる」

本当にそのとおりになりかねない。腕が痺《しび》れてきた。肩が抜けそうだ。

なんとか前に回って視界をふさぐことができれば、大井もスピードを落とすかもしれない。だが、修治が歯をくいしばって移動しようとし、風圧と振動に耐えながら足をずらしているとき、緩やかなカーブを描く山道の対向車線に、一台の車が現われた。尻を振りながら疾走するこの車の前に、それはびっくり箱の玩具のように飛び出してきた。大井がハンドルを切った。車は跳ね上がった。コントロールを失い、路肩へと乗り上げる。

修治は彼がハンドルを切り、車の動きを把握しなおすだろうと思った。だが、勢いのついた車体は大井の運転の手を離れ、あっけないほど簡単に、山の斜面をずり落ちていった。かろうじて斜面にタイヤをつけ、頭を下に、次第に加速度をつけながら、下へ、下へ。

修治は途中で放り出された。ふわっと浮いて、一瞬、木立ちが三六〇度回転し、(目が回りそうだ)背中から落下した。衝撃はあった。土の匂いがした。一度、二度バウンドして、ごろごろと果てしなく転がった。斜面だ。雑木林の下草のなかへとつっこみ、そこで勢いが和《やわ》らいだと思った次の瞬間、身体の下から急に地面が失くなり、一秒の何十分の一かのあいだ再び空を落下して、冷たく泥の匂いのするもののなかに飛び込んでいた。

二、三秒、気を失っていたらしい。頭をあげると、自分が泥水のたまったような池の浅瀬に倒れていることに気がついた。

頭を上げると、また周囲がぐるりと一回転したかと思うほど、激しいめまいが襲ってきた。左腕に感覚がない。起き上がろうとしても、足に力が入らなかった。

大井の車は、修治より五メートルほど上の斜面で停車していた。修治と同じように雑木林のなかの立ち木をかすめると、そこで横ざまに引っ繰り返ったらしい。

エンジン部分から薄い煙があがっているが、炎は見えなかった。爆発もなかった。奇妙な非現実感が襲ってきて、まるで映画のスタントみたいだと思った。池のほとりの泥のなかに横たわったまま、まだ起き上がることもできず、修治は車を見つめていた。

上になっている方のドアが開き、大井が顔を出した。頭から血を流しているが、まだ生きていた。

しかも、片手に銃を持っていた。

まず一挺を取り出し、それを脇に置いて、ドアの内側へ手をのばし、もう一挺を受け取る。なかに麻須美がいて、手渡しているのだ。二人とも生きているのだ。

パトカーのサイレンが聞こえる。どこだろう？　近づいてくる。上の方だ。修治はやっと頭を起こした。そして、車から飛び降りた大井と、斜面沿いに五メートルの距離を隔て、まともに向きあった。

徒手空拳だ。大井は銃を持っている。こっちは泥水にまみれて腕を折り、背中をかくすことすらできやしない。

大井に続いて、麻須美も車から顔をのぞかせた。両手で身体をひっぱり上げ、ドアから車体の上に出てくると、下で待っている大井に、二挺の銃を手渡した。それから、慎重に車体につかまりながら、地面へ降りたった。

銃が二挺だ。二挺ある。だが、どっちがどっちだ？

水溜まりのような浅瀬に横たわったまま、修治は必死で考えた。どっちだ？　どっちの銃が、慶子の手で細工された銃なんだ？

口径の違いなど、まったくの素人の修治には、とうてい見分けることができない。だが、銃口を見ればわかる。織口が言っていた。細工されていない銃は、上下の銃口にチョークがはめてあると。細工されている銃は、下の銃口にしかチョークをはめていない。近くで見れば、一目瞭然だ。

だが、それには銃口と向きあわなければならない。

大井が斜面をずるようにして降りてきた。麻須美は軽く足を引きずっている。髪は乱れ、顔には泥がついている。二、三歩歩いただけで、彼女はその場にしゃがみこんでしまい、修治の視線から消えた。

「ねえ、どうすんの?」と、声だけが聞こえる。「あたし、ヤダよ。逃げだすの? 動けないよ」

「がたがた言うんじゃねえよ。なんとかなる。こっちには銃があるんだからな」

大井が近寄ってきた。頭上に立ちはだかっている。ジャージの上下を身につけた、ひょろりと背の高い、若い男。年格好だけなら、修治とほとんど変わらない。

「おまえら、なんなんだよ」と、彼は言った。「何しにきたんだよ。何者なんだよ」

声を出そうと努力して、何度か失敗した。それからやっと、修治は答えた。

「おまえをテストしにきたんだよ」

「テスト?」

「そうだよ。残念ながら不合格だったな」

大井は額《ひたい》の血を袖でぬぐうと、かすかに当惑したような声を出した。

「三田《みた》の兄貴の仲間じゃねえのかよ。金さえ用意できたらいつだって逃がしてやるって言ってたのに」

修治はぼんやりと思った。なるほど、なるほど。そういうことか。やっぱり逃げだすことを考えてたってわけか。

織口さんは正しかった。

彼はどうしたろう……警官に撃たれて倒れるところを見た。どこを撃たれたのだろう? どの程度の傷だろう。

いや、もう死んでいるかもしれない。

（私は彼らを試したい）

そんなことは裁判所がすることだ。私刑はいけない。あなたはただ、あいつらを殺したいんだ。だからその言い訳を探してるだけじゃないか——そう言ったのは誰だっけ?

俺だ。俺が織口さんにそう言ったんだ。

だが見てみろよ、この有様を。この状態で、まだそんなことが言えるか?

織口は死んでしまったかもしれない。それを思ったとき、越中境のサービスエリアでの対決のとき、彼の頭から匂ったトニックの匂いが、ふとよみがえった。あれはそう、いかにも織口らしい匂いだった。

父親の匂いだった。

「気の毒だけど、俺たちはその兄貴とやらの仲間じゃないよ」

片目が霞んでいるので、ますます見えにくくなってきた。大井の瞳を見あげようとしながら、修治は言った。

「逃げだすのを諦めて、病院に帰ったらどうだ？　このままじゃ、先は見えてる」

だが、相手の答えは非情だった。斧《おの》みたいなものだ。鉈《なた》みたいなものだ。一度振り降ろしたら、途中では止まらない。

「冗談じゃねえや。警察も裁判も、もう二度とゴメンだね」

目を閉じて、修治は亡き父親の顔を思い浮かべた。なあ、親父、どうしたらいい？　親父ならどうする？　親父は俺が人間のクズになることなんてないと保証してくれた。その俺が、今、ひょっとすると芯から人間のクズであるかもしれない野郎に殺されかかってるみたいなんだ。

どうしたらいい？　親父がもし生きていたら、やっぱり織口さんのように、俺のために、銃を抱えて駆けつけてきてくれるかい？

無意識のうちに、修治は笑っていたらしい。大井たちを追いかけて車に飛び乗ったのは、言ってみれば反射作用みたいなものだった。はっきりとした目的なんかなかった。とにかく、逃がしちゃいけないと思っただけだった。

それなのに今、修治は決定権を握らされてしまっている。織口がしようとしていたことを、織口の意志を継ぐか、さもなければ諾々《だくだく》として殺されてゆくか——

目を開いた。

大井は修治を見おろしている。修治の笑みに戸惑っているのか、眉根が寄っている。その当惑顔を小気味よく感じたとき、修治は決めた。

一か八かだ——そう決めた。織口のし損じた仕事を引き継ぐなら、ここでやるしかない。

ふたつにひとつ。賭けてみるしかない。

さあ、彼が持っているのはどっちの銃だ？　チョークがひとつなら修治の勝ち。ふたつなら、修治は殺された母娘に続く犠牲者リストの三人目として記録される栄誉に輝く——

「三田の兄貴か。へっ、おまえみたいな人間のクズにでも、助けに来てくれる人間がいるんだな」

ゆっくりとそう言ってやると、大井の目の端がぴくりと動いた。

「なんだと？」

「人間のクズにでも、助けに来てくれる仲間がいるのかってきいたんだよ」

大井の顔が、粘土をこねてつくった人形を押しつぶしてゆくように、徐々に歪んでいった。そうなんだ。怒れ、怒れよ。ここで俺を撃ったってなんにもならない。でも、撃ちたいんだろ？　撃てよ。

「ほざけ、バカ」まるで兄弟喧嘩でもしているかのように、笑顔をいっぱいに浮かべて、大井は言った。「これでもくらえよ」

銃身が持ちあがる。修治は目でそれを追った。こちらの頭に向けて、それが突き出される。

一か八か。ふたつにひとつ。

そのとき、修治の目は、その銃の縦に並んだ銃口の、どちらにもチョークがはめられているのを見た。

10

銃声というより、それは爆発音のように聞こえた。

彼らは皆それを聞いた。木田クリニックの庭先で、駆けつけてきた応援の警察官たちも。怪我人を救《たす》けるために飛び出した病院関係者も。それぞれの病室で息をひそめベッドの下に潜りこんでいた入院患者たちも。

そして無論、神谷も、織口も、範子も。

最初に院内に運びこまれたのは織口だった。ストレッチャーや担架が来るよりも早く、居合わせた巡査と病院の守衛が、それぞれ織口の頭と足を持って、彼の身体を持ちあげた。

神谷は織口からはいちばん離れたところにいた。どこを撃たれたのかはわからない。脇腹が妙に寒かった。頭がガンガンした。起き上がることができない。だが、織口の頭が持ちあげられたとき、横たわったまま、神谷は半開きになった彼の目を見た。

あんたは何をやらかしたんだ？　それだけを思った。あんたは何てことをしたんだ？　娘の初産はどうしたんだ？　あんたはいったい誰なんだ？

小さな足音がして、ほの温かい手が神谷の顎に触れた。竹夫だった。

彼は息子の小さな顔を見あげた。

(おじさん！)

この子がしゃべった、しゃべった。

神谷も竹夫に話しかけようと思った。だが、声が出なかった。喉がふさがってしまっている。

「お父さん？」

おそるおそる、小さな声が呼びかけてきた。神谷は目を閉じた。この子はしゃべってる。しゃべってるぞ、佐紀子。

「お父さん、だいじょうぶ？」

神谷はうなずいてやった。手探りで竹夫の手を探し、握り締めた。別の足音がして、声が聞こえた。消毒薬の匂いがした。

「坊や、大丈夫だよ。さあ、どいて、担架に――」

そのとき、遠くで銃声が響いた。


範子は起き上がり、地面に座っていた。誰か白衣の人物がそばに来て、動かないでじっとしているようにと命令した。そのうち、声だけでなく腕がのびてきて、彼女を抑えようとし始めた。どうやら、自分では座っているつもりでも、実際には立ち上がろうともがいているらしい。

修治は――修治はどこだ?

「お嬢さん、じっとして」誰かが言っている。

「動いちゃいけませんよ。頭からこんなに血が出てる――」

修治はどこだ？　織口は？

そのとき、彼女も銃声を聞いた。まるで爆発音みたいだ、と思った。

一発だけ、爆発音のような銃声が轟いた。

そのあとしばらく、空白がきた。火薬とものの焦げる匂い。血の味のする空白。

そのあと、現実が戻ってきた。倒れている彼の、頭上一メートルぐらいの高さまで。彼は雲のようにふわふわと頼りないそれをつかむため、泥水のなかから身体を起こした。相当痛むはずだった。それを感じない、ただ身体が重いだけだ。内臓まで泥水が染《し》みこんでしまったのかもしれない。

すぐそばに、池のなかにつっぷして、若い男が倒れている。

銃はどこへ行った？

見回すと、倒れている男の手の先に、銃の台尻がのぞいているのが見えた。池に浸かり、半ば沈んでいる。

彼はゆっくりと起き上がった。

雑木林。斜面。引っ繰り返った車。片目が見えなくなっていたから、周囲が急に狭くなったような気がした。

一歩。また一歩。そこらの立ち木とさして変わらなくなっている、なんの感覚もない足を押し出して、彼は斜面を登っていった。下草はやわらかく、地面は水分を含んでいた。ときどき踵《かかと》が滑り、彼の身体は大きく傾いた。

「来るんじゃないよ！」

喚《わめ》き声に、彼は頭をあげ、残った片目で声の主を見つめた。

すぐそばの草叢《くさむら》のなかに、彼女はしゃがみこんでいた。

そして散弾銃を構え、こちらに銃口を向けていた。

「善彦はどうしたのさ？」

その女——井口麻須美は呼びかけてきた。

「あんた、いったい何をしたんだよ？　善彦はどこへ行ったんだよ？」

麻須美は叫び続ける。「あんたなによ！　善彦をどうしたのよ！」

だが、彼は——佐倉修治は答えなかった。顔の半分にべっとりと血がついて、左腕は身体の脇にだらりと下がったまま、動かない。ちょっと押されたらどたりと倒れて、また池のほとりまでずるずると滑り落ちてしまいそうだ。

だが、彼の片目は憑《つ》かれたように麻須美を見つめていた。

「撃てよ」と、修治は言った。「撃ちたいんだろう？　撃ってみろよ」

さっき一度途絶えたパトカーのサイレンが、また聞こえ始めた。でも、まだ遠くにいる。まだ見つかってはいない。逃げだすチャンスは無駄にしないと、善彦は言った。だからこそ、この二人は危ない橋を渡って、医者の目をどうごまかそうか知恵をしぼりながら、こうして病院に入院するところまでこぎつけたのだ。

絶対に逃げだすことができる——そう信じて。だから、この機会を無駄にする気はないだろう。

「あいつなら、死んだよ」と、修治は言った。のろのろとした口調で、語尾がぼやけていた。

「死んでる。自分の目で確かめてみたらいいじゃないか。見てみろよ」

大井善彦は池のなかにつっぷして倒れてるよ。バイバイ、これでおしまいだな。

麻須美は銃にしがみついた。「近寄るんじゃないよ！　殺してやるから！」

修治は動かすことのできる右手を持ち上げると、手招くように広げた。

「いいじゃないか。撃てよ。殺せよ」

麻須美は苦労して銃を持ち上げ、引き金に指を入れた。

修治は動かなかった。この距離で撃てば、まともに当たる。それなのに逃げようとしなかった。

麻須美の身体が震えだした。

「あんた、善彦に何をしたのよぉ！」

泣き喚きながら、彼女は散弾銃をつきつけた。重い銃身を支え切れず、銃口は大きくあっちこっちへ震えた。

「撃てよ」と、修治はもう一度言った。それは動かない機械を動かす呪文《じゅもん》。誰も逆らうことのできない、確信に満ちた命令。さながら、決められた運命の上では麻須美は銃を撃つことになっており、彼女が今ためらっていると、その決まりごとに反する結果になるのだと、咎《とが》めているかのような口調だった。

「なんで撃たないんだよ」

麻須美は今や大声で泣きだしていた。銃を膝の上に降ろし、手放しで泣き始めていた。

修治はまた歩きだした。斜面を登り始めた。パトカーのサイレンが近づいてくる。今度は確信を持って近づいてくる。登ってゆく修治の、一歩ごとに霞んでゆく視界のなかに、その赤いライトが閃いて停まった。

誰かが降りてくる。刑事か？　巡査か？

修治の目と鼻の先まで降りてきて、彼の様子のあまりの酷《ひど》さに、洋服ごと挽《ひ》き肉機にかけられたかのような有様に、そしてその虚《うつ》ろな顔つきに、すぐ手を出すことができずに棒立ちになっている。

「大井善彦は？　ヤツはどうした？」

刑事が尋ねた。修治は歩みを止めないまま、刑事のそばも通りすぎていきそうになりながら、答えた。

「死んでます。僕が殺した」

刑事は顎を引き、修治を見つめると、素早く下方の池の方へと視線を移した。

そのとき。

斜面の上に背を向けて座り込んでいた麻須美が、突然銃をつかんで振り向いた。彼女が「ちくしょう！」と叫ぶのを修治は聞いた。背中で聞いた。目の前の刑事の顔が驚愕で歪み、修治をかばいながら自分の身も守ろうと、こちらへ突進してくるのを見た。

再度、爆発音に似た銃音が轟いた。

修治は麻須美に背を向けていた。だから見てはいなかった。彼女が銃をかまえ、しゃにむに修治の背中に狙いをつけ、引き金をひいたとき、あの銃、関沼慶子が細工をした銃、下の銃身——鉛でふさがれた銃身に向かって弾が飛び出す破滅の銃に、何が起こったのかということを。

悲鳴はあがらなかった。

(麻須美は撃とうとした)

やっぱり織口さん、あんたは最後まで正しかったってわけだ。

修治の背後から、火薬の匂いが吹きつけてきた。ゆっくりと振り向くと、麻須美は斜面を転がり落ちて、大井の倒れている池のほとり、彼の足の伸びているあたりで止まっていた。

麻須美は斜面を後ろ向きに転がり落ちた。装弾は鉛に塞《ふさ》ぎ止められ、銃身のなかで爆発して、機関部をうしろに吹き飛ばし、ついでに彼女の顔もふっ飛ばしたのだ。

一部始終を目《ま》のあたりに見ていた刑事が、修治の存在も忘れたような顔で、うめくように言った。

「あれが——銃身の詰まった——」

修治は初めて刑事を見た。他の刑事や巡査たちが、たたずむ二人の両脇を、雪崩《なだれ》のように駆け降りてゆく。

「ええ、そうです。井口麻須美が持っていた方」

「じゃ、きみはどうやって大井を殺したんだ？」

池の水さ。修治は笑った。少なくとも、自分では笑ったつもりだった。

関沼慶子は言っていた。銃口を物に押しつけて撃ってはいけないと。物凄く危険だと。

だから――

「あいつが僕を撃とうとしたとき、銃身をつかんで、銃口を池の水に向けてやったんですよ。スレスレに。とっさだったから、奇跡みたいなもんでした」

水の力さ。プールに下手に飛び込むと、太股や腹が真っ赤になるだろう？　水面でぴしゃりと叩かれて、大きな音が出るだろう？

水は板みたいに平たく、鉄のように強い。銃口を水面スレスレに近づけて撃ったら、銃口を物に押しつけて引き金をひいたのと同じことになる。

しかも、順番通りに下の銃身から飛び出したのは、慶子が一発だけ用意していた赤いベビー・マグナムだった。

「――だから、大井の顔がふっ飛んじゃったんです」

それだけ言うと、身体から力が抜けた。修治は刑事の腕のなかへと崩れ折れた。

付記　1

織口邦男は、六月三日午前に発生した木田クリニック前での銃撃戦で、巡査の発砲により右胸部を撃ち抜かれ、そのまま同クリニックの緊急処置室に運びこまれたが、同日午後二時三十二分、死亡した。

神谷尚之は、同日、大井善彦の発砲により右脇腹から胸部にかけて散弾五発を浴び負傷、同クリニックで緊急処置を受けたあと金沢市内の外科病院に移され、入院治療を受けた。

病棟の婦長の話。

——比較的出血が少なかったので、回復は早いと思います。事件について詳しいことは知りませんけれど、大井とかいう犯人が神谷さんに銃を向けたとき、とっさに犯人に体当たりをして銃口をそらしたお嬢さんがいたでしょう？　あの方は軽い怪我で済んだので、何度かお見舞いに見えましたよ。勇敢でしたよね。

——病室には、神谷さんの奥さんがずっと付きっきりです。報せを受けて、すぐにすっ飛んでいらっしゃいましたよ。あとから奥さんのお母さんが追いかけてきて、奥さんの心臓が悪いとか、病人だとか騒いでいましたけど、そんなふうには見えませんねえ。

——へえ、奥さんも入院をしてらしたんですか？　だけど、今は健康そのものに見えるわ。きっと心身症だったんでしょう。ご主人の世話をしっかり焼いておられますもの。坊っちゃんもおとなしくて可愛いお子さんで。恐《こわ》い思いをしちゃって、可哀相だったけど。

——でもね、神谷さんにその話をしましてね、恐ろしい経験でしたでしょって訊いても、あのかた、すぐにはお返事をなさいませんの。「これで人生が変わったことは確かでしょうが」なんて、謎みたいなことを言ってたこともあります。

——織口？　ええ、知ってますよ。散弾銃を盗んだあの男でしょう？　恐ろしいですねえ。でもね、神谷さんや奥さんは、その人のこと、あまり悪く思ってはいないみたいで……


「兄さん？」

「慶子？　慶子か？　おまえ、今どこにいるんだ？」

「場所はちょっと言えないわ。警察には話してあるの。だから、逃げ回ってるわけじゃないのよ。安心して」

「安心できるもんか。なんで居所を報せてこないんだ。おまえ、あんな騒ぎを起こして——」

「ごめんなさい」

「謝れと言ってるんじゃないんだ。理由をちゃんと話してくれと言ってるんだよ。おまえが自殺しようとしてたなんて……国分慎介なんて男とあんなことになってたなんて、俺たちは何も知らなかったんだぞ」

「……」

「慶子？　聞いてるのか？」

「聞いてるわ」

「どこにいるんだよ。迎えに行くから。場所を教えてくれ」

「あたしね、兄さん。今度のことは、ちゃんと自分の力でケリをつけたいの。だから、マスコミなんかからも逃げ隠れしないつもり。兄さんたちに迷惑がかからないように——ううん、もうかけてるけど——できるだけ、頑張ってみるから」

「慶子……」

「今までのあたし、子供だったのよ。だからこんなことを引き起こしたの」

「しかし、おまえは俺の妹なんだぞ。俺にとって、おまえの身に起こることは、自分の身に起こることと同じぐらい大きな意味があるんだ。二人きりの兄妹なんだから。——慶子？　慶子聞いているのか？」

「テレホンカードの度数がなくなっちゃうわ。じゃ、切るわね」

「慶子!」

「ごめんね。兄さん。だけど、ありがとう」

ピー、ピー、ピー

七月二日付　国分範子から関沼慶子への手紙
――お怪我の方はすっかりよくなったということを、練馬北署の黒沢という刑事さんからうかがいました。あの事件、お兄ちゃんが慶子さんを殺そうとした、あの件で、わたしも少し事情をきかれたのです。

わたしは元気で、なんとか毎日生活しています。木田クリニックでのあの出来事から、もう一カ月もたってしまったなんて、嘘のような気がします。まだ、いろいろなことを生々しく覚えているので、ときどき、夢を見ます。修治さんほど、ひどくはないけれど。

修治さんは、ときどき、夜中にうなされて、汗びっしょりになって飛び起きることがあります。折れた左腕の経過もあまりよくなくて、見ていて、心配でたまりません。一緒にいられるときはいいのですが、わたしが稲毛の家に戻っているときなど、修治さんが一人でいるかと思うと、いてもたってもいられなくなることがあります。

うなされているとき、どんな夢を見ているの?　と訊いてみたことがあります。たいてい、大井善彦の夢なのだそうです。彼が散弾銃を手にして、銃口を修治さんの方に向けて、立ちはだかっている夢だそうです。そして、その夢のなかで、何度も何度も、修治さんは銃身をつかんで、池のなかにつっこんで、跳ね返った散弾が大井善彦の顔を吹き飛ばしてしまう場面を見るのだそうです。

織口さんの夢は見ないの？　と訊いてみたら、一度もない――と言っていました。わたしも修治さんも、織口さんのお葬式に行くこともできなかったし、まだあの人が死んでしまったなんて信じられないような気がしていますから、そのせいかもしれません。

テレビとかでいろいろ騒がれて、なんだかもみくちゃになったような感じです。わたしたちより、慶子さんがもっと大変だと思います。今のこの住所には、いつごろまでいるのですか？

わたしも修治さんも、ずいぶんいろいろな人から質問されたけど、結局、何が起こって、何が残ったのか、まだよくわかりません。

ただ、周囲は変わってしまいました。

修治さんが入院中、フィッシャーマンズ・クラブの人たちがお見舞いに来てくれたんですけれど、なんだか、みんな――顔には出さないけれど、少しずつあとずさりしながら話をしているという感じでした。

慶子さん、野上裕美さんという女の子のこと、覚えていますか？　修治さんの恋人になりかかっていた女性です。

彼女も変わってしまいました。事件の最中には、ずいぶん心配してくれていたらしいのですが……今は、違います。

でも、裕美さんを責めることはできません。多かれ少なかれ、みんなそうですから。

それはやっぱり、修治さんが人を――殺してしまったから。

大井善彦を殺してしまったから。

井口麻須美のことも、彼女があういう形で死んだのは、修治さんのせいだという人たちがいます。

修治さんが、彼女に「撃てよ」と挑発したから。彼女が持っているのが、銃身が詰まっている危険な銃だと知っていながら、「撃て」と言ったから。

でも、他人がどう言おうと、わたしは構わない。あの時はああするしかなかったって、わたしは信じてるから。

だけど、修治さん自身が自分を責めてることが、それを見ているのが辛いんです。

あの時、あんな手段を使わなくても良かったんじゃないか。ほかにも方法はあったんじゃないか。それなのに、ああして大井善彦を殺したのは――たとえ、法律の上では正当防衛でも――彼を殺したいと思っていたからだ。麻須美に「撃てよ」と挑発したのも、はっきり殺意があったからだって、彼は言っています。そして、自分を責めているんです。

「僕はあいつらを殺したかったんだ」と。

わたしには、どうしてあげればいいのかわからない。今はただ、そばにいてあげることぐらいしかできません。

わたしが一緒にいると、かえって事件のことを思い出してしまうのかもしれない。そう思うと、すごく悲しくて、夜中に一人で泣いてしまったことがありました。でも、今は、彼がわたしを必要としてくれるかぎり、一緒にいようと思っています。

修治さんが『宝島』みたいな冒険物語を書こうとしていたことは、慶子さんもご存じですか？　今はそれどころじゃないけど、そのうちきっと書き始めてくれると、わたしは思っています。

そうそう、『スナーク狩り』というお話を知っていますか？　これも修治さんから聞いたんです。ルイス・キャロルという人の書いた、とてもおかしな、長い詩のようなものなんですけど、スナークというのは、そのなかに出てくる、正体のはっきりしない怪物の名前なんです。

そして、それを捕まえた人は、その瞬間に、消えてなくなってしまうんです。ちょうど、影を殺したら、自分も死んでしまったという、あの怖い小説みたいに。

その話を聞いたとき、わたし思ったんです。

織口さんは、大井善彦を殺そうとした。大井は「怪物」だと思ったから、だから銃を振り上げて、彼の頭を狙おうとした。でもそのとき、織口さん自身も怪物になってた。織口さんだけじゃない。慶子さんは、芙蓉の間の外で銃を構えていたときに、怪物になってた。わたしはあの手紙を書いて、慶子さんがやって来てくれないかと待っていたとき、お兄ちゃんの結婚式がめちゃくちゃになればいいと願っていたとき、怪物になってた。お兄ちゃんは、国分慎介は、慶子さんを殺そうとしたときに、怪物になってた。

修治さんは――修治さんもどこかで怪物になってた。

だから怪物をつかまえたとき、そして事件が終わったとき、わたしたちも、みんな消えてしまったり、消えかかってしまったりしているんじゃないか……

そんな気がします。

でも、織口さんのような人が、怪物にならなければならなかったことが、わたしは悔しくてたまらない。間違っているのは、織口さんや、修治さんや、わたしたちじゃなくて、もっと別のところのような気がするのです。

織口さんを金沢まで乗せていった人、ほら、神谷さんという人です。あの人も、同じようなことを言っていました。

「我々は、被害者同士で殺しあい、傷つけあったような気がしますね」と。

慶子さんはどう思いますか。今、どうしておられるんですか。

また、お会いできるときが来ますよね？

付記　2

結果として、織口邦男を死に至らしめることとなった警察官による発砲については、威《い》嚇《かく》発射がなかったことなどを理由に、マスコミをはじめ一般市民からの非難もあり、警察内部で綿密な調査が行なわれ査問会も開かれた。だが、約一カ月後に公式発表された結論としては、対象の射殺を意図してなされたものではなかったこと（右肩を狙った狙撃であった）、事態の緊急度、人質の生命の安全確保等の状況に鑑《かんが》み、この発砲は現場の警察官として止《や》むを得ないものであり、妥当な処置であったと認められ、処分はなされなかった。

※　冒頭のエピグラムは、ウィリアム・L・デアンドリア作『スナーク狩り』（ハヤカワ文庫　真崎義博訳）の作中に引用されているルイス・キャロルの詩『スナーク狩り』の一部を引いたものです。キャロルの詩集はいくつか出版されておりますが、真崎氏の訳文を使わせていただきたかったので、この形となりました。

※　本作品はフィクションであり、実在の人物・団体とは一切関係ありません。

（著者）

解説

大森《おおもり》　望《のぞみ》（評論家）

口にしようとしたその言葉の途中で
歓喜の笑い声の途中で
ベイカーはひっそりかつ いきなり消え失せたのだ――
そう、かのスナークはブージャムだったのさ

ルイス・キャロル『スナーク狩り』高橋康也訳より

怪物と闘う者は、自らも怪物とならぬよう心せよ。深淵をじっと見つめるとき、深淵もまたこちらを見つめている。

フリードリヒ・ニーチェ『善悪の彼岸』より

物語の開幕は午後八時。メルセデス・ベンツ190E23で都心のホテルに乗りつけたヒロインの関沼慶子は、車のトランクから黒い革製のケースをとりだす。中身は上下二連式12番径のショットガン。慶子は、武器を手にエレベーターに乗り込み、かつて恋人だった男の結婚披露宴会場をめざす……。

こんな印象的な場面で幕を開ける『スナーク狩り』は、たった一夜の出来事を描くタイムリミット・サスペンス。一九九二年六月、光文社カッパ・ノベルスハード（いわゆるノベルスではなく、ふつうの単行本より小振りな小B6サイズのハードカバー単行本叢書）から刊行された。宮部みゆきにとっては十一冊目の著書、長編としては第六作にあたる。八九年に『パーフェクト・ブルー』で単行本デビューを飾ってからまだ三年という時期だから、初期作品といっていいだろうけれど、ごらんのとおり、その天才的な語りの技術は全面的に開花している。散弾銃片手に披露宴に乗り込む美女——という強烈なファースト・ショットで読者をつかみ、あとは最後までノンストップ。〝息もつかせぬサスペンス〟という形容がこれほどしっくりくる作品も珍しい。

小説のテーマは〝復讐〟。

〝私刑〟は是か非か——第二回日本推理サスペンス大賞を受賞した一九八九年刊の第二長編『魔術はささやく』（新潮文庫）のクライマックスでクローズアップされたこの問いが、ふたたび物語の前面に浮上する。

法律で裁くことができない（もしくは正当な報いを受けさせることができない）相手に対して私的に制裁を加える〝自警主義（ヴィジランティズム）〟の是非は、宮部作品の重要なテーマのひとつ。超能力を題材にしたその後の「燔祭」（『鳩笛草　燔祭／朽ちてゆくまで』に収録）や長編『クロスファイア』を経て、二〇一〇年の中編「聖痕」（『チヨ子』に収録。以上、いずれも光文社文庫刊）に至るまで、著者は一貫してこの問題にとりくみつづけている。

『スナーク狩り』はその初期の実践例。もっとも実際には、「ハヤカワ・ポケット・ミステリから出ている海外ミステリーのような作品を書いてみたい」という動機が本書の出発点だったという。今回の新装版刊行を機に行った著者インタビューによれば、

銃を撃つシーンがあって、車で走るシーンがあって、チェイスみたいなシーンがある、ロードノベル的な、ハヤカワのポケミスに入ってるようなものを一つ書きたいという動機しかなかったんです、最初はね。

その言葉どおり、あれよあれよという間に、複数の登場人物が金沢に向かって夜の高速道路をひた走りはじめる。そのための取材は、意外にもバスだった。

わたし、クルマ運転しないから、どうやって金沢まで行こうと思って、深夜バスに乗ったんです。お隣の人に悪いから、並べて二席取って、夜通しカーテンに首をつっこんで窓の外を見ながら、どこのサービスエリアで止まるとか、そこでなにが見えるかとか、ずっとメモして。金沢に着いたらもう眠くて眠くて、もうホテルに入るなり寝るみたいな。で、兼六園だけ見て、くたびれたからすぐ飛行機で帰ってきちゃったんですけどね、もうちょっとゆっくりしてくりゃよかった（笑）。

文体のお手本も、英米ミステリーの名翻訳家として名高い永井淳や深町眞理子の訳文だったという。

この頃はまさに永井さんのように書きたい、深町さんのように書きたいと、バリバリに影響を受けてると思います。

いま、自分で読んでも、ああもう、真似してる、真似してる、真似してるっていう（笑）。接続詞の使い方とか、もう本当に、お手本は永井さんと深町さんでしたから。ハードボイルドの清水（俊二）さんとかの文体は、もちろん名文ですが、わたしには男らし過ぎたというか。永井さんはやっぱりキングをたくさん訳してらしたので、そういう点でも近かったんですね。『スナーク狩り』なんか、完全にそうですよ。もうかぶれてるったらありゃしないっていう。

でもわたし、この当時、翻訳調の文体でよろしくないって評された覚えはあんまりないんですよ。それが不思議なんですけど。だってさ、これもそう。〈前回の公判で、弁護側に新しい証人が立ち、その口から意外な事実がもらされなかったならば、自分もこんなことを思い立ちはしなかっただろう――と、織口は話し始めた〉。こんなの普通、日本語で書く小説の文章じゃないですよね。完璧に訳文ですよね。でもわたし、今でもこういう文章を書いてるし、やっぱり理想は深町さんや永井さんのように書くことなんです。

そういわれて、あらためて読み直してみると、たとえば、こんななんでもないシーンにも、翻訳小説のスタイルは見てとれる。

〈身を起こすと、額の上に載せていた濡れタオルが、どさりと床に落ちた。彼女の体温を吸って生温かくなったそれは、形の定まらない半端な生きもののように見える。慶子はそれを踏み付けながら、ソファにすがって立ち上がった。〉

とはいえ、予備知識なしに本書を読んで、「なんだか翻訳調の文体だな」と思う読者はまずいないだろう。もちろん、永井淳や深町眞理子の文体は、〝翻訳調〟という言葉からふつうの人が最初に思い浮かべる「……するやいなや」とか「と、彼は言った」式の直訳文体とはまったく違う、流麗な日本語を駆使している。ただし、英語特有の論理や描写のスタイルは訳文の中に内在し、日本人が書く日本語の小説とは微妙に変わってくる。そういう英語特有の言い回し（仮定法や分詞構文や無生物主語や受動態）を自家薬籠中のものとして、自由自在に使いこなしているのが宮部〝翻訳文体〟の特徴なのかもしれない。

もうひとつ驚かされるのは、複数の登場人物の描く軌跡がそれこそ分単位で交わり、一点に収束してゆく緻密な構成だというのに、設計図なしで書いていたこと。


話は決まってるんだけど、設計図はない。こういうものになるんですということだけ見えて、細かいことは少しずつ書きながら組み立てていきました。

これ、末尾の一節が決まってなかったんです。この「付記」をどうするかというので、二回ぐらい書き直した記憶があります。ストーリーだけだったら、この付記なしで終わりにしちゃったっていいんですよね。ただ、やっぱり物語として閉じるためには付記が必要だと。

映画で言うなら、全部終わってから、スチール写真とテロップが出るタイプのエンディングがありますよね。あんな感じにしようと担当編集者がアイディアを出してくださって。ここはあまり抒情的な文章で描写しなくていいから、出来事だけ、あのあとこうなりましたってことだけ淡々と書けばいいというふうに。

最後に書かれたこの「付記」の中で小説のテーマが明示され、本書がなぜ「スナーク狩り」と命名されたのかも明らかになる。

もともとの出典は、本書冒頭に引用されているルイス・キャロルのナンセンス詩「スナーク狩り 八章の苦悶」*The Hunting of the Snark* (*An Agony in 8 Fits*)。白紙の海図を頼りに海を渡って不思議な島へとやってきたスナーク探索隊の冒険を語る物語詩で、一八七六年に出版された。冒険の途中、メンバーのひとりは、伯父から与えられた注意を思い出す。いわく、スナークを捕まえるのはたいへんすばらしいことだが、用心すべき点がひとつある。もし捕まえたスナークがブージャムだったら、そのときおまえは、ひっそり、いきなり消え失せる……。

このキャロルの詩の一節を作中に引用したのがウィリアム・L・デアンドリアのエスピオナージュ『スナーク狩り』(*Snark, 1985*)。『クロノス計画』に続く《クリフォード・ドリスコル》シリーズの第二作にあたり、日本では一九八八年にハヤカワ・ミステリ文庫から真崎義博訳で刊行された。このデアンドリアの『スナーク狩り』第三章末尾に引用されている真崎義博訳のルイス・キャロル『スナーク狩り』を孫引きしたのが本書のエピグラフ。あえて二重に引用することで、他の文学作品の一節をエピグラフに掲げたり、詩をタイトルに借りたりする英米ミステリー流の〝引用〟スタイルを〝引用〟していることを示しているわけだ。

キャロルの詩に登場するスナークもブージャムも、なんだか正体のよくわからない化け物なのだが、宮部みゆきはそれをニーチェのいう〝怪物〟と重ね合わせ、怪物と闘う者が怪物になってしまう危険に言及する。ここで語られている問題は、前述した「燔祭」や『クロスファイア』にダイレクトにつながり、個人の問題を超えて、社会制度や正義の問題にまで発展してゆくことになるが、それはまた別の話。

〝復讐〟というテーマを正面から描いた初期の傑作が、この新装版刊行を機に新たな読者を獲得することを祈りたい。

一九九二年六月　カッパ・ノベルス（光文社）刊
一九九七年六月　光文社文庫刊

光文社文庫

光文社文庫プレミアム
スナーク狩《が》り
著者　宮《みや》部《べ》みゆき

2011年7月20日　初版1刷発行
2012年4月25日　2刷発行

発行者　駒井稔
印刷　萩原印刷
製本　ナショナル製本

発行所　株式会社 光文社
〒112-8011　東京都文京区音羽1-16-6
電話 (03)5395-8149 編集部
8113 書籍販売部
8125 業務部

© Miyuki Miyabe 2011
落丁本・乱丁本は業務部にご連絡くだされば、お取替えいたします。
ISBN978-4-334-74970-5　Printed in Japan

Ⓡ本書の全部または一部を無断で複写複製(コピー)することは、著作権法上での例外を除き、禁じられています。本書からの複写を希望される場合は、日本複製権センター(03-3401-2382)にご連絡ください。

組版　萩原印刷

お願い　光文社文庫をお読みになって、いかがでございましたか。「読後の感想」を編集部あてに、ぜひお送りください。
　このほか光文社文庫では、どんな本をお読みになりましたか。これから、どういう本をご希望ですか。もしどの本も、誤植がないようつとめていますが、もしお気づきの点がございましたら、お教えください。ご職業、ご年齢などもお書きそえいただければ幸いです。当社の規定により本来の目的以外に使用せず、大切に扱わせていただきます。

光文社文庫編集部

本書の電子化は私的使用に限り、著作権法上認められています。ただし代行業者等の第三者による電子データ化及び電子書籍化は、いかなる場合も認められておりません。

好評発売中

いきなり文庫！

個人短編集に未収録の作品
ばかりを選りすぐった
贅沢な一冊！

チヨ子

宮部みゆき

短編の名手でもある宮部みゆきが12年にわたって発表してきた
〝すこしふしぎ〟な珠玉の宮部ワールド5編
「雪娘」「オモチャ」「チヨ子」「いしまくら」「聖痕」収録

光文社文庫

好評発売中

宮部みゆき

珠玉の傑作が

文字が大きく読みやすくなった!

カバーリニューアルで登場。

物語は元恋人への復讐から始まった
息もつかせぬノンストップサスペンス
『スナーク狩り』

なんと語り手は財布だった
寄木細工のような精巧なミステリー
『長い長い殺人』

予知能力、念力放火能力、透視能力——
超能力を持つ女性をめぐる3つの物語
『鳩笛草《はとぶえそう》／燔祭《はんさい》／朽《く》ちてゆくまで』

〝わたしは装填された銃だ〟
哀しき「スーパーヒロイン」が「正義」を遂行する
『クロスファイア』(上・下)

光文社文庫

好評発売中

巨匠から新鋭まで当代を代表する15名の人気作家の饗宴。
色とりどりの傑作をご堪能あれ！

宮部みゆき選　日本ペンクラブ編

撫子《なでしこ》が斬る

女性作家捕物帳アンソロジー

宇江佐真理
小笠原　京
北原亞以子
澤田ふじ子
杉本章子
杉本苑子
築山　桂
畠中　恵
平岩弓枝
藤　水名子
藤原緋沙子
松井今朝子
宮部みゆき
諸田玲子
山崎洋子

光文社文庫

珠玉の名編をセレクト **贈る物語** 全3冊

Mystery ミステリー ～九つの謎宮《めいきゅう》～
綾辻行人 編

Wonder ワンダー ～すこしふしぎの驚きをあなたに～
瀬名秀明 編

Terror テラー ～みんな怖い話が大好き～
宮部みゆき 編

ミステリー文学資料館編 傑作群

ユーモアミステリー傑作選 **犯人は秘かに笑う**

江戸川乱歩の推理教室

江戸川乱歩の推理試験

探偵小説の風景 トラフィック・コレクション（上）（下）

シャーロック・ホームズに愛をこめて

シャーロック・ホームズに再び愛をこめて

江戸川乱歩に愛をこめて

光文社文庫

松本清張短編全集 全11巻

「清張文学」の精髄がここにある!

01 西郷札
西郷札　くるま宿　或る「小倉日記」伝　火の記憶
啾々吟　戦国権謀　白梅の香　情死傍観

02 青のある断層
青のある断層　赤いくじ　権妻　梟示抄　酒井の刃傷
面貌　山師　特技

03 張込み
張込み　腹中の敵　菊枕　断碑　石の骨　父系の指
五十四万石の嘘　佐渡流人行

04 殺意
殺意　白い闇　蓆　箱根心中　疵　通訳　柳生一族　笛壺

05 声
声　顔　恋情　栄落不測　尊厳　陰謀将軍

06 青春の彷徨
喪失　市長死す　青春の彷徨　弱味　ひとりの武将
捜査圏外の条件　地方紙を買う女　廃物　運慶

07 鬼畜
なぜ「星図」が開いていたか　反射　破談変異　点
甲府在番　怖妻の棺　鬼畜

08 遠くからの声
遠くからの声　カルネアデスの舟板　左の腕　いびき
一年半待て　写楽　秀頼走路　恐喝者

09 誤差
装飾評伝　氷雨　誤差　紙の牙　発作
真贋の森　千利休

10 空白の意匠
空白の意匠　潜在光景　剝製　駅路　厭戦
支払い過ぎた縁談　愛と空白の共謀　老春

11 共犯者
共犯者　部分　小さな旅館　鴉　万葉翡翠　偶数
距離の女囚　典雅な姉弟

光文社文庫

21世紀に甦る推理文学の源流！

江戸川乱歩全集

全30巻

新保博久　山前　譲　監修

❶屋根裏の散歩者
❷パノラマ島綺譚
❸陰　獣
❹孤島の鬼
❺押絵と旅する男
❻魔　術　師
❼黄金仮面
❽目羅博士の不思議な犯罪
❾黒　蜥　蜴
❿大　暗　室
⓫緑衣の鬼
⓬悪魔の紋章
⓭地獄の道化師
⓮新　宝　島
⓯三角館の恐怖
⓰透明怪人
⓱化人幻戯
⓲月と手袋
⓳十　字　路
⓴堀越捜査一課長殿
㉑ふしぎな人
㉒ぺてん師と空気男
㉓怪人と少年探偵
㉔悪人志願
㉕鬼の言葉
㉖幻　影　城
㉗続・幻影城
㉘探偵小説四十年(上)
㉙探偵小説四十年(下)
㉚わが夢と真実

光文社文庫

岡本綺堂

半七捕物帳

新装版　全六巻

岡っ引上がりの半七老人が、若い新聞記者を相手に昔話。功名談の中に江戸の世相風俗を伝え、推理小説の先駆としても生き続ける不朽の名作。全六十九話を収録。

岡本綺堂コレクション　新装版

怪談コレクション　影を踏まれた女

怪談コレクション　中国怪奇小説集

怪談コレクション　白髪鬼

怪談コレクション　鷲（わし）

巷談コレクション　鎧櫃の血（よろいびつのち）

傑作時代小説　江戸情話集

光文社文庫

読み継がれる名著

〈食〉の名著

吉田健一　酒肴酒

開高健　最後の晩餐

開高健　新しい天体

色川武大　喰いたい放題

杉浦明平　カワハギの肝《きも》

沢村貞子　わたしの台所

八代目坂東三津五郎　八代目坂東三津五郎の食い放題

数学者の綴る人生

岡潔　春宵十話

遠山啓　文化としての数学

広中平祐　可変思考

名写真家エッセイ集

森山大道　遠野物語

荒木経惟　写真への旅

吉本隆明 思想の真髄

吉本隆明　カール・マルクス

吉本隆明　初期ノート

吉本隆明　読書の方法 なにを、どう読むか

吉本隆明 辺見庸　夜と女と毛沢東

光文社文庫